Ullstein

DAS BUCH:

Auf dem Höhepunkt des britisch-französischen Machtkampfes um Indien bricht in Bengalen ein Aufstand aus. Zunächst scheint die britische Kolonialmacht – in Ostindische Handelskompanie und Royal Navy gespalten – den Rebellen freie Hand zu lassen. Erst nach dem Massaker von Kalkutta einigen sich die beiden Rivalen und entsenden ein Expeditionskorps nach Bengalen. Daß es den Frieden wiederherstellen kann, ist nicht zuletzt ein Verdienst von Kapitän Roger Kelso, der – ebenso tapfer wie taktisch klug – mit seiner Fregatte *Paragon* stets im entscheidenden Moment des Kampfes zur Stelle ist.
In der Tradition von C. S. Forester und Alexander Kent stehend, bietet auch diese marinehistorische Abenteuerserie um Roger Kelso ein ebenso farbenprächtiges wie authentisches Lesevergnügen aus der Zeit der alten Rahsegler und ihrer weltweiten Eroberungsfahrten.

Der fünfte Band aus der berühmten Kelso-Serie.

DER AUTOR:

Der Engländer James Dillon White gilt neben Kent und Forester als berühmtester Autor marinehistorischer Romane.

Für Olive

James Dillon White

Kapitän Kelso und der Nabob

Auf Strafexpedition im Golf von Bengalen

Roman

Ullstein

Ullstein Buchverlage GmbH & Co. KG, Berlin
Taschenbuchnummer: 24399
Titel der Originalausgabe:
Captain of Marine
Aus dem Englischen
von Walter Klemm

Ungekürzte Ausgabe
Mai 1998

Umschlaggestaltung:
Hansbernd Lindemann
Illustration:
The Bridgeman Art Library, London

Printed in Germany 1998
Druck und Verarbeitung:
Ebner Ulm
ISBN 3 548 24399 1

Gedruckt auf alterungs-
beständigem Papier mit
chlorfrei gebleichtem Zellstoff

Die Deutsche Bibliothek –
CIP-Einheitsaufnahme

White, James Dillon:
Kapitän Kelso und der Nabob: auf Strafexpedition im Golf von Bengalen; Roman / James Dillon White. [Aus dem Engl. von Walter Klemm]. – Ungekürzte Ausg. – Berlin: Ullstein, 1998
(Ullstein-Buch; Nr. 24399)
ISBN 3-548-24399-1

Vom selben Autor
in der Reihe
der Ullstein Bücher:

Der junge Kelso (24180)
Kelsos erstes Kommando (24182)
Verrat an Kapitän Kelso (24306)
Kapitän Kelsos Rache (24312)

Erster Teil: Margaret Clive

1

Der Monsun ließ dieses Jahr auf sich warten; der schale Geruch des Sommers hing wie ein Pesthauch über der bewegungslosen Luft, die das Atmen erschwerte. Überall auf der unerträglich heißen Fahrstraße, in den kleinen Seitengassen oder im spärlichen Schatten der struppigen Palmen lagen Inder ausgestreckt, und viele von ihnen starben. Die Schakale, immer hungrig, schlichen auf der Suche nach neuen Opfern durch die Straßengräben, und die Fliegen breiteten ein schwarzes Leichentuch über Tote und Sterbende.

Aber wenn die Eingeborenen schon zufrieden waren, wenn sie nur existierten, und nach nichts weiter verlangten als nach Wasser und Schatten, so schienen die verrückten Engländer entschlossen, nichts von ihrer sturen Routine preiszugeben. Innerhalb der braunen Mauern von Fort St. George exerzierten die Soldaten des 39. Infanterieregiments fluchend und ergriffen bei der Waffenmusterung ohne zu zögern die glühendheißen Läufe ihrer Gewehre. Appelle wurden abgehalten, Delinquenten ausgepeitscht wie gewöhnlich. Jeden Morgen bei Hellwerden gingen die Angestellten der Kompanie*) die staubigen Straßen entlang in ihre Kontore. Aber es war zu heiß zum Arbeiten. In den Manufakturen an der Esplanade saßen die jungen Schreiber und kauten mißmutig an ihren Federkielen, während sie durch die engen Fenster den heimwärtssegelnden, plumpen Ostindienfahrern**) nachschauten.

Die Hitze traf Kelso wie ein Schlag, als er aus seiner Gig an Land ging, und er war bereits völlig verschwitzt, bevor er die Treppe zum Kai hinaufgestiegen war. Schon begann er, den Impuls zu bedauern, der ihn an Land getrieben hatte.

Margaret Clive. Margaret Clive.

Er bückte sich, um ein paar zum Trocknen aufgehängten Fischernetzen auszuweichen, gegen die er bei seiner Länge sonst gestoßen wäre, und schritt dann langsam zur Straße hinüber. Ein Seemann, der gegen einen Poller gelehnt vor sich hin döste, er-

*) Die Ostindische Handelskompanie Englands hatte von 1600 bis 1783 unbeschränktes Monopol für den Handel mit Indien, besaß eigene Handels- und Kriegsflotten, ein eigenes Heer und Gerichtsbarkeit. Sitz des Direktoriums war London.
**) Die stark bewaffneten Handelsschiffe der Kompanie

kannte ihn beim Näherkommen und stand auf, um ehrerbietig zu grüßen. In dem schmalen Durchgang zwischen zwei Stapeln von Lattenkisten traf er auf einen jungen Fähnrich, der einen Augenblick zögerte, als er plötzlich dem Helden von Gheriah*) Auge in Auge gegenüberstand, dann hastig zurücklief und grüßte: »Guten Tag, Sir – Kapitän Kelso, Sir.«

Draußen auf der Straße wartete ein Ochsengespann, die Tiere standen bis zu den Fesseln im Staub.

Kelso schritt weiter und blickte dabei weder nach rechts auf die elenden Gestalten der am Straßenrand liegenden Inder noch nach links, wo der Gouverneurspalast wie eine Zwingburg im Sonnenlicht glänzte. Mehr als je bedauerte er es, daß er seinem unwiderstehlichen Impuls gefolgt war.

Margaret Clive.

Er sah sie im Geiste in jeder zugezogenen Sänfte, in jedem Garten, in jedem Offizierswagen. Noch vor einem Jahr in Bombay hatte er sich geschworen, sie niemals wiederzusehen, aber als er an diesem Morgen mit seiner *Paragon* in Madras eingelaufen war, hatte er bereits, als er unruhig auf dem Achterdeck auf und ab ging, die Wirkung ihrer Anwesenheit gespürt. Des Gouverneurs Einladung hatte dann sein Nachgeben besiegelt.

Jetzt durchschritt er das offene Portal, an dessen Seite die rotröckigen Posten salutierten. Er tippte grüßend an seinen Hut und stieg die breite Freitreppe hinauf. Ein indischer Diener kam aus dem Schatten, verbeugte sich mit lautem *Salaam* und fragte dann: »Sahib?«

»Kapitän Kelso von der *Paragon.*«

»Seine Exzellenz erwartet Sie, Sahib.«

Kelso folgte dem Diener über die Veranda zu einem Innenhof. Dort verhielt er einen Augenblick, schaute hinüber zu den offenen Fenstern auf der anderen Seite, lauschte den unzusammenhängenden Fetzen der Unterhaltung und hörte das Lachen einer Frau. Noch war Zeit umzukehren.

»Bitte, Sahib.«

Es war auch im Hause des Gouverneurs heiß, aber Deckenfächer, die von halbnackten Dienern in Bewegung gehalten wurden, erzeugten wenigstens einen Luftzug. Als Kelso aus der blendenden Helle des Hofes in den dunkleren Raum trat, konnte er zu-

*) Piratenfestung südlich von Bombay, die unter wesentlicher Mitwirkung Kelsos zerstört wurde (siehe *Kapitän Kelsos Rache,* Ullstein Buch Nr. 20099)

nächst nichts erkennen. Er wartete in der Eingangstür und bückte sich, um nicht mit dem Kopf gegen den Türbalken zu stoßen. Gleichzeitig spürte er, wie die Unterhaltung verstummte und alle ihn anstarrten. Zu seiner Erleichterung hörte er Robert Clives Stimme »Kelso! Mein lieber Kelso! So bist du also doch noch gekommen.« Der dunkle Raum nahm langsam Formen an, und er war so begierig, *ihr* Gesicht zu sehen, daß er den Handschlag ihres Gatten kaum wahrnahm, noch dessen Bemerkung: »Ich dachte schon, du hättest vergessen zu kommen.«

»Ich hatte zu tun.«

Über das zischende Geräusch des Deckenfächers hinweg hörte er eine boshafte Bemerkung, scheinbar nebensächlich gesprochen, aber doch laut genug, um von jedermann verstanden zu werden: ›Unglaublich! Ein junger Fregattenkapitän ist zu beschäftigt, um der Einladung des Gouverneurs Folge zu leisten!«

Kelso wandte seine Aufmerksamkeit dem Sprecher zu, einem kleinen, aufgeblasen wirkenden Mann in Offiziersuniform: Oberst Aldercron vom 39. Infanterieregiment. »Ich hatte zu tun«, wiederholte er.

Gouverneur Pigot kam liebenswürdig auf ihn zu. »Mein lieber Kelso, natürlich, Sie sind ja erst heute morgen eingelaufen, und jetzt hörte ich, daß Sie morgen schon wieder auslaufen sollen. Es war sehr freundlich von Ihnen, trotzdem zu kommen.«

»Sie *hörten*, daß ich auslaufen soll, Sir? Ich war der Meinung, daß Sie den Befehl dazu gegeben hätten.«

Der Gouverneur gestattete sich nur einen Augenblick der Verwirrung. »Ja, sehen Sie . . . Aber erst will ich Sie vorstellen.« Er ergriff Kelso am Arm. »Admiral Watson kennen Sie wohl.«

Watson sah krank aus. In den wenigen Monaten, seit Kelso ihn das letzte Mal in Bombay gesehen hatte, war er stärker geworden, und Schweiß perlte auf seinen geröteten Wangen. Sein Handschlag und sein Willkommensgruß jedoch waren gesund und herzhaft. »Kelso, ich freue mich aufrichtig, Sie zu sehen!«

»Danke, Sir.«

»Und Oberst Aldercron von den Neununddreißigern.«

Kelso nickte kurz, was der Oberst mit einer kühlen Verbeugung erwiderte.

»Und – verzeihen Sie, meine Liebe – unsere charmante Mrs. Clive.«

Margaret war noch schöner, als er sie in Erinnerung hatte. Die Linie ihres Kinns und ihr kühler, selbstsicherer Blick ließen seine

Passion plötzlich lachhaft und anmaßend erscheinen. »Ich glaube, Sie beide sind alte Freunde«, sagte der Gouverneur.

»Kapitän Kelso und ich kennen uns seit einer Anzahl von Jahren«, entgegnete Margaret abweisend.

»Kennen!« rief Robert. »Wie kannst du so etwas über Kelso sagen! Ist er nicht unser bester Freund?«

Margaret musterte Kelso mit dem abschätzenden Blick einer Frau, die sich ihrer Macht bewußt ist. »Zumindest kenne ich ihn gut genug, um mich daran zu erinnern, daß er Parties nicht mag.«

»Parties nicht mag!« kicherte Oberst Aldercron. »Zum Teufel, Kelso, was mögen Sie dann?«

»Er liebt das Kämpfen«, warf Margaret ein.

Kelso wandte sich brüsk ab, ließ die beiden stehen und blickte den Gouverneur an. »Um nochmals auf diesen Auslaufbefehl zurückzukommen, Sir. Ich erhielt ihn über den Hafenkommandanten, nahm aber natürlich an, er käme von Ihnen.«

Der Gouverneur antwortete: »Ich möchte, daß Sie meine Situation verstehen, Kelso. Es braut sich etwas zusammen, wie Sie wissen. Wenn ich Sie hier festhalte, wird sich Richard Bouchier beim Direktorium in London beschweren. Außerdem braucht er Sie wirklich in Bombay.«

»Ich wüßte nicht, warum.«

»Wenn Krieg ausbricht, können wir uns nur verteidigen, wenn jedermann auf seinem Posten ist. Und Ihr Posten ist nun einmal in Bombay.«

»Wenn die Franzosen uns angreifen, Sir, wird es hier in Madras oder in Fort St. David sein. Was kann ich also in Bombay und an der Malabarküste*) nützen?«

»Das zu entscheiden ist Sache von Bouchier.«

Kelso entgegnete eigensinnig: »Dort ist von den Franzosen nichts zu befürchten; die Piraten Angrias sind ebenfalls vernichtend geschlagen...«

»Ach ja«, sagte der Gouverneur lächelnd. »Wir haben soeben davon gehört.«

»Wenn ich hier an der Coromandelküste**) bliebe, könnte die *Paragon* eine nützliche Rolle spielen.«

»Wir haben alles über den Angriff auf Gheriah gehört, wie Sie direkt unter den Geschützen des Forts eingelaufen sind und die

*) Westküste Indiens
**) Ostküste Indiens

gesamte Flotte Angrias vernichtet haben.«

Kelso erwiderte ungeduldig: »Ich war Kommandant einer kleinen Fregatte. Wenn die Unternehmung erfolgreich verlief, dann war es das Verdienst von Admiral Watson hier und von Oberst Clive.«

»Natürlich. Natürlich, aber ich muß Ihnen sagen, Kelso, daß diese beiden Herren bestätigt haben, wieviel die Unternehmung Ihrem Beispiel, Ihrer persönlichen Tapferkeit und der glänzenden seemännischen Leistung mit Ihrer *Paragon* verdankt.«

»Danke, Sir«, sagte Kelso. »Also, wenn ich bleiben würde, bis der Monsun ...«

»Der Gouverneur lachte. »Kelso, Sie sind ein Mann ganz nach meinem Herzen. Blasen Sie Ihr Auslaufen morgen früh ab. Ich schicke einen Boten zum Hafenkommandanten. Eine Woche hier in Madras gestehe ich Ihnen noch zu – eine einzige Woche, wohlgemerkt –, dann müssen Sie zurück.«

»Danke, Sir.«

Margaret Clive richtete sich in ihrem Sessel auf, als einer der Bediensteten mit Tee hereinkam. Mit einer winzigen Andeutung von Schärfe sagte sie: »Nun, auf diesen Sieg von Kapitän Kelso hin sollten wir jetzt vielleicht einen Tee trinken.«

Die Gesellschaft teilte sich allmählich in zwei Gruppen. Admiral Watson gesellte sich Aldercron zu, den er nicht leiden konnte, um die Unterhaltung mit Clive zu vermeiden, den er verabscheute. Kelso saß ein wenig unbeholfen mit gekreuzten Beinen und balancierte seine Teetasse in der Hand, während er Margaret betrachtete und gleichzeitig dem Gouverneur zuhörte. »Das war wohl eine Überraschung für Sie, Mrs. Clive hier zu treffen, Kelso?«

»Nein«, sagte Kelso. »Ich wußte, daß sie hier sein würde.«

»Ich wüßte nicht wieso«, sagte Margaret. »Als wir Bombay verließen, war dir doch nur bekannt, daß Robert als Gouverneur von Fort St. David herübergekommen war.«

»Und als stellvertretender Gouverneur von Madras. Bei einem drohenden Krieg in Bengalen konnte ich mir nicht vorstellen, daß Robert die Gelegenheit zum Kämpfen versäumen würde.«

»Das ist es nicht«, platzte Clive mit einem besorgten Blick auf seine Frau dazwischen. »Unsere neue Residenz ist noch nicht ganz fertig, und George – vielmehr, der Gouverneur – hat uns freundlicherweise erlaubt, so lange hierzubleiben.«

»Ich freue mich, euch hier zu haben«, sagte Pigot.

»Auf jeden Fall ist es vollkommen falsch anzunehmen, daß Robert die Absicht habe zu kämpfen«, rief Margaret in scharfem Ton. »Die Kompanie hat ihn hier herausgeschickt als Verwaltungsbeamten. Sobald unser Haus fertig ist, werden wir nach Fort St. David gehen. Wenn Krieg ausbricht, sei es hier oder in Bengalen, wird Robert dort bleiben – als Gouverneur.«

Nur Kelso merkte, wie aufgeregt sie war. Ihr blasses, hübsches Gesicht zeigte nichts von ihrem Ärger, aber ihre Augen blitzten ihn warnend an.

»Es tut mir leid«, sagte Kelso, »aber wenn Krieg ausbricht, wird Robert als Soldat gebraucht. Ich hoffe, daß du deine Meinung noch ändern wirst.«

»Niemals!«

Der Gouverneur beugte sich vor: »Sie haben gehört, Watson, welche Unruhen wir in Bengalen erwarten?«

Der Admiral wand sich in seinem Sessel, als versuche er, einen krampfartigen Schmerz zu verbergen. Er sah noch immer krank und angegriffen aus. »Ja«, sagte er, »das ist das einzige, was ich hier seit meiner Ankunft immer wieder höre. Ich muß gestehen, Pigot, daß die indische Politik über mein Verständnis geht. Als ich letztes Jahr in Bombay ankam, war das erste, was ich tun mußte, daß ich mit meinem Geschwader nach Süden segelte, um mit diesen Piraten in Gheriah aufzuräumen. Jetzt, nach meiner Ankunft hier in Madras, erwartet man von mir, daß ich mich darum kümmere, was in Fort William vorgeht, achthundert Meilen nördlich von hier. Später, nehme ich an, werde ich dort hinaufsegeln, während man einen neuen Unruheherd für mich finden wird – hier unten vielleicht.«

Der Gouverneur lächelte. »Das ist durchaus möglich.«

»Es wird keinen Frieden in Indien geben, so lange noch ein einziger französischer Soldat hierbleibt«, sagte Clive. Er schlug mit seiner Faust auf den Stuhl, so daß alle ihm ihre Aufmerksamkeit zuwandten. »Ich sage Ihnen, meine Herren, daß wir hier nicht eher in Sicherheit sind, als bis wir die Franzosen aus Indien vertrieben haben.«

»Und wie, schlagen Sie vor, sollen wir das tun«, fragte Watson, »solange unsere beiden Länder Frieden haben? Sie erwarten doch nicht etwa, daß Godeheu uns die Gelegenheit zum Angriff geben wird?«

»Vielleicht sollten wir uns selbst die Gelegenheit schaffen.«

Der Admiral rutschte unbehaglich in seinem Sessel hin und her und sagte schließlich gereizt: »Die Schwierigkeit mit euch Amateuren ist immer, daß ihr ein Problem nur halb seht. Oh, ich weiß, es wäre praktisch, die Franzosen jetzt anzugreifen, solange wir mein Geschwader von Schiffen der Royal Navy hier haben und dazu ein ganzes Infanterieregiment; aber können Sie sich vorstellen, was unsere Regierung zu Hause, ganz zu schweigen von Ihrem Direktorium, dazu sagen würde?«

»Da es ein halbes Jahr oder noch länger dauern würde, bis die Nachricht sie erreichen könnte, und nochmals genauso lange, bis wir ihre Antwort hier haben, wäre das meine geringste Sorge«, sagte Clive. »Sie sind neu hier draußen, Admiral, aber glauben Sie mir, bevor Sie sehr viel länger in diesem Lande leben, werden Sie feststellen, daß wir hier alles ganz allein zu verantworten haben. Wir haben zu entscheiden – Sie, ich, der Gouverneur mit seinen Ratsmitgliedern . . .«

»Und der Oberbefehlshaber, hoffe ich«, bemerkte Oberst Aldercron beleidigt. Die Röte des Ärgers stieg ihm in sein arrogantes Gesicht.

»Wir sind die Männer, die Indien retten müssen«, sagte Clive entschieden.

Zurückgelehnt in seinem Sessel, beobachtete Kelso die Szene sorgfältig. Er sah Watson, beeinflußt durch seine Krankheit und gleichermaßen durch seine Abneigung gegen Clive, aber trotzdem ein aufrechter Mann und ein Patriot; er sah den Gouverneur George Pigot, einen alten Freund von Clive, aber gelähmt durch seinen Zwang zur Unparteilichkeit; er sah den eitlen, beleidigten Aldercron; und er sah Margaret Clive.

Sie beugte sich jetzt vor und wandte sich an Aldercron: »Und wie denkt der Oberbefehlshaber über all dieses Gerede vom Krieg?«

Aldercrons Ärger ließ sichtbar nach, als sie ihm ihre Aufmerksamkeit zuwandte. Er antwortete: »Zuversichtlich, Madam, – zuversichtlich. Ich denke, mein Regiment dürfte allem, was die Frogs*) uns entgegenstellen können, haushoch überlegen sein.«

»Auch einem Heer von Tausenden, möglicherweise Zehntausenden von Soldaten?« fragte Clive.

Der Oberst erwiderte mit arrogantem Lächeln: »Ich fürchte, Sie sind falsch unterrichtet, Sir. In ganz Indien sind nicht einmal annähernd so viele Franzosen.«

*) Frogs: Franzosen (Froschesser) wegen ihrer Vorliebe für Froschschenkel

»Franzosen!« rief Clive aus. »Wer spricht denn von Franzosen? Ich spreche von den Eingeborenen, von den ungeheuren Heeren, die gekauft werden können für nicht viel mehr als das Versprechen von Plünderung. Die sind es, mit denen Godeheu und Bussy kämpfen werden und auf die wir vorbereitet sein müssen, wenn wir in Indien bleiben wollen.«

»Also wirklich, Clive, Sie erwarten doch nicht, daß ich Ihre Worte ernst nehme!« sagte Aldercron. »Ich mag vielleicht neu im Lande sein, aber Sie muten mir doch wohl nicht zu, daß ich mich aufrege wegen einer Schar nackter Krieger?«

»Sind Sie so sicher, daß Sie sie schlagen können?« fragte Clive.

»Mein lieber Freund, die Regierung daheim hat mich hergeschickt, um unsere indischen Besitzungen zu verteidigen. Jetzt, da ich und mein Regiment hier sind, brauchen Sie wirklich nichts mehr zu fürchten.«

»Dafür laßt uns Gott danken!« rief Clive aus. »Ist Ihnen klar, Oberst, daß Sie nicht zu einem ahnungslosen Zivilisten sprechen? Ich habe selbst *einige* Erfahrung.«

Aldercrons Überraschung war fast unverschämt. »Ach, wirklich? Das war mir nicht bekannt. Oh, Sie meinen Arcot und Trichinopoly und diese anderen Affären?«

»Andere Affären!« schnaubte Clive wütend. »Ohne mich rühmen zu wollen, kann ich für mich in Anspruch nehmen, daß diese *anderen* Affären, wie Sie sie nennen, unsere Position in Indien gerettet haben.«

»Möglich, durchaus möglich. Aber ist Ihnen klar – ich möchte Sie nicht beleidigen –, daß sie im militärischen Sinne nichts weiter als Scharmützel waren?«

»Scharmützel!«

Kelso nahm seine langen, gekreuzten Beine auseinander und richtete sich auf. »Haben *Sie* schon irgendwelche Kampferfahrungen hier in Indien, Oberst?«

Es herrschte eisiges Schweigen, unterbrochen lediglich durch das Fauchen der Deckenfächer und durch das Summen der Insekten an den geschlossenen Fenstern. Aldercron starrte Kelso böse an, öffnete den Mund, als wolle er etwas sagen, schloß ihn dann aber wieder in beleidigtem Trotz. Der Gouverneur hustete und rückte an seinem Stuhl; es war Margaret Clive, die das Schweigen brach. Sie stand abrupt auf und nahm ihres Gatten Arm. »Robert, willst du mich in mein Zimmer bringen?«

»Natürlich.«

Alle standen jetzt auf, und der Gouverneur sagte: »Meine Liebe, Sie wollen uns doch nicht schon verlassen?«

Sie lächelte und berührte in einem rührenden Versuch von Koketterie seine Wange mit dem Fächer. »Sagen Sie mir nur nicht, ich würde hier vermißt! Sie haben die Kommandeure von Heer und Marine hier, ganz zu schweigen von dem tapfersten Kapitän der Kompaniemarine. Ich bin sicher, daß Sie Ihre Kriegsgespräche besser ohne mich führen können.«

»Aber meine Liebe . . .«

Sie lächelte nochmals und deutete einen Knicks an. »Sie müssen mich wirklich entschuldigen, ich habe ziemlich heftige Kopfschmerzen. Aber es war sehr nett, Sie zu sehen, Admiral, und auch Sie, Oberst. Ich hoffe doch, daß Sie beide uns in Fort St. David besuchen werden. Sie sind dort mehr als willkommen.« Sie wandte sich zur Tür, und nur Kelso sah, wie ihr Lächeln erstarb. »Guten Tag, Kapitän Kelso.«

Robert Clive war sichtlich unglücklich, von der für ihn so interessanten Unterhaltung weggezerrt zu werden, aber schon der Versuch eines Protestes wurde erstickt durch die gebieterische Bewegung ihres Fächers. »Komm, Robert.«

Kelso sah ihr ausdruckslos nach, als sie mit Siegermiene und schwingenden Röcken den Raum verließ. Mit kaum verhohlener Gereiztheit wandte er sich dann Oberst Aldercron zu, da dieser in seiner aufgeblasenen Art mit der Unterhaltung fortfuhr. »Ich bitte um Vergebung, Euer Exzellenz«, sagte dieser gerade zum Gouverneur, »aber ich finde dieses ganze Geschwätz über einen bevorstehenden Krieg reichlich unrealistisch. Ich komme direkt von England, wie Sie wissen. Dort habe ich zwar ein paar Gerüchte gehört, das stimmt, aber nichts, was mich wirklich an einen unmittelbar bevorstehenden Krieg mit Frankreich glauben ließe.«

»Vielleicht haben Sie nicht aufmerksam genug zugehört«, sagte Kelso.

»Sir!«

»Oder Sie haben sich nicht in den richtigen Kreisen bewegt.«

Watson ließ sich vernehmen: »Ich gestehe, Aldercron, daß ich Kelso rechtgeben muß. Ich kann mir nicht vorstellen, daß die Regierung mich mit einem ganzen Geschwader hierherschickt, wenn man nicht erwartet, daß sich etwas ereignen wird, das diesen Aufwand rechtfertigt.«

Aldercron hob die Schultern mit einer seltsam femininen Bewegung und sagte: »Tut mir leid, daß ich nicht mit Ihnen übereinstimme. Niemand zu Hause vermittelte mir den Eindruck, daß etwas Ernsteres zu erwarten sei als Scharmützel mit den Eingeborenen. Glauben Sie, daß man mir, dem neuen Oberbefehlshaber, nicht mitgeteilt hätte, wenn ernsthafte Nachrichten in dieser Richtung vorlägen?«

Kelso warf ein: »Nicht, wenn diese Nachrichten bereits Allgemeingut wären.«

Aldercrons rotfleckiges Gesicht färbte sich noch einen Ton dunkler. »Kapitän Kelso! Ich finde Ihre Art beleidigend. Wenn wir unsere Karten austauschen sollen ...«

»Aber, meine Herren!« rief der Gouverneur beschwichtigend.

»Sparen Sie Ihren Zorn, Oberst, für die wirklichen Ereignisse, die auf uns zukommen werden«, sagte Kelso. »Jeder Narr kann sehen, daß wir uns im Krieg befinden werden, bevor dieses Jahr zu Ende ist.«

»Das glaube ich nicht.«

Kelso fuhr fort: »Und das ist noch nicht die schlimmste unserer Schwierigkeiten.«

Admiral Watson, der keuchend und niedergeschlagen in seinem Sessel hing, richtete sich auf und fragte interessiert: »Was meinen Sie damit, Kelso?«

»Einen Angriff des neuen Nabob*) in Bengalen, möglicherweise den Verlust von Kalkutta und unseren dortigen Niederlassungen.«

»Oh, kommen Sie! Halten Sie das wirklich für möglich?«

»Ja, das ist möglich, fürchte ich«, warf der Gouverneur ein. »Sie haben gehört, daß dieser Nabob, Surajah Dowlah nennt er sich, Drake seit einiger Zeit bedroht. Die letzten Nachrichten besagten, daß er sich zum Marsch auf Fort William vorbereite.«

»Aber wenn er das tut –«

»O ja, wir haben Verstärkung hingeschickt, alles, was wir hier entbehren konnten. Major Kilpatrick und seine Abteilung dürften bereits auf dem Wege sein.«

»Laßt uns hoffen, daß sie rechtzeitig dort eintreffen!«

»Und wenn sie das schaffen, was erwarten Sie dann von ihnen?« fragte Kelso. »Zwei oder drei britische Offiziere und eine Handvoll Soldaten gegen ganz Bengalen mit seinen ungeheuren Menschenmassen!«

*) hier eingedeutscht für »Nawab« = indischer Fürst; auch spöttisch für einen in Indien reich gewordenen Engländer gebraucht (Anm. d. Red.)

»Das ist leider alles, was wir entbehren konnten«, antwortete der Gouverneur.

»Vielleicht hat Kelso ja einen besseren Plan«, warf Aldercron ein. »Sicher kennt er eine Zauberformel, mit der man unsere Interessen schützen könnte?«

»Dafür gibt es keine Zauberformel«, antwortete Kelso. »Nur eins kann Bengalen retten: eine Demonstration der Stärke.«

Sie saßen unbehaglich herum, vermieden es, Zustimmung oder Ablehnung anzudeuten. Sie blickten im ganzen Raum herum – auf das Porträt des Königs, auf die lackierten Wände, auf die langsam wandernden Schatten. Endlich bewegte sich der Gouverneur und fragte: »Sie meinen eine Strafexpedition?«

»Jetzt liegt ein Geschwader der Königlichen Marine im Hafen, und ein Infanterieregiment steht uns zur Verfügung. Wir sind noch niemals so stark gewesen. Der Zeitpunkt, Surajah Dowlah zu stoppen, ist *jetzt*!«

Der Gouverneur seufzte. »Ich weiß nicht –«

»Es war schlimm genug, als Aliverdi Khan noch am Leben war, aber wenigstens respektierte und fürchtete er uns. Sein Großneffe dagegen läßt sich nur von Haß leiten.«

»Ich weiß nicht recht, Kelso. Ich muß das erst bedenken.«

»Da ist nur noch eins, Sir.«

»Ja?«

»Wenn eine Strafexpedition ausgeschickt wird, möchte ich Sie daran erinnern, daß die *Paragon* besonders für die engen Gewässer des Hugli geeignet ist. Und natürlich kenne ich das Fahrwasser genau.«

Der Gouverneur fragte: »Ist das der Grund, weswegen Sie so darauf bedacht waren, hierzubleiben?«

»Ja, Sir.«

»Sie haben nur eine einzige Woche zur Verfügung, denken Sie daran.«

»Das könnte durchaus genügen.«

Watson fragte irritiert: »Um Gottes willen, Kelso! Meinen Sie wirklich, daß diese Angelegenheit so dringend ist?«

»Ja, das meine ich, Sir.«

»Dann, Exzellenz, denken Sie nicht, daß wir etwas unternehmen sollten? Können wir es uns leisten zu warten?«

»Ich weiß nicht«, sagte der Gouverneur noch einmal. »Es ist eine vertrackte Situation. Jeden Augenblick können uns die Franzosen den Krieg erklären. So lange Sie hier sind, Admiral, sind wir in Sicherheit. Können wir es riskieren, Sie auf eine Unternehmung zu schicken, die Monate dauern wird, während wir womöglich morgen oder zumindest in den nächsten Tagen die Segel eines französischen Geschwaders über den Horizont kommen sehen?«

»Es wäre Wahnsinn, ein solches Risiko einzugehen«, sagte Aldercron. »Mit all unseren reichen Besitzungen in der Carnatic*) brauchen wir uns doch nicht darüber aufzuregen, was in Bengalen geschieht.«

»Wenn wir Bengalen verlieren, verlieren wir Indien«, sagte Kelso.

Aldercron wandte sich ihm höhnisch zu: »Das sagen *Sie*!«

Der Gouverneur ließ sich vernehmen: »Wenn Surajah Dowlah tatsächlich angreift, können wir kaum hier sitzen und Däumchen drehen. Unsere Interessen in Bengalen sind zu wertvoll, um sie ohne Kampf aufzugeben. Andererseits ...«

Watson stand auf und stützte sich schwer auf die Lehne seines Sessels. »Gut, Exzellenz, wenn eine Strafexpedition stattfinden soll, meine Schiffe sind klar zum Auslaufen; andererseits, wenn Sie es für klüger halten, uns hier zu behalten, ist das auch verständlich. Auf jeden Fall, Sir, bin ich froh darüber, daß es Ihre Entscheidung ist und nicht meine.«

Kelso fügte mit der Sicherheit, die fester Überzeugung entsprang, hinzu: »Es kann meines Erachtens nur eine einzige Entscheidung geben. Surajah Dowlah muß gestoppt werden, und zwar *jetzt*.«

2

Die Woche ging rasch vorbei, lediglich unterbrochen durch das gelegentliche Aufflackern der offenen Feindseligkeiten zwischen Clive und dem unerträglichen Aldercron oder der etwas gemäßigteren Feindschaft zwischen Clive und Watson. Jeder einzelne Tag stellte hohe Anforderungen an die Geduld, jeder Tag wurde beherrscht von der glühendheißen Sonne. Unterhalb der Residenz des Gouverneurs lagen die weißen Villen der Angestellten der Kompanie, die braunen Hütten der Eingeborenen zwischen Palmen, Oleander und dem stacheligen Gestrüpp der Stechpalmen. Dieses in der Hitze flimmernde Landschaftsbild schien jedoch

*) Mittel- und Südindien

der Illusion eines Traumes entsprungen. Selbst der Paradeplatz, auf dem noch vor einer Woche die schwitzenden Rotröcke marschiert waren, lag jetzt verlassen da. Die Wachtposten standen im Schatten, die indischen Straßenhändler boten ihre Waren auf völlig leeren Straßen dar, und die englischen Damen welkten hinter geschlossenen Vorhängen dahin.

Kelso war froh, als die Woche vorüber war. Obgleich noch keine neuen Nachrichten eingetroffen waren, weder von Bengalen noch von dem erwarteten Kriegsausbruch mit Frankreich, hatte er das Gefühl, es hier in der heißen, staubigen und stickigen Atmosphäre keinen einzigen Tag länger aushalten zu können. Aldercron, der Kelsos Abschiedsbesuch beim Gouverneur beiwohnte, machte einige höhnische Bemerkungen über Amateurpolitiker, und selbst Watson, der sich Kelsos Beurteilung der Lage vorher so willig zu eigen gemacht hatte, schien ein wenig von seiner Zuversicht und Überzeugung eingebüßt zu haben.

Kelso schenkte ihren Zweifeln keinerlei Beachtung. Er verabschiedete sich vom Gouverneur und von Robert Clive und saß wenig später bereits in seiner Gig auf dem Weg zu seinem Schiff. Margaret Clive hatte er nicht wiedergesehen.

Die Sonne glitzerte und brannte erbarmungslos, als das Boot über die ruhige Wasserfläche glitt, aber Kelso, den Rücken dem Land zugewandt, blickte nach vorn und betrachtete zufrieden die stolzen, schlanken Linien seiner *Paragon*. Die Luft war selbst hier über dem Wasser erstickend heiß, und die Männer an den Riemen mußten sich von Zeit zu Zeit den Schweiß aus den Augen schütteln. Es schien endlos lange zu dauern, bis der dunkle Rumpf der Fregatte unmittelbar vor ihnen aufragte. Sobald sie längsseits lagen, sprang Kelso aufs Fallreep und stürmte hinauf wie ein Junge. Erst oben zögerte er und besann sich auf seine Würde. Einen Augenblick stand er grüßend still in der Relingspforte, während die Bootsmannsmaaten »Seite« pfiffen. Fenton, der Erste Offizier, berührte ebenfalls grüßend seinen Hut, und die Wache präsentierte das Gewehr. Kelso meinte, eine leichte Brise von der offenen See her zu verspüren.

»Alle Mann an Deck, Mr. Fenton. Lassen Sie Anker lichten und Segel setzen.«

»Aye, aye, Sir.«

»Wir laufen sofort aus.«

Unten in seiner Kajüte, einem winzigen Raum, der von der Messe abgeschottet war, legte Kelso seine Sachen ab und wusch sich mit Schwamm und Seewasser, während Padstow, sein Steward, Kelsos zweitbeste Uniform bereitlegte. Oben an Deck war das Schrillen der Bootsmannsmaatenpfeifen und das Getrappel der bloßen Füße zu hören. Ein Spill knarrte, und rauhe Stimmen sangen im Takt, während der Anker gelichtet wurde.

»Hievt, Halunken, hievt!«

Gleichmäßig klickte die Ankerkette.

»An die Brassen, an die Fallen!«

»Hiev rund, Mr. Duggan!«

»Hievt, ihr Halunken, hievt!«

Kelso war inzwischen in seine gewohnte Uniform gestiegen. Als er sein Gesicht im Spiegel sah, war er überrascht, in seinen harten und scharfen Zügen den Anflug eines Lächelns zu entdekken. Rasch nahm er seinen üblichen, undurchdringlichen Ausdruck wieder an, als Padstow nochmals zurückkam.

»Brauchen Sie noch etwas, Sir?«

»Nein, nichts weiter. Sagen Sie Mr. Fenton, ich werde gleich oben sein.«

Er spürte lediglich die Andeutung einer Brise, als er an Deck kam. Die *Paragon* lag zwar auf Auslaufkurs, aber während des ganzen Nachmittags blieben die niedrige Küste mit ihren Sandstränden, ja selbst die Mauern des Forts in Sicht. Kelso ging ungeduldig auf dem Achterdeck auf und ab. Jetzt, da er den Staub und die Hitze des Landes abgeschüttelt hatte, wollte er so schnell wie möglich weg von Madras und von den demütigenden Erinnerungen an Margaret Clive. Er wollte sie niemals wiedersehen – niemals. Diesmal war er fest entschlossen dazu. Er blickte hinauf zu den Untersegeln, die schlaff von ihren Rahen hingen, ebenso wie die Leesegel, die gesetzt worden waren, um auch den leichtesten Hauch einzufangen. Doch sie waren im Augenblick nichts als loses Tuch. Selbst die Royals füllten sich kaum. Von Land glitzerten die Fenster des Gouverneurspalastes wie spöttisch blinzelnde Augen herüber, während die *Paragon* in der langen, trägen Dünung rollte.

Gegen Abend jedoch kam ein ablandiger Wind auf, die Segel füllten sich, und die *Paragon* machte endlich Fahrt. Auf dem Achterdeck setzte Kelso seinen Marsch fort: elf Schritte von der Querreling bis zum Heck, elf Schritte vom Heck bis zur Querreling. Die allmählich auffrischende Brise zauste sein Haar, und gelegentlich schickte eine etwas höhere Welle Spritzer über das Achterdeck. Die tropische Dämmerung kam mit all ihrer Farbenpracht, und als er während seines Marsches einmal einen Blick achteraus warf, stellte er fest, daß Madras und die gesamte Coromandelküste verschwunden war. Endlich war er frei!

Sie liefen gute Fahrt während der Nacht, und als er bei Beginn der Mittelwache nach unten ging, kam noch immer eine steife Brise von Steuerbord querab. Er schlief tief und fest, und es war bereits heller Tag, als er erwachte, und zwar durch einen Schrei aus dem Fockmast.

»An Deck! Segel Backbord voraus!«

Anscheinend ohne Eile, war Kelso jedoch im selben Augenblick aus der Koje und blickte über die endlose Reihe der Wellenkämme, sah aber nichts. Er war bereits halb angezogen, als Padstow eintrat, das Rasierzeug in der Hand. Die eine Hälfte seines Gesichts war gerade fertig rasiert, als Mellors, der Fähnrich der Wache, die Treppe herunterpolterte.

»Mr. Fenton läßt melden, daß ein Segel Backbord voraus in Sicht ist, Sir.«

»Hat er ausgemacht, was es ist?«

»Mr. Fenton ist oben im Vortopp gewesen, Sir, kann es aber nicht identifizieren. Er bittet Sie, einmal selbst nachzusehen, Sir.«

»Ich komme gleich nach oben.«

Das Sonnenlicht blendete ihn, als er aus dem Niedergang stieg, und er spürte den belebenden Geruch der See. Die Brise war noch immer steif, stellte er fest, und die *Paragon* warf sich hin und her wie ein ungebärdiges Füllen.

»Ich kann mir kein rechtes Bild machen, Sir«, sagte Fenton. »Es ist irgend etwas Kleines. Wenn das hier draußen möglich wäre, würde ich es für eins der Flußschiffe halten, wie sie auf dem Hugli*) verkehren. Auf alle Fälle scheint es in Seenot zu sein.«

Kelso nahm sein Glas und enterte im Luvwant des Fockmastes auf. Er stieg langsam, denn obgleich er noch jung war, fehlte ihm sowohl die Praxis als auch die Energie, wie ein Seekadett hinaufzuflitzen. Mit dem Rücken nach unten durchstieg er, ohne eine Pause zu machen, die Püttings zum Mars und dann weiter aufwärts bis zur Bramsaling. Dort setzte er sich rittlings auf die Rah und richtete sein Glas auf den Horizont.

Zuerst konnte er nichts weiter sehen als die unregelmäßigen Kämme der Wellen, einen Schwarm Seevögel und, was ihn am meisten täuschte, die gelegentlichen Brecher. Er mußte fast genau

*) einer der Mündungsarme des Ganges

gegen die Sonne blicken, und die funkelnde Oberfläche der See ließ seine Augen tränen. Schließlich wandte er sich an den Ausguck neben ihm.

»Wo ist es?«

»Dort drüben, Sir, querab und halbwegs bis zum Horizont.«

Nun sah er den kleinen braunen Fleck auf dem fast unendlichen Blau. Zuerst hielt er es für eine Dhau, denn der weiße Fleck, den er zu sehen glaubte, konnte ein Lateinersegel sein. Dann aber erkannte er, daß es zwei Masten hatte, der achtere allerdings war nicht mehr als eine Spiere mit einem einzigen Schratsegel. Der Großmast war es, der ihn verwirrt hatte. Anstatt der üblichen Takelung der Flußsegler trug er nur ein einzelnes Segel an einem – wie es schien – Behelfsmast. Das Fahrzeug war entweder kleiner als die übliche Flußketsch, oder es lag bereits sehr tief im Wasser.

»Mr. Fenton«, rief er hinunter, »ändern Sie Kurs, und zwar auf das Boot zu.«

»Aye, aye, Sir.«

Von seiner Position im Vortopp aus beobachtete Kelso das ihm so vertraute Manöver, das Gedränge an den Brassen, das Holen im Takt der Bootsmannspfeifen, während die *Paragon* auf den neuen Kurs drehte. Der Bug tauchte plötzlich verbissen in die See, die Decks änderten ihr bisher gleichmäßiges Rollen in ein wildes Stampfen, das auch den wendigsten Seemann rasch nach einem Halt greifen ließ. Oben im Topp wurde die Bewegung verzehnfacht, und Kelso, der die Erfahrungen seiner Kadettentage fast vergessen hatte, klammerte sich verzweifelt fest, um nicht über Bord geschleudert zu werden.

»Alles in Ordnung, Sir?«

Der junge Kadett, der noch immer rittlings auf der Rah saß und dem das wilde Stampfen des Schiffes nichts auszumachen schien, sorgte sich um die Sicherheit seines Kommandanten.

»In Ordnung«, grinste Kelso. »Sie würden jetzt besser auch einlegen. Ich gehe nach unten.«

Als er auf dem Achterdeck ankam, fragte Fenton: »Was ist es Ihrer Ansicht nach, Sir? Ein Eingeborenenfahrzeug oder ein Pirat?«

»Ich glaube, Sie hatten recht mit Ihrer ersten Vermutung. Es ist ein Flußboot, eine Ketsch.«

»Was tut sie so weit hier draußen, einen vollen Segeltag von Land und achthundert Seemeilen von Bengalen?«

»Das wollen wir ja gerade herausfinden.«

Die *Paragon* benahm sich höchst launisch und ungebärdig. Sie versuchte, einmal nach Backbord, einmal nach Steuerbord auszubrechen. Wenn der Bug in ein Wellental tauchte, drohte er unterzuschneiden; dann wieder stieg er so hoch, daß die Masten sich nach achtern neigten; das Schiff ritt verächtlich die steile Steigung hinauf zum nächsten Wellenkamm. Gischt flog bis zum Großmast, und mitunter zischten schwere Schauer sogar über das Achterdeck.

»Der Wind frischt auf, Sir«, bemerkte Fenton.

»Ja.«

Soviel er vom Vortopp aus gesehen hatte, war das kleine Fahrzeug nicht für schweres Wetter geeignet. »Ausguck!« schrie er. »Was sehen Sie von dem Schiff?«

Der Kadett senkte sein Glas und rief hinunter: »Es ist in sehr schlechtem Zustand, Sir. Der Großmast ist gebrochen, es hat einen Notmast. Die Wellen schlagen bereits über das Deck.«

Es dauerte nicht mehr lange, dann konnte Kelso es vom Achterdeck aus sehen. Der Großmast war in zwei Stücke zerbrochen, das Segel hing in Fetzen herab, und der achtere Mast war in groteskem Winkel nach vorn geneigt. Möglicherweise hatte der Bruch des Großmastes den sehr viel kleineren Besanmast abgeknickt. Durch sein Glas sah Kelso deutlich, daß höhere Wellen das Fahrzeug völlig überspülten. Rasch errechnete er den Zeitpunkt des Zusammentreffens der beiden Schiffe und kam angesichts des vorlichen Windes, gegen den die *Paragon* ankreuzen mußte, auf etwa eine Stunde. Ob der andere sich wohl so lange über Wasser halten konnte?

»Gehen Sie so hoch an den Wind wie möglich«, befahl er dem Rudergänger.

»Aye, aye, Sir.«

Es stellte sich bald heraus, daß die Aussichten auf eine Bergung der Schiffbrüchigen sehr gering waren. Die *Paragon* kam gegen den steifen Wind nur äußerst langsam vorwärts, und die Ketsch war kaum noch zu sehen, so tief lag sie bereits im Wasser. Jedesmal schien es, als würde sie nicht mehr auftauchen; doch dann erschien der weiße Fleck ihres Großsegels wieder, wenn auch mitunter nur als winziger, schmaler Streifen, je nachdem, wie die Ketsch hin und hergeschleudert wurde. Es stand nicht einmal fest, ob überhaupt noch jemand an Bord war.

Glauben Sie, daß noch Aussicht besteht, Sir?« fragte Fenton, und Sorge schwang in seiner Stimme mit.

»Ich weiß nicht, aber es sieht so aus, als würde sie jeden Augenblick untergehen. Andererseits hat sie aber bisher durchgehalten –«

»Und es ist ganz schön weit von Land. Vielleicht ist sie doch seetüchtiger, als es scheint.«

»Vielleicht.« Kelso blickte nach oben zum Vortopp, wobei er die Hand über die Augen halten mußte, um sie vor der grellen Sonne zu schützen. Der Kadett im Topp blickte offenbar angestrengt durch sein Glas auf eine Stelle im Wasser, an der sie jedoch von Deck aus nichts sehen konnten.

»Ich habe in diesen Gewässern auch schon einmal Schiffbruch erlitten, Sir«, sagte Fenton. »Wir sind zehn Tage im Rettungsboot getrieben, ohne Wasser. Ich weiß, wie das ist.«

»Vortopp!« rief Kelso. »Was sehen Sie?«

Der Kadett ließ sein Glas sinken und hielt sich mit beiden Armen am Mast fest. Dann rief er hinunter: »Habe sie aus den Augen verloren, Sir, sehe auch keine Spuren mehr. Ich glaube, sie ist untergegangen.«

Ein leises Murmeln der Anteilnahme und des Bedauerns war von der Gruppe Seeleute zu vernehmen, die an Deck stand, sonst hörte man nichts außer dem Heulen des Windes in der Takelage. Kelso blickte angestrengt durch sein Glas in die Richtung, in der er die Ketsch zuletzt gesehen hatte, aber er konnte nichts entdekken. Der ständig stärker auffrischende Wind hatte die See derartig aufgewühlt, daß ein weißgischtender Brecher den anderen jagte. Selbst auf geringste Entfernung wäre jetzt ein derartig kleines Objekt wie die tiefliegende Ketsch kaum noch auszumachen gewesen. Immer wieder haftete sein Blick an irgendeinem weißen Fleck, nur um dann festzustellen, daß es sich um den Kamm eines Brechers handelte, der sich bald darauf in nichts auflöste.

»Vortopp!« rief er. »Halten Sie scharf Ausguck, und melden Sie es sofort, wenn Sie etwas entdecken.«

»Sieht so aus, als sei sie untergegangen«, sagte Fenton.

»Ich fürchte, ja.«

»Nun, wir haben alles getan, was in unserer Macht lag.«

Es war Zeit, über Stag zu gehen. Der Bootsmann, dessen Leute an den Brassen bereitstanden, blickte fragend zum Achterdeck hinauf. Fenton wandte sich an Kelso. »Mit Verlaub, Sir.«

»Ja?«

»Es ist Zeit zum Wenden, Sir.«

»All right.«

Fenton blickte ihn verblüfft an. »Sie wollen die Suche fortsetzen, Sir?«

»Klar.«

Breitbeinig, die Hände auf dem Rücken verschränkt, das Glas unter dem Arm, den Blick nach vorn gerichtet auf den vermutlichen Untergangspunkt, sagte Kelso, ohne den Blick abzuwenden: »Es ist äußerst wichtig, daß wir Überlebende finden.«

Fenton antwortete nicht. Bei sich dachte er, eine weitere Stunde oder womöglich noch länger bei diesem steifen Wind auf und ab zu kreuzen, sei lediglich Zeitverschwendung. Sie waren ohnehin schon weit vom Weg abgekommen. Der Wind, der so günstig für ihren eigentlichen Kurs war, würde vermutlich nicht allzu lange anhalten, und bei dieser unbeständigen und schwer vorauszusagenden Wetterlage vor dem Einsetzen des Monsuns konnte es durchaus vorkommen, daß ein Schiff eine volle Woche in einer totalen Flaute festlag. Lediglich seine Disziplin oder vielmehr die tiefe Bewunderung für seinen Kommandanten hielt ihn von dem Einwand ab, daß sie ja gar nicht wußten, ob überhaupt noch jemand an Bord gewesen war. Eine Besatzung hätte doch sicherlich irgendein Notsignal gesetzt, und selbst wenn ein besonders zäher Seemann rechtzeitig über Bord gesprungen war, hatte er kaum Aussicht, in dieser See lange am Leben zu bleiben.

»Gehen Sie höher an den Wind«, befahl Kelso dem Rudergänger. »Sie können noch einen vollen Strich mehr herausholen.«

Er stand an der Querreling neben der Treppe und starrte angestrengt nach vorn in die aufgewühlte See. Hin und wieder warf er jedoch auch einen Blick hinauf zu den Segeln. »Höher ran!«

Die *Paragon* stampfte weiter gegen die steile See an, die Leereling fast im Wasser. Mehrmals noch gingen sie über Stag, bis selbst Fenton trotz seines unerschütterlichen Glaubens an die seemännischen Fähigkeiten seines Kommandanten das Gefühl hatte, daß sie ziellos darauflossegelten.

Bald jedoch wurde er von Kelso aus seinen Zweifeln gerissen: »Wir sind jetzt fast da. Nach meiner Berechnung muß sie hier irgendwo gesunken sein, etwa ein bis zwei Kabellängen*) vor uns, Mr. Fenton. Schicken Sie bitte zusätzliche Ausguckleute nach oben, und verteilen Sie alle im Augenblick freien Männer an der Reling. Sagen Sie ihnen, wonach wir suchen – Überlebende,

*) 1 Kabellänge = 1 Zehntel Seemeile = 185,2 m

Wrackstücke –, alles, wodurch wir Aufschluß über das gesunkene Schiff erhalten können.«

»Aye, aye, Sir.«

Und weiter stampfte die *Paragon* steil gegen den Wind, tauchte ihren Bug in die See, schüttelte nach ihrem Auftauchen Kaskaden von Gischt über Back und Oberdeck, füllte die Speigatten mit Wasser und tauchte wieder unter. Die Besatzung, rings um an der Reling verteilt, starrte angestrengt über die aufgewühlte See, und oben in der Takelage hing ein weiteres Dutzend Seeleute und hielt scharf Ausguck.

Fenton konnte seine Neugier nicht länger bezähmen. So viel Anstrengung für ein so dürftiges Ergebnis. »War etwas Besonderes an diesem Fahrzeug, Sir, etwas, das Sie ausgemacht hatten?«

»Nein, nicht ausgemacht. Es ist nur . . .« Kelso wandte sich ihm zögernd zu. »Sie sah aus wie eine Flußketsch, wie wir beide feststellten, und zwar wie eine von denen, die auf dem Hugli verkehren.«

»Ich weiß, Sir, aber –«

»Wenn die Leute den ganzen Weg von dort, also rund achthundert Meilen über die offene See, bis hierher gekommen sind, dann müssen sie einen guten Grund gehabt haben. In Bengalen sind Unruhen. Wenn dort etwas Schlimmes passiert ist, haben sie vielleicht versucht, mit dieser Ketsch eine Nachricht nach Madras zu schicken.«

»Aber dort liegen doch auch größere Schiffe, Kompanieschiffe.«

»Die sind vielleicht versenkt worden. Wir wissen ja nicht, was passiert ist. Nur wenn wir einen Überlebenden der Ketsch retten können . . .«

Fenton erwiderte: »Ich verstehe. Aber jetzt ist es zu spät, Sir.«

»Ich fürchte, ja.«

»An Deck!« Ein heiserer Ruf kam aus dem Großmast und ließ sie beide nach oben blicken. Ein barfüßiger Seemann hing mit einer Hand im Want und zeigte mit der anderen querab auf eine Stelle im Wasser. »Etwas treibt dort, Sir. Sieht aus wie eine Spiere, an der etwas hängt – könnte ein Mensch sein, Sir.«

3

Es zog ihn so unwiderstehlich in die Gartenecke, daß sein »fester Entschluß« zu einer Farce wurde. Nachdem er den Gouverneur aufgesucht hatte, gab es eigentlich nichts, was ihn noch an Land festhielt. Er hätte die breite Steintreppe hinuntersteigen und geradeswegs zu seiner am Anleger wartenden Gig gehen können, um an Bord zurückzukehren. Statt dessen ging Kelso an den Kasernen vorbei, bog um die Ecke der Mannschaftskantine und betrat den daran anschließenden Garten der Offiziersmesse. Nachdem er die schlimmen Nachrichten dem Gouverneur mitgeteilt hatte, gab es wirklich nichts, was ihn an Land hätte festhalten können – nichts außer der Wahrscheinlichkeit, sich einer erneuten Demütigung auszusetzen.

Sie blickte auf, als er über den Rasen auf sie zukam, und legte die Stickerei beiseite, an der sie gearbeitet hatte.

»So bist du also doch zurückgekommen?«

»Ja.«

»Ich nehme an, es ist zwecklos, nach dem Anlaß zu fragen?«

»Zumindest«, sagte er mit einem leichten Anflug von Ärger in der Stimme, »war es nicht der, dich wiederzusehen.«

Ruhig blickte sie ihn an. »Aber trotzdem bist du hier.«

»Ja.« Er zog einen Stuhl aus dem Sonnenlicht in den kleinen, schattigen Streifen an ihrer Seite. »Ich mußte mit Nachrichten für den Gouverneur zurückkommen und hielt es für einen Akt der Höflichkeit, dich aufzusuchen.«

»Nachdem du ausgelaufen warst, ohne dich zu verabschieden!«

»Du hattest ja keine Zeit für mich, während ich hier war. So hielt ich es für das beste, stillschweigend zu verschwinden.«

»Ich könnte mir denken, daß ich deine Abreise mit Begeisterung aufgenommen hätte.«

Er wandte den Blick von ihr ab und sah hinüber zu den vertrockneten Blumenbeeten, dem braunen, verdorrten Rasen und weiter zur Festungskirche St. Mary, wo sie ihm vor drei Jahren das Schlimmste angetan hatte. Leise fragte er: »Was ich nie verstanden habe – welches Vergnügen bereitet es dir, mich so zu quälen?«

»Quäle ich dich denn?«

»Zu anderen, zu Watson und Oberst Aldercron, kannst du charmant und liebenswürdig sein. Aber zu mir . . . Was habe ich dir getan? Warum mußt du mich immer verletzen?«

Sie blickte ihn fest an, aber er bemerkte die heraufziehende leichte Rötung ihrer Wangen. Sie antwortete: »Es ist nicht das, was du getan hast. Es geht darum, was du tun könntest.«

»Das verstehe ich nicht.«

Sie nahm ihre Nadelarbeit wieder auf und begann ärgerlich, aber sorgfältig zu sticken, ohne ihn anzusehen. Dann fragte sie: »Ist dir schon jemals aufgegangen, daß ich eifersüchtig sein könnte?«

»Eifersüchtig! Auf wen?«

»Auf dich und deinen gottlosen Einfluß auf Robert.«

»Meine liebe Margaret, das kann nicht dein Ernst sein!«

»Weißt du, was ich für meine erste Pflicht hielt, als ich von deinem Auslaufen hörte? Ich hatte eine ernste Unterredung mit Robert, um einen Teil des Schadens wieder rückgängig zu machen, den du angerichtet hattest.«

»Tut mir leid, aber du mußt dich etwas deutlicher ausdrücken. Ich habe nicht die geringste Ahnung, wovon du sprichst.«

»Du weißt, welchen Respekt er vor dir hat. Wie sehr er sich auf dein Urteil verläßt – als ob du, der große Kapitän Kelso, niemals irren könntest!«

»Ich weiß nur, daß Robert mein Freund ist.«

»Oh, er ist bedeutend mehr als das! Ohne dich wären wir jetzt in Fort St. David. Robert würde sein Amt aufnehmen und sich in seine Aufgaben als Gouverneur einarbeiten, während ich – ich wäre das, was ich immer sein wollte, eine gute Frau, die ihrem Gatten bei seinen täglichen Aufgaben hilft und ihn unterstützt.«

»Das ist es also.«

»Bis du herkamst, war er bereit dazu. Unser Haus ist inzwischen fertig möbliert, und in ein paar Tagen wären wir hier abgefahren.«

»Und du legst es mir zur Last, daß er anderen Sinnes geworden ist?«

Heftig warf sie die Stickerei in ihren Schoß, richtete sich kerzengerade auf und starrte ihn wütend an. »Bis du zurückkamst mit deinem Gerede von Krieg und Ruhm hatte ich ihn so weit, daß er anfing, die Vergangenheit zu vergessen. Du brauchst nicht zu denken, daß ich nicht stolz bin auf das, was er geleistet hat. Ich weiß, daß seine Taten bei Arcot und Trichinopoly unvergessen bleiben werden. Aber das alles gehört der Vergangenheit an! Die Zeiten haben sich geändert. Wir haben jetzt eine Berufsarmee hier, geführt von sorgfältig ausgebildeten Offizieren. Laß die doch das Kämpfen besorgen!«

»Du meinst Aldercron?«

»Ja, Oberst Aldercron. Warum nicht?«

»Das also war der Grund, weshalb du so nett zu ihm warst.«

»Ich wäre selbst zum Teufel nett, wenn es mich und meinen Mann enger zusammenbrächte.«

Die Glocke von St. Mary begann zu läuten. Dem ersten tiefen Ton folgte eine Pause, dann wieder ein Ton, gefolgt von einer langen Pause. Auf dem Friedhof, schutzlos den glühenden Sonnenstrahlen ausgesetzt, stand eine kleine Gruppe von Trauernden neben einem Sarg.

Kelso sah, wie Margaret erschauerte. Sie zog ihren Stuhl dichter an ihn heran, und ihre Stimme war leiser, als sie jetzt weitersprach: »Vielleicht war ich grob zu dir. Wenn das der Fall war, bitte ich um Entschuldigung. Aber – wenn Robert etwas zustoßen sollte . . .«

Er machte eine ungeduldige Bewegung und deutete mit dem Kopf auf die Gruppe vor der Kirche. »Hälst du es für besser, so zu sterben wie der dort, verzehrt vom Fieber, dem wir hier alle ausgesetzt sind?«

»Ja!« schrie sie. »Ja! Und wenn ich bei Robert sein kann, hier oder in Fort St. David, dann bekommt er kein Fieber, das verspreche ich dir.«

Er sah sie an mit einem Blick, der sein anfängliches Verständnis Lügen strafte. Beinahe anklagend sagte er: »Du liebst ihn wirklich.«

»Er ist mein Mann.«

Abrupt stand er auf und wandte ihr den Rücken zu, als könne er den Anblick ihres naiven Staunens nicht ertragen. Beschwörend rief sie aus: »Heute morgen hatte ich ihn schon fast davon überzeugt, daß die Tage der Abenteuer und Kämpfe für ihn vorüber sind. Willst du mir nicht helfen, ihn darin zu bestärken?«

Er trat beiseite, schritt über den glutheißen Rasen bis hinüber zur Mauer und wieder zurück. Dann sagte er böse: »Warum bittest du mich gerade jetzt darum, da wir ihn dringender brauchen als je zuvor? Willst du ihn in der Behaglichkeit Eurer Residenz anbinden, wenn die Zukunft ganz Indiens von seinem Genie abhängt?«

»Er kann sein Genie, wie du es nennst, auch als Gouverneur von Fort St. David einsetzen.«

»Es wird kein Fort St. David mehr geben, wenn die Franzosen uns besiegen.«

»Da müssen wir uns auf Oberst Aldercron und sein Regiment verlassen. Sie werden das verhindern.«

»Oberst Aldercron!« stieß er voller Verachtung und Erbitterung hervor. »Du weißt so gut wie ich, wie kurz er und seine Leute hier im Lande sind. Und daß sie noch nie in Indien gekämpft haben.«

»Dann werden sie Gelegenheit haben, es zu lernen, wenn dieser Krieg, den du mit solcher Überzeugung voraussagst, wirklich ausbricht.«

Er trat zu seinem Stuhl zurück und setzte sich sorgfältig in den Schatten. Dann sagte er mit ernster Stimme: »Der Krieg, den ich vorausgesagt habe, hat schon begonnen.«

Es tat ihm leid, als er sah, wie sehr diese Neuigkeit sie traf. Sie wurde blaß und ließ ihre Stickerei ins Gras fallen. »Ist das wirklich wahr? Wieso ist keine Kriegserklärung erfolgt? Warum ist der Admiral mit seinem Geschwader nicht ausgelaufen?«

»Weil es nicht diese Art von Krieg ist – noch nicht. Die Franzosen haben ihn uns nicht erklärt.«

»Dann verstehe ich nicht –«

»Surajah Dowlah, der Nabob von Bengalen, hat mit seinen Truppen angegriffen. Kalkutta ist bereits gefallen.«

Erleichtert lachte sie auf. »Kalkutta! Das ist achthundert Meilen entfernt.«

»Und einige unserer reichsten Besitzungen sind dort. Glaube doch nicht, daß wir es uns leisten können, hier gemütlich sitzen zu bleiben und unsere Hände in den Schoß zu legen, während der Nabob unsere Besitzungen plündert und unsere Leute umbringt. Wenn wir Bengalen verlieren, verlieren wir Indien.«

Sie deutete ein Heben der Schultern an, was ihm für einen Augenblick wieder die Schönheit ihres zierlichen Körpers bewußt werden ließ, zugleich aber auch ihre Unerreichbarkeit.

»Margaret«, sagte er, »ich bin nur zurückgekehrt, um die Nachricht von der Katastrophe in Bengalen herzubringen. Ein Boot, eine Flußketsch, entkam, als des Nabobs Heerhaufen unsere Niederlassungen überrannten. Gott sei Dank sichteten wir sie. Ein Mann wurde gerettet. Er hatte eine Botschaft für den Gouverneur bei sich und besaß auch noch genügend Kraft, mir die Geschehnisse genau zu schildern, bevor er starb.«

»Die Geschehnisse? Du meinst, daß ein paar von unseren Leuten getötet worden sind?«

»Ja.«

Sie hob wiederum – diesmal aber entschiedener – die Schultern, fegte gewissermaßen die Verantwortung beiseite. »Das tut mir natürlich leid, aber es ist doch alles so weit entfernt!«

»Wir müssen auf alle Fälle ein Expeditionskorps hinschicken«, sagte er betont.

Einen Augenblick herrschte Schweigen, und er ließ ihr Zeit, die volle Bedeutung seiner Worte zu erfassen. Die Sonne schien jetzt durch das dürftige Laub, aber Margaret machte keinerlei Anstrengung wegzurücken. Mit stahlharten Augen starrte sie ihn an. »Ein Expeditionskorps? Du meinst, ein paar von Aldercrons Leuten?«

»Und einige von den Kompaniesoldaten.«

»Unter wessen Kommando?« fragte sie lauernd.

»Es ist noch nichts festgelegt. Morgen soll eine Ratssitzung stattfinden.«

»Unter wessen Kommando?« fragte sie erneut.

Er seufzte und spreizte die Hände. »Es muß unter Roberts Kommando sein.«

Sie wurde kreideweiß, und einen Augenblick glaubte er, sie würde ohnmächtig werden. Aber dann merkte er: Es war Ärger, nicht Schwäche, was sie erbleichen ließ. »Ich erlaube es nicht. Ich erlaube es nicht!« schrie sie wütend.

»Margaret«, bat er. »Sei doch vernünftig.«

»Vernünftig! Du nennst es vernünftig, meinen Mann wegzuschicken, wenn wir ein ganzes Regiment Soldaten hier haben und Gott weiß wie viele Berufsoffiziere?«

»Keiner von ihnen kann sich mit Robert vergleichen.«

»Woher willst du das wissen? Kennst du sie überhaupt?«

»Ich kenne Robert.«

»Du denkst, er sei ein militärisches Genie«, rief sie. »Aber er ist lediglich ein ungestümer Junge, der es versäumt, erwachsen zu werden. Hat er schon von diesem Unternehmen gehört?«

»Ja«, sagte Kelso. »Ich selbst habe es ihm erzählt.«

Ihr Gesicht wurde hart, und voller Wut schlug sie mit der Faust auf ihren Schenkel. »Und du nennst dich seinen Freund!«

»Tut mir leid, Margaret.«

»Du bist es, der ihm diese Idee in den Kopf gesetzt hat, diese wundervolle Idee, daß er die Armee in die Schlacht führen müsse. Ich nehme an, du hast ihm auch gesagt, nur er allein könne unsere Position in Indien retten?«

»Ja, das habe ich ihm gesagt«, antwortete Kelso.

Margaret stand auf und schritt zum Haus hinüber. Ihre kindliche Figur in dem eleganten, mit Volants besetzten Kleid erschien ihm zugleich rührend und bewunderungswürdig. Er wollte ihr folgen, alles erklären, sie um Verzeihung bitten, aber er wußte, daß es hoffnungslos war.

Am Ende des Rasens blieb sie plötzlich stehen und wandte sich noch einmal zu ihm um. Mit leiser, aber klarer Stimme sagte sie: »Ich hasse dich, Kelso. Ich hasse dich! Und denke ja nicht, daß du mich schon geschlagen hast. Vielleicht steht Robert im Augenblick auf deiner Seite, aber ich warne dich – ich werde kämpfen. Ich werde dich bekämpfen, auf jede Weise und mit allen Waffen, über die ich verfüge.«

4

Obgleich die Einzelheiten der Kalkuttatragödie nur ein paar persönlichen Freunden des Gouverneurs bekannt waren, brodelten die Gerüchte im Fort. Trotz der heftigen Regengüsse – erste Vorboten des endlich nahenden Monsuns – hatte sich eine große Menschenmenge versammelt und erwartete nun, daß die Ratsmitglieder zu ihrer hastig einberufenen Sitzung erschienen. Kelso, der zusammen mit Watson und Aldercron eingeladen worden war, an der schicksalsschweren Besprechung teilzunehmen, kam schon frühzeitig und schaffte es, unbemerkt zu bleiben, bis die Sänfte des Admirals am Eingangstor niedergesetzt wurde. Als Watson ausstieg und in das Durcheinander aus peitschendem Regen und lärmenden, schreienden Stimmen geriet, kam Kelso unaufdringlich zu seinem Beistand herbei. Mit einem Arm geleitete er den Admiral vorwärts, mit dem anderen bahnte er sich einen Weg durch die verängstigte Menge. In ein paar Minuten war es geschafft, und sie traten in die Eingangshalle.

Watson strich seine Uniform glatt und tupfte sich die Schweißtropfen von der Stirn. »Diese verdammten Gaffer«, knurrte er. »Fast hätten sie mir die Sachen vom Leibe gerissen.«

»Sie dürfen nicht zu hart über die armen Menschen urteilen, Sir«, sagte Kelso. »Sie sind völlig verängstigt.«

»Mich zu belästigen, hilft ihnen auch nicht weiter.«

»Sie haben Gerüchte von einer Katastrophe gehört. Es ist klar, daß sie bei Ihnen Schutz suchen.«

»Bei mir! Warum bei mir? Warum kommen sie nicht zu Aldercron, zu Clive oder auch zu Ihnen, Kelso?«

»Sie sind der ranghöchste Offizier hier, Sir. Jede Kampfhandlung würde natürlicherweise von Ihnen geführt werden.«

»Kampfhandlung! Meinen Sie, daß es dazu kommen wird?«

»Bestimmt. Ich könnte mir vorstellen, daß dies der Grund unserer heutigen Sitzung ist.« Aus dem Augenwinkel sah Kelso jetzt Brownlow und Villiers, zwei Ratsmitglieder, eintreten. Rasch ergriff er den Admiral am Arm und geleitete ihn in eine ruhige Ecke der Empfangshalle. Vorsichtig begann er: »Natürlich müssen wir uns noch überlegen, Sir, wer den Befehl über die Landtruppen übernehmen soll.«

Überrascht blickte Watson auf. »Bedarf es denn dafür noch irgendeiner Überlegung? Es gibt doch nur einen einzigen Offizier mit dem nötigen Dienstalter und der erforderlichen Erfahrung.«

»Das stimmt natürlich, Sir, aber sehen Sie, ein paar Leute sind nicht ganz unserer Ansicht. Sie blicken auf Oberst Clive herab, behaupten, er sei ein Amateur und –«

»Clive! Zum Teufel Kelso, wer redet von Clive? Ich dachte an Aldercron.«

Kelso gestattete sich ein gut ausgewogenes Maß an Überraschung, und seine Stimme, obwohl respektvoll, klang ein wenig ungläubig, als er antwortete: »Oberst Aldercron! Tut mir leid, Sir, aber ich dachte, da die ganze Unternehmung unter Ihrem Kommando steht, würden Sie natürlich den einzigen Mann auswählen, der die Garantie dafür bietet, daß die Kampfhandlungen an Land mit derselben Wirksamkeit geführt werden wie von Ihnen auf See. Mit Verlaub, Sir, ich möchte Sie darauf aufmerksam machen, daß ein unerfahrener Truppenkommandeur die ganze Unternehmung zu Fall bringen könnte – mit einer unglückseligen Auswirkung auf Ihren, nicht nur auf seinen Ruf.«

Der Admiral schien unschlüssig. »Aber wenn doch Aldercron der dienstälteste Offizier ...«

»Dienstälter im Rang, Sir, aber nicht, was die Erfahrung angeht.«

»Ja, das mag sein, Kelso. Aber Aldercron hat ein Offizierspatent des Königs! Und nicht nur das – ich würde seine Truppen, seine Geschütze, seine Munition bei mir einschiffen. Wie kann ich dann vorschlagen, daß jemand anderer die Landstreitkräfte führt?«

»Es ist die einzig praktikable Lösung, Sir. Oberst Aldercron versteht trotz all seiner Ausbildung nicht das geringste vom Kämpfen in Indien.«

»Mit der Zeit wird er das lernen, denke ich.«

»Aber wir haben keine Zeit, Sir. Wenn der Wind dreht, womit zu rechnen ist, kann die Überfahrt nach Bengalen Wochen dauern. Während Ihrer Abwesenheit ist Madras, ja sogar die gesamte Coromandelküste ungeschützt. Es ist unerläßlich, sofort zu einer raschen Strafexpedition auszulaufen und hierher nach Madras zurückzukehren.«

»Gut«, sagte Watson, »vermutlich haben Sie recht. Sehen Sie, dort sind Brownlow und Villiers, und soeben kommt Abercrombie aus der Halle herein. Wir wollen hören, was sie darüber denken.«

Kelso antwortete: »Mit einem ganzen Geschwader der königlichen Marine unter Ihrer Führung sollte die Expedition eigentlich einen vollen Erfolg erzielen. Es wäre ein Jammer, wenn sie nur deshalb ein Fehlschlag würde, weil kein erfahrener Truppenführer die Landstreitkräfte befehligt.«

Watson setzte sich hin und fuhr fort, sich die Stirn abzuwischen. Sein Gesicht hatte eine krankhafte, aschgraue Färbung angenommen. Mit schwacher Stimme sagte er: »Kelso – ich hätte gern etwas Wasser.«

Kelso gab dem Diener am Eingang ein Zeichen. »Wasser für den Admiral!«

Brownlow, der jüngste der Ratsmitglieder, kam herüber. »Der Admiral sieht krank aus. Kann ich irgend etwas für ihn tun?«

»Nein, danke. Es ist weiter nichts.«

Nach ein paar Minuten war der Anfall vorüber, und der Admiral lehnte sich erleichtert im Sessel zurück. Er war froh und dankbar dafür, daß die Schmerzen vorbei waren, schien sich aber seiner Schwäche zu schämen, denn er sagte mit einem entschuldigenden Lächeln: »Zu viel Portwein, Kelso. Lassen Sie sich das zur Warnung dienen.«

»Ich glaube, es war mehr als das«, sagte Kelso. »Haben Sie Ihren Arzt gefragt?«

»Aye. Habe ihn aufgesucht. Der verdammte Narr wollte mich nach Hause schicken.«

»Nach England?«

»Ja. Aber ich gehe nicht.«

»Dann können Sie also die Führung der Expedition übernehmen?« sagte Kelso.

»Ja.« Hoffnungsvoll blickte Watson auf, als erwarte er Lob

oder wenigstens Mitleid. Aber als er Kelsos ausdrucksloses Gesicht sah, fügte er hinzu: »Ich will versuchen, dem Unternehmen die größtmögliche Erfolgsaussicht zu geben.«

»Ich verstehe Ihr Zögern, Sir, Clive den Vorzug vor Aldercron zu geben, aber dies ist wirklich nicht der Zeitpunkt für Nettigkeiten. Wir müssen einen Feldzug unternehmen, und zwar rasch und ohne Verzögerung. Wenn es uns nicht gelingt, Kalkutta zurückzuerobern, verlieren wir unseren gesamten Besitz in Bengalen. Das wäre ein schrecklicher Preis, den wir für Unentschlossenheit zahlen müßten.«

Der Admiral stand langsam auf, als jetzt der Gouverneur und Clive eintraten. »Ich weiß nicht«, sagte er. »Ich muß es mir überlegen. Drängen Sie mich jetzt nicht. Ich will nochmals darüber nachdenken.«

Der Gouverneur schien bedrückt. Er sprach beim Eintreten sehr ernst mit Clive, und nach ein paar geistesabwesenden Verbeugungen führte er die Gruppe in den Sitzungssaal. Der Raum lag dunkel da, als sie eintraten, aber einer der Bediensteten zog die langen Vorhänge beiseite und ließ das Tageslicht und die regenfrische Luft herein. Pigot saß am Kopf der Tafel und Clive, als stellvertretender Gouverneur, ihm gegenüber am anderen Ende. Abercrombie, Villiers und Brownlow, die ordentlichen Ratsmitglieder, nahmen ihre Plätze ein, als Pigot merkte, daß er in seiner Verwirrung die geladenen Gäste vergessen hatte. »Watson, meine Entschuldigung! Wollen Sie hier zu meiner Rechten Platz nehmen? Kelso, da ist ein Stuhl für Sie neben Clive, und Sie, Hauptmann, setzen sich bitte hier zu meiner Linken.«

Kelso lehnte sich bequem im Stuhl zurück und ließ den Blick über die Tafelrunde schweifen. Abercrombie und Villiers kannte er. Brownlow zu seiner Rechten war ihm unbekannt, ein jüngerer Mann, Erbe eines einflußreichen Vaters. Aldercron war aus irgendeinem Grunde nicht erschienen.

Der Gouverneur erhob sich. »Ich hoffe, Sie sind alle meiner Ansicht, daß wir heute auf Grund der schwerwiegenden Entscheidungen, die wir zu treffen haben, vollzählig sein müssen. Ich habe mir darüber hinaus erlaubt, Konteradmiral Watson, Kapitän Kelso, den dienstältesten Kommandanten unserer Bombay-Marine und – ja, richtig – Hauptmann Eyre Coote einzuladen, der an Stelle von Oberst Aldercron gekommen ist.«

»Was ist los mit Aldercron?« fragte Abercrombie. Er war ein zäher alter Schotte, der während seines vierzigjährigen Aufenthalts in Indien schon zu oft einen Wechsel der Situation miterlebt hatte, um sich über einen neuen noch besonders aufzuregen. »Ich habe ihn gestern abend gesehen, da schien er in Ordnung – nur daß er betrunken war.«

Hauptmann Eyre Coote sagte mit frostiger Miene: »Oberst Aldercron ist krank.«

Abercrombie ließ ein verächtlich glucksendes Lachen hören. »Daran zweifle ich nicht!«

Ungeduldig fuhr der Gouverneur fort: »Ich nehme an, Sie wissen, Gentlemen, daß wir ernste Nachrichten aus Bengalen haben. Surajah Dowlah ist losmarschiert, wie er schon so oft angedroht hat, und hat Kalkutta erobert.«

Einen Augenblick lang herrschte betretenes Schweigen.

»Der Teufel soll ihn holen!« sagte Villiers schließlich. »So ist es also doch wahr.«

Der junge Brownlow fragte: »Was ist mit Drake, Sir, und mit der Garnison?«

Der Gouverneur antwortete: »Drake ist in Sicherheit – und der Kommandant, Hauptmann Minchin, auch.«

»Gott sei Dank«, sagte Brownlow. »Aus den Gerüchten, die man hörte –«

»Drake entfloh«, fuhr der Gouverneur mit seltsam ausdrucksloser Stimme fort, »aber die meisten Kolonisten, rund hundertvierzig Seelen, wurden zurückgelassen.«

»Sie meinen, er hat sie im Stich gelassen?«

Sie blickten alle den Gouverneur an, warteten auf seine Verneinung, aber er hielt den Blick gesenkt, als er antwortete: »Ich kann Ihnen nur Tatsachen mitteilen, meine Herren, jene Tatsachen, die mir bekannt sind. Als des Nabobs Armee angriff, flüchteten Gouverneur Drake und Hauptmann Minchin. Einhundertundsechsundvierzig Männer und Frauen wurden Surajah Dowlah auf Gnade oder Ungnade überlassen.«

Einen Augenblick herrschte ungläubiges Schweigen, aber Gouverneur Pigot behielt seinen ernsten und entschlossenen Gesichtsausdruck bei. Niemand hätte unberechtigt eine so schwere Anklage erhoben, am allerwenigsten der Gouverneur. Mit ärgerlicher Stimme fragte Clive: »Und wie hat der Nabob unsere Leute behandelt?«

Der Gouverneur antwortete: »Es scheint, daß er zu müde war, um ihr Geschick noch am selben Abend in Betracht zu ziehen. Sie sollten seine Entscheidung am nächsten Morgen erwarten. Es war eine zum Ersticken heiße Nacht.«

»Was geschah weiter?«

»Sie wurden in eine winzig kleine Zelle gesperrt, keine zwanzig Quadratfuß*) groß.«

Alle schwiegen entsetzt, bis Villiers fragte: »Sie? Das heißt alle?«

»Ja, alle.«

»Aber das ist ungeheuerlich!«

Der Gouverneur fuhr fort: »Es gab in dem ganzen Raum nur einen kleinen Gitterrost – kein einziges Fenster. Die Gefangenen baten um Wasser und erhielten keins. Sie verlangten, daß eine Botschaft an den Nabob geschickt würde, aber ihnen wurde gesagt, er schliefe und dürfe nicht gestört werden. Im Lauf der Nacht wurde die Luft in der Zelle immer knapper. Einer nach dem anderen starb.«

»Entsetzlich!« Clive sprang auf und schlug mit der Faust auf den Tisch. »Ich fordere, daß sofort eine Strafexpedition ausgesandt wird, um die Gemordeten zu rächen!«

»Was geschah am nächsten Morgen?« fragte Watson. »Gab es keine Überlebenden?«

Pigot fuhr fort: »Als die Tür am nächsten Morgen geöffnet wurde, mußten sich die Wachen einen Weg durch die Toten bahnen, um zu den Überlebenden zu gelangen. Vierundzwanzig Männer und eine arme Frau war alles, was von den hundertsechsundvierzig Gefangenen, die man in die winzige Zelle getrieben hatte, noch am Leben war.«

Die entsetzliche Nachricht lag über ihnen wie eine Last, die keiner übernehmen wollte. Welcher Kommentar wäre auch einer solchen Tragödie gegenüber angemessen gewesen?

Blutvergießen und Morde hatte es in den bisher hundert Jahren britischer Kolonialisierung Indiens zur Genüge gegeben. Zwar waren die indischen Fürsten nominell Delhi lehnspflichtig, führten aber in der Praxis ein völlig selbständiges, despotisches Dasein als Vizekönige. Wehe dem, der auf ihre Intrigen oder Treueversicherungen hereinfiel! Bisher jedoch hatten sich Morde und andere Greueltaten in Grenzen gehalten, und das Schicksal der unglücklichen Betroffenen schien nicht gar so schrecklich, wenn man es aus der sicheren Warte einer Festung erlebte. Aber dieses Verbrechen an hilflosen Angestellten der Kompanie war etwas

*) ca. sechs Quadratmeter

anderes, es war brutal und unverzeihlich. Nicht ein einziger war unter ihnen, dessen Puls nicht vor Zorn und Scham schneller schlug.

»Ich wiederhole meine Forderung!« schrie Clive. »Wir müssen sofort eine Strafexpedition hinschicken.«

Der Gouverneur sah sich um und erwartete die Reaktion der anderen Ratsmitglieder. Schließlich sagte er: »Wir haben die Schiffe hier, natürlich, und wir haben auch die nötigen Truppen.«

»Wir können Surajah Dowlah einen solchen Schlag versetzen, daß er es sich künftig zweimal überlegen wird, bevor er britische Untertanen belästigt oder sich an britischem Eigentum vergreift.«

»Wir können alle Besitzungen der Kompanie zurückerobern!« fügte der junge Brownlow mit erregter Stimme hinzu.

»Und wir werden Entschädigung verlangen, eine hohe Entschädigung!«

Der Gouverneur war ein weiser und erfahrener Verwaltungsbeamter. Es schien, als wollte er die erste Erregung abklingen lassen, ehe er sich jetzt an das älteste Ratsmitglied wandte. »Abercrombie?«

Der alte Schotte zögerte. »Ich bin nicht so sicher.«

»Daß wir eine Strafexpedition hinschicken sollten, um diese Mordtaten zu rächen? Wollen Sie denn keine Rache?« fragte Villiers.

»Nicht, wenn sie ein unnötiges Risiko bedeutet.«

»Aber, Sir! Ein unnötiges Risiko? Wir sind nie so stark gewesen wie jetzt, nicht ein einziges Mal in hundert Jahren: ein Geschwader der königlichen Marine und ein ganzes Infanterieregiment.«

»Aye, und was geschieht hier in Madras, während alles nach Norden segelt, um Rache zu nehmen?«

Zurückgelehnt in seinen Stuhl, studierte Kelso ihre Überraschung, ihre Bestürzung. Er spürte, daß Clive gleich aufbrausen würde, und beugte sich vor, um ihn zurückzuhalten.

»Ich nehme an, Sie meinen die Franzosen?« fragte Villiers. »Wenn sie uns den Krieg erklären –«

»Eine feine Strafexpedition wäre das, die für zwei bis drei Monate nach Norden segelt, um Rache zu nehmen, während inzwischen die hiesigen Besitzungen von den Frogs erobert werden«, sagte Abercrombie.

Unsicherheit und Schweigen breitete sich aus. Nur Papiergeraschel, Stühlerücken und Verlegenheitshusten war zu hören. Kelso drückte Clive noch immer beruhigend in seinen Stuhl zurück.

Schließlich sagte Villiers: »Natürlich ist es ein Risiko, aber das müssen wir eingehen. Ein derartiges Verbrechen ungesühnt zu lassen, ist undenkbar. Außerdem können wir es uns nicht leisten, auf die Besitzungen in Bengalen zu verzichten.«

Der Gouverneur fragte weiter: »Brownlow?«

»Ganz ehrlich, Sir, ich bin mir nicht völlig sicher. Abercrombie hat zweifellos recht, wir können Madras nicht ohne Verteidigung lassen.«

Der Schotte nickte. »Sieg und Rache sind schöne Worte, aber man kann auch einen zu hohen Preis dafür bezahlen.«

»Es wäre sinnlos, Kalkutta zurückzuerobern und Madras dafür zu verlieren«, sagte Brownlow.

Der Gouverneur blickte zum anderen Ende der Tafel. »Clive?«

Als Kelso seinen Griff lockerte, schnellte Clive hoch und stieß die ärgerlichen Worte hervor, die er so lange zurückgehalten hatte. »Ich muß zugeben, Gentlemen, daß ich mir Ihre Meinung mit Erstaunen, ja mit Befremden angehört habe. Als ich herfuhr, noch bevor ich die abscheulichen Einzelheiten dieses Verbrechens wußte, wäre mir nicht in den Sinn gekommen, daß wir hier – alles ehrenwerte Männer – überhaupt den geringsten Zweifel daran haben könnten, was zu tun ist. Es war für mich selbstverständlich, daß wir alle eine Strafexpedition fordern würden, daß wir alle Surajah Dowlah zu bestrafen und unsere Besitzungen zurückzuerobern wünschen. Können Sie denn ernsthaft in Erwägung ziehen, daß wir hier sitzen wie verängstigte Schafe und so tun, als sei nichts vorgefallen?« Mit einem gebieterischen Blick maß er alle Anwesenden. »Abercrombie, halten Sie es für möglich, die Vorfälle von Kalkutta einfach zu ignorieren?«

»Vielleicht nicht, aber wenn wir eine Strafexpedition schicken, sollten wir damit noch warten. Es wäre Wahnsinn, uns hier ungeschützt zu lassen, wenn möglicherweise eine französische Flotte schon in diesem Augenblick von der Île de France*) ausläuft?«

Clive schlug mit der Faust auf den Tisch. »Möglicherweise ausläuft! *Möglicherweise!* Errangen wir unsere Besitzungen in Indien, indem wir stets die vagen Aussichten auf das in Betracht zogen, was *möglicherweise* geschehen könnte?«

Der Gouverneur schüttelte den Kopf. »Bleiben Sie fair, Clive. Es ist wirklich ein beträchtliches Risiko.«

»Je eher wir also aufbrechen, desto eher können wir zurück

*) Mauritius (französisch, nach 1814 britisch)

sein.«

Der Gouverneur nickte und wandte sich an seinen rechten Nachbarn. »Was ist Ihre Meinung, Admiral?«

Aber Clive blieb stehen, noch immer in vollem Redefluß. »Ich muß protestieren, Sir!« Widerwillig brach er ab, als Kelso ihn auf seinen Stuhl zog.

Nach einer Kunstpause und einem Rundblick über die gesamte Tafel begann Watson: »Ich muß gestehen, Gentlemen, daß ich hin- und hergerissen bin. Mein Herz verlangt nach einer raschen und erbarmungslosen Rache für diese armen, gemordeten Menschen, aber mein Verstand sagt mir, daß ich vielleicht unrecht habe. Möglicherweise ist Abercrombies Vorsicht eine weisere Politik als Clives emotioneller Racheschrei.«

»Emotioneller Racheschrei!« rief Clive erbost und wäre wieder aufgesprungen, hätte nicht der Gouverneur sofort den nächsten aufgerufen: »Kelso?«

Sie alle warteten, während Kelso sich im Stuhl aufrichtete und näher an den Tisch heranrückte. Nachdem er all ihren Argumenten gelauscht hatte, war er bereit, seine Meinung von sich zu geben. Er beugte sich nach vorn, stützte die Unterarme auf den Tisch und erfaßte alle mit festem Blick. »Vor ein paar Jahren«, begann er, »gab es einen reichen und mächtigen Prinzen in Bombay. Er hatte ungeheuere Besitzungen im Norden und auch im Süden und verfügte über eine kleine, aber schlagkräftige Armee. Niemand, so glaubten wir, würde es je wagen, ihn herauszufordern. Aber die Mahrattenstämme dieser Gebiete sind nicht leicht durch Reputation zu beeindrucken. Sie fielen in seine nördlichen Besitzungen ein. Jedermann erwartete, daß der Prinz sie bestrafen würde. Eine Elitestreitmacht seiner Truppen, hieß es, sei auf dem Weg nach Norden. Aber nichts geschah. Wochen vergingen, Monate, und die Regenzeit begann. Er setzte seine Truppen nicht in Marsch, und im Verlauf eines Jahres war nicht nur sein Besitz im Norden, sondern der größte Teil seiner gesamten Besitzungen verloren. Der tiefere Grund war natürlich, daß dieser erste Mahrattenüberfall ihm nicht nur das Land geraubt hatte, sondern mehr als das: seine Autorität!«

Abercrombie am anderen Ende der Tafel ließ ein verächtliches Schnauben hören. »Wollen Sie damit etwa eine Parallele zu uns hier ziehen?«

»Wenn wir Surajah Dowlah nicht sofort bestrafen«, sagte Kelso ruhig, »sind wir in einem Jahr nicht mehr in Indien.«

»Sie meinen ganz Indien?«

»Ja: Madras, Fort St. David, Bombay, Fort William. Ohne Autorität könnte sich kein einziger Engländer hier halten.«

»Er hat recht!« rief Clive. »Natürlich hat er recht!«

Admiral Watson schüttelte den Kopf. »Als verhältnismäßiger Neuling in diesen Gewässern möchte ich mir kein Urteil anmaßen, aber wenn nur die Hälfte von dem, was Kelso sagt, wahr ist, dann haben wir gar keine andere Wahl. Wir *müssen* kämpfen.«

»Bravo, Admiral!« rief Clive. »Bin ganz Ihrer Meinung.«

Der Augenblick für diese Äußerung hätte kaum günstiger gewählt werden können, denn Kelso, der einen raschen Blick auf Watson warf, bemerkte ein freudiges Erstaunen in dessen Zügen, die sonst immer nur eingefleischte Abneigung gegen Clive erkennen ließen.

Der Gouverneur schritt zur Abstimmung. Niemandem war klarer als ihm, daß die Strafexpedition stattfinden mußte, wie groß auch das Risiko sein mochte. Er hatte die Sitzung einberufen, um eine eindeutige Entscheidung herbeizuführen. Nur er allein hatte bemerkt, wie Kelso die allgemeine Einstellung in seinem Sinne beeinflußte.

»Ich denke, meine Herren, Sie hatten jetzt genügend Zeit, sich eine Meinung zu bilden. Also, wer ist für, wer gegen eine Strafexpedition? Clive?«

»Dafür! Dafür! Dafür!«

»Kelso?«

»Dafür.«

»Brownlow?«

»Im Hinblick auf Kelsos entschlossenen Standpunkt ist es schwierig für mich, dagegen zu stimmen. Ich stimme also unter der Voraussetzung zu, daß eine starke Besatzung hier in Madras zurückbleibt.«

»Nein, das können Sie nicht«, sagte der Gouverneur. »Sie müssen sich entweder dafür oder dagegen entscheiden – oder sich der Stimme enthalten.«

Der junge Mann lächelte erleichtert. »Oh, danke, Sir. Dann werde ich mich der Stimme enthalten.«

»Eyre Coote?«

»Ich bin für eine Expedition, Sir – vorausgesetzt natürlich, daß sie von meinem Kommandeur, Oberst Aldercron, geführt wird.«

Rasch antwortete der Gouverneur: »Die Frage der Führung wird später erörtert. Ich notiere also, daß Sie dafür sind.«

Des Hauptmanns langes, humorloses Gesicht drückte deutliche Zweifel aus, als er stotterte: »Ja, Sir – das heißt ... Ja, Sir.«

»Admiral Watson?«

Der Admiral, der während der ganzen Sitzung nahezu pausenlos an seinem Wasserglas genippt hatte, stellte dieses jetzt auf den Tisch und sagte: »Ich richte mich nach Kelso, der die hiesigen Verhältnisse am besten von uns allen kennt, aber auch ein wenig nach meinem eigenen Gefühl: Ich bin für eine Strafexpedition.«

»Abercrombie?«

»Ich bin dagegen – aus den schon erwähnten Gründen.«

»Villiers?«

»Dafür!«

Der Gouverneur senkte die Augen, um die Erleichterung in seinem Blick zu verbergen, dann sagte er: »Das ist also entschieden: fünf dafür, einer dagegen und eine Stimmenthaltung.«

»Großartig!« Clive war bereits auf den Beinen, als ginge es jetzt, da die Angelegenheit entschieden war, nur noch darum, sich einzuschiffen und auszulaufen. »Wir segeln sofort«, sagte er, »dann sind wir in einem Monat vor Kalkutta.«

»Wir könnten froh sein, in einem Monat aus Madras auszulaufen«, bemerkte Watson süffisant.

»Aber wir müssen sofort aufbrechen«, rief Clive erregt, »notfalls schon morgen früh. Auf alle Fälle aber innerhalb einer Woche!«

Watson hob sein aristokratisches Kinn. »Und wie wollen Sie das bewerkstelligen, bitte? Ich nehme doch an, daß Sie Ihren Truppen auch zu essen und zu trinken geben möchten? Und wie lange, denken Sie, wird es dauern, genügend Proviant und Trinkwasser zu übernehmen?«

»Wie soll ich das wissen? Bin ich ein Schiffsausrüster? Wir können doch, falls erforderlich, mit Notproviant auskommen?«

»Und die Kampfausrüstung?« beharrte der Admiral. »Kanonen, Munition? Wollen Sie vorschlagen, daß wir auch da nur Notrationen mitnehmen?«

Kelso beugte sich rasch vor, so daß er mit seinem Körper den Admiral vor Clives Blicken verbarg. Dann sagte er ruhig: »Darf ich vorschlagen, daß die Klärung dieser Einzelheiten dem Fachpersonal überlassen wird, den Stäben von Admiral Watson und Oberst Aldercron?«

Watson lehnte sich besänftigt wieder zurück. »Danke, Kelso. Ich hatte schon geglaubt, hier solle die Tüchtigkeit der Marine angezweifelt werden.«

»Ich bin sicher, daß Oberst Clive das nicht beabsichtigte«, sagte Kelso und wartete vergebens darauf, daß Clive diese Versicherung bekräftigte. Schließlich war er erleichtert, als Eyre Coote das Thema anschnitt, das sie bis jetzt alle sorgfältig gemieden hatten.

»Wenn ich darauf aufmerksam machen darf, Sir«, sagte der Hauptmann, »die Frage, wer das Expeditionskorps führen soll, ist noch nicht entschieden. Ich nehme natürlich an, daß es mein Regimentskommandeur sein wird.«

»Aldercron!« rief jemand entsetzt aus.

»Ja, natürlich, er ist der Oberbefehlshaber.«

Abercrombie machte eine verächtliche Bewegung. »Oberbefehlshaber? Ihr habt alle gehört, daß ich gegen diese Unternehmung bin, aber wenn sie gestartet wird, dann gibt es nur einen, der sie führen darf, und das ist Clive!«

»Hört, hört!« sagte Villiers.

»Aber das ist unmöglich«, protestierte Eyre Coote. »Mein Kommandeur würde dem niemals zustimmen.«

Abercrombie sagte brutal: »Wenn er von uns überstimmt wird, macht es nicht das geringste aus, ob er zustimmt oder nicht!«

»Aber es sind doch unsere Truppen, unsere Kanonen! Wollen Sie denn, daß sie von einem Fremden befehligt werden – einem Zivilisten?«

Der Gouverneur warf ein: »Das ist ungerecht, Hauptmann. Oberst Clive hat ein Offizierspatent, wie Sie selbst wissen.«

»Zur Führung von Kompanietruppen.«

»Es werden Kompanietruppen dabei sein, mehr Kompanietruppen als reguläre. Und was den Zivilisten betrifft –«

»Haben Sie noch nichts von Arcot gehört, von Trichinopoly, vom Angriff auf Fort St. David?« fragte Abercrombie.

»O doch! Ich weiß, daß Mr. – vielmehr Oberst – Clive schon einige Kampferfahrung hat.«

»Danke sehr!« höhnte Clive.

Eyre Coote wandte sich ihm verwirrt zu. Sein ziemlich melancholisches Gesicht rötete sich. »Sie verstehen, Oberst, dies ist in keiner Weise ein persönlicher Angriff. Aber wenn die Strafexpedition stattfindet, bin ich der Meinung – und ich kenne meinen Kommandeur –, daß er sie führen sollte.«

Villiers rief dazwischen: »Aber Clive ist der geborene Truppenführer, und er kennt das Land.«

»Sein Prestige ist enorm«, sagte Brownlow ein wenig zögernd. »Die Truppen folgen ihm blindlings und sind von ihrem Sieg überzeugt, wenn er sie führt.«

Der Gouverneur schien der Ansicht, daß die Zeit reif sei, eine weitere Abstimmung zu riskieren. Er sagte: »Nach allem, was ich höre, herrscht in diesem Punkt eine einzige Meinung vor. Kelso, Sie haben sich noch nicht geäußert?«

»Ich würde lieber ohne Geschütze als ohne Clive gehen«, antwortete Kelso.

Eyre Coote erhob sich halb von seinem Sitz. »Ich würde doch lieber meinen Kommandeur wählen. Er wird sehr böse werden, wenn er hört, daß Sie überhaupt einen anderen Befehlshaber in Erwägung gezogen haben.«

»Das ist ein weiteres Risiko, das wir eingehen müssen«, bemerkte Abercrombie trocken.

Der arme Eyre Coote gab sich geschlagen. Schwer setzte er sich wieder und spreizte seine auf dem Tisch liegenden Hände. Trübsinnig sah er dem Augenblick entgegen, da er dies alles seinem Kommandeur erklären mußte. Schließlich sagte er: »Nun, ich weiß nicht recht ... Aber bevor wir uns endgültig entscheiden, müssen wir den Befehlshaber der Seestreitkräfte nach seiner Meinung fragen. Wenn Sie nicht einwilligen, Sir, sehe ich keine Möglichkeit, Oberst Clive oder irgendeinen anderen Befehlshaber zu wählen. Dies ist doch eine kombinierte Unternehmung, somit muß der Kommandeur der Landtruppen das volle Vertrauen des Admirals haben.«

Kelso begriff sofort, daß jetzt ein einziges Wort all seine Pläne durchkreuzen und zerstören konnte. Für ihn stand es ohne den geringsten Zweifel fest, daß Clive und nur Clive diese Unternehmung führen konnte. Clive und Watson jedoch waren Feinde. Sie hatten zwar bei Gheriah gemeinsam gekämpft, aber obwohl diese Strafexpedition erfolgreich verlaufen war, hatte sich Watsons Verachtung für den »verdammten Amateur« noch verstärkt. Andererseits war Watson jedoch ein Ehrenmann, und es stand zu hoffen, daß er um des gemeinsamen Zieles willen die Streitaxt begraben würde.

Der Admiral saß gerade aufgerichtet und schien in dem Augenblick seine nagenden Schmerzen zu vergessen, als sich die allgemeine Aufmerksamkeit ihm zuwandte. Seine Unterlippe war eigensinnig vorgeschoben, und er trommelte mit den Fingern nervös auf den Tisch. Kelso, der ihn eingehend beobachtete, spürte den Konflikt in seinem Innern und fürchtete, daß sich sein Vorurteil als stärker erweisen könne als Clives bereits errungene Erfolge.

Rasch rief er über den Tisch: »Nun, Admiral? Wer soll es sein?«

Watson sah auf und begegnete Kelsos auf ihn gerichteten Blick. Mit der Andeutung eines Seufzers griff er erneut nach seinem Wasserglas und trank einen Schluck. Dann sagte er: »Ich bin für Clive.«

5

Die Empfindungen, die bei der Ratssitzung offenbar geworden waren, fanden ihr Echo in der gesamten Stadt. Für Kaufleute, die Besitzungen in Bengalen hatten, bedeutete das Vorgehen des Nabob einen erheblichen finanziellen Verlust. In vielen Familien bedeutete es Tod naher Verwandter oder guter Freunde, und für alle zumindest einen empfindlichen Schlag gegen das britische Prestige, der nach Rache schrie.

Es gab natürlich auch Leute, die wie Abercrombie ihre Wut mit entsprechender Vorsicht mischten. Sie erinnerten sich an die kaum ein Jahrzehnt zurückliegende Zeit, als Madras, ebenfalls der Intervention eines indischen Fürsten wegen, ohne Schutz geblieben war. Dem Nabob der Carnatic, von dem sowohl Franzosen wie Engländer ihre Territorien gepachtet hatten, war es gelungen, die Engländer glauben zu machen, daß er einen Angriff auf ihre Besitzungen nicht zulassen werde. Als Folge war Madras fast ohne Schwertstreich gefallen. Nachdem La Bourdonnais mit dem größten Teil des Lösegeldes geflüchtet war, rückte Dupleix mit seinen Truppen ein und erklärte die Siedlung zu französischem Besitz. Es hatte volle drei Jahre gedauert, bis die Engländer das Gebiet zurückerobern konnten. Die älteren Siedler hatten ein gutes Gedächtnis.

Von beiden Gefühlen war jedoch der Rachedurst weitaus stärker als die Vorsicht. George Pigot konnte seine Residenz nicht mehr verlassen, ohne von der erregten Menge mit Jubel und Beifall begrüßt zu werden. Watson und Clive waren zu volkstümlichen Helden geworden.

Aber es lag noch harte Arbeit vor ihnen. Der Admiral hatte nicht übertrieben, als er die Schwierigkeiten der Vorbereitungen betonte. Jeden Tag und oft bis in die Nacht hinein rollten voll beladene Ochsenwagen auf die bereits hoffnungslos überfüllten Anlegebrücken. Sie brachten Geschütze, Pulverfässer, Munition, Gewehre, Pieken, Enterbeile und Enterhaken, Dolche; und vom Proviantlager Fässer mit Salzfleisch, Mehl, Reissäcke in ungeheurer Menge, ebenso Melonen und andere Früchte und vor allem Wasserfässer. Der ständige Regen erwies sich einesteils für die Proviantmeister als Geschenk des Himmels, denn er füllte all ihre Behälter, andererseits ergab sich das ernste Problem, Pulver und Nahrungsmittel trocken zu halten. Clives Energie und Tatkraft schaffte aber überall Abhilfe und ließ niemanden verzagen. Er war einfach überall zugleich. Bei Anbruch der Morgendämmerung schon verließ er die Mauern des Forts, und ein paar Minuten später hörte man bereits seine laute Stimme, mit der er die eingeborenen Träger antrieb. Um acht Uhr pflegte er mit Watson zusammen auf der *Kent* zu frühstücken. Nach einer Stabsbesprechung war er dann sofort wieder im Hafen bei der Verladung, versammelte die unglückseligen Proviantmeister und Materialverwalter zu sich und redete auf sie ein. Allmählich fürchteten sie schon seinen Anblick von weitem.

Und wo Clive ging und stand, folgte ihm Kelso, unaufdringlich wie ein Schatten. Die gequälten Unteroffiziere gewöhnten sich langsam daran, ihn neben Clive zu sehen, manchmal drängend, manchmal bremsend, und es dauerte nicht lange, bis sie herausfanden, daß es besser war, sich mit ihren Wünschen oder Anliegen an Kapitän Kelso zu wenden als an den ungestümen Clive.

Die Tage vergingen, und noch immer waren die Schiffe nicht voll ausgerüstet. Clive fieberte vor Ungeduld. Trotz der feuchten Hitze trieb er die Soldaten, die Kompanieangestellten und die eingeborenen Träger zu äußerster Anstrengung. Die Winden knarrten unaufhörlich, und die Beiboote wurden bis an die Grenze ihrer Tragfähigkeit beladen. Jede Kanone, jeder Sack Reis mußte zu den Schiffen auf Reede geschafft werden, denn es gab keine Tiefwasserpiers in Madras.

Wenn auch die Vorbereitungen schwierig und zeitraubend waren, so wurden sie doch wenigstens nicht von Aldercron gestört. Der Oberst war kränker gewesen, als sie vermutet hatten, und alle Anweisungen zum Verladen der Heeresausrüstung wurden von Eyre Coote gegeben. Sowohl Clive als auch Kelso begannen den jungen Hauptmann mit dem ernsten Gesicht allmählich zu respektieren, der offensichtlich bereit war, den Zorn seines Obersten in Kauf zu nehmen, seit die Würfel gefallen waren.

Eine Person jedoch störte den zügigen Fortgang der Arbeiten.

Nach einem langen und anstrengenden Tag war Kelso zusammen mit Clive zum Abendessen in die Residenz zurückgekehrt. Der Gouverneur war noch jung genug, um von der Erregung der Kriegsvorbereitung angesteckt zu werden. Durch Clives genaue Aufstellungen wußte er, wieviele Geschütze bereits an Bord, wieviele Vorräte auf dem Kai gestapelt waren und welche eingeborenen Lieferanten ihre Kontrakte nicht erfüllt hatten. Dies war jetzt der achte Abend, an dem Kelso mit dem Gouverneur und mit Clive gespeist hatte – und mit Margaret Clive.

Heute schien sie ihm noch schöner als sonst; aber noch etwas an ihr fiel ihm auf: eine freudige innere Erregung, die ihn mit bösen Vorahnungen erfüllte. Während der Mahlzeit plauderte sie fröhlich. Sie fragte ihn nach gemeinsamen Bekannten in Bombay und trug ihm Grüße an sie auf, als habe sie ganz vergessen, daß er ja schon in Kürze mit der Strafexpedition nach Norden segeln und bestimmt erst in vielen Monaten nach Bombay zurückkehren werde.

Kelso fiel auf, daß der Gouverneur ungewöhnlich schweigsam war. Clive machte zwar ein- oder zweimal den Versuch, ihn für Tagesereignisse zu interessieren, aber seine Antworten waren lediglich Höflichkeitsfloskeln.

Schließlich war Clive gezwungen, sich nach anderer Unterhaltung umzusehen. Er wandte sich lächelnd an seine Frau auf der anderen Seite der Tafel und fragte: »Nun, meine Liebe, bist du heute in der Stadt gewesen?«

Kelso, der sie genau beobachtete, sah, wie sie ihre Finger auf der Frucht ruhen ließ, die sie gerade schälte, und daß sie einen Augenblick zögerte, bevor sie antwortete: »Ich habe gearbeitet.«

»Gearbeitet?«

»Ja. An meiner Stickerei und an ein paar Dingen für unser Haus in Fort St. David.«

»Liebling!« Clive langte über den Tisch und ergriff ihre Hand. »Ist sie nicht ein Schatz, Kelso? War je ein Mensch so reich beschenkt wie ich?«

Kelso blickte Margaret forschend an: »Warst du wirklich den ganzen Tag zu Hause?«

»Nein, nicht den ganzen Tag. Ich muß auch an die frische Luft.«

»Sie sitzt dann draußen im Garten«, erklärte Clive. »Nur während der Regenschauer geht sie ins Haus.«

Kelso fragte weiter: »Findest du es nicht langweilig, den ganzen Tag allein im Garten zu sitzen?«

»Nein, das heißt –«

»Nicht den ganzen Tag«, rief der Gouverneur, plötzlich auf die Unterhaltung achtend. »Sie hat einen Samaritergang unternommen. Warum erzählen Sie es ihnen nicht, meine Liebe?«

»Oh, es lohnt nicht. Das würde doch nicht interessieren.«

»Aber natürlich würde es das!« sagte Clive.

»Auch ich würde es gern hören«, fügte Kelso hinzu.

Sie blickte ihn an, und er bemerkte ein boshaftes Funkeln in ihren Augen. Dann antwortete sie: »Ich habe Oberst Aldercron besucht.«

»Aldercron!«

»Oh, ich war nicht allein. Mrs. Wilkinson begleitete mich. Sie sagte, es ginge ihm besser, und so hielten wir es für angebracht, ihn zu besuchen.«

Clive schien völlig aus der Fassung gebracht, aber weniger deshalb, weil man den Besuch seiner Frau mißdeuten konnte, als von dem Gedanken, daß jemand diesem aufgeblasenen Oberst eine Freundlichkeit erwies.

»Liebling, es macht dir doch nichts aus?« fragte sie ihn besorgt.

»Natürlich macht es ihm nichts aus«, sagte der Gouverneur lachend. »Nur eine selbstlose Frau wie Sie bringt es fertig, bei dieser grausigen Hitze auszugehen, um sich nach der Gesundheit eines alten Ziegenbocks wie Aldercron zu erkundigen.«

Lächelnd tippte sie ihm auf den Arm. »Jetzt werden Sie ungerecht. Ich gebe zu, daß Oberst Aldercron etwas eingebildet ist, aber ich glaube, er hat ein gütiges Herz – und nach allem, was ich gehört habe, ist er ein ausgezeichneter Soldat.«

»Von wem hast du das gehört – von ihm selbst?« fragte ihr Gatte lachend.

»Oh, ihr habt gut lachen«, sagte sie, »aber ich finde, daß der arme Aldercron nicht sehr nett behandelt wurde, seit er hier bei uns ist. Schließlich ist er königlicher Oberst und befehligt ein Infanterieregiment. Es ist ja nicht seine Schuld, daß er noch keine Erfahrungen in Indien hat.«

»Nein, aber wenn man ihn reden hört –«

»Und er ist noch nicht einmal offiziell zum Oberbefehlshaber der Strafexpedition ernannt worden!«

Unsicher blickten alle sie an, überzeugt davon, daß es nutzlos war, solche Dinge mit einer Frau zu besprechen. Sie würde alle Argumente mit ihrer völligen Unkenntnis und Unlogik widerlegen.

»Ich hoffe, du hast all dies nicht auch Aldercron erzählt«, sagte Kelso.

Margaret schien ihn nicht gehört zu haben, denn sie spielte noch einen Augenblick mit ihrer Frucht herum, dann stand sie auf und wünschte eine gute Nacht. Etwas unwillig folgte Robert Clive seiner Frau, und sie verließen den Raum.

Nachdem sie gegangen waren, saßen Kelso und der Gouverneur eine Weile schweigend da. Der Portwein war serviert worden, aber beider Gläser standen unberührt vor ihnen auf dem Tisch. Kelso dachte noch immer an Margarets Besuch bei Aldercron. Was mochte sie wohl vorhaben? Bestimmt nichts Gutes, denn daran, daß sie den Besuch aus purer Freundlichkeit unternommen hatte, glaubte er keinen Augenblick; dazu kannte er sie zu gut. Selbst wenn sie für den unausstehlichen Aldercron wirklich so etwas wie Mitleid empfand, hätte ihr strenger Sittenkodex einen solchen Besuch bei einem Junggesellen ausgeschlossen – es sei denn, ein weiteres starkes Motiv wäre hinzugekommen. Vielleicht hatte sie in Aldercron einen Bundesgenossen erkannt, der ihr helfen konnte, die Pläne ihres Mannes zu vereiteln. Solange er noch ernstlich krank war, konnte er ihr wenig nützen, aber wenn es ihm wieder besser ging, würde er möglicherweise darauf bestehen, selbst die Führung des Expeditionskorps zu übernehmen

Je mehr Kelso darüber nachdachte, desto klarer wurde ihm, daß hier die Antwort lag. Margaret hatte Aldercron nachmittags aufgesucht, um ihn zu bemitleiden, um gleichzeitig seiner Eitelkeit zu schmeicheln und ihn daran zu erinnern, wie man ihn übergangen hatte. Obwohl er schließlich der älteste anwesende Heeresoffizier war, hatte man einen anderen Mann – noch dazu einen Amateur – mit der Führung des Expeditionskorps betraut, das sich doch zum größten Teil aus seinen Truppen und seinen Waffen zusammensetzte. Wenn er sein Recht wahrnehmen wollte, mochte sie gestichelt haben, dann müsse er darauf bestehen, daß er – und nur er allein – dieses Expeditionskorps führte. Oberst Aldercron sollte den Platz von Oberst Clive einnehmen!

Wenn sie so mit Aldercron geredet hatte – und Kelso war jetzt fest davon überzeugt –, konnte sie unsäglichen Schaden angerichtet haben.

Plötzlich merkte er, daß der Gouverneur zu ihm sprach. »Verzeihung, ich war in Gedanken«, sagte er rasch.

»Es war nur – ich muß Ihnen etwas sagen, Kelso, etwas für Sie wahrscheinlich Unangenehmes.«

Jetzt war Kelso hellwach und brachte die Worte des Gouverneurs sofort in Zusammenhang mit dem unbestreitbaren Triumph in Margarets Augen. Bevor noch der Gouverneur etwas sagte, war ihm klar, daß sie dahintersteckte.

»Eine äußerst unangenehme Situation ist entstanden«, begann der Gouverneur schließlich. »Ich weiß, wie sehr Sie sich schon auf diese Unternehmung eingestellt haben, Kelso. Ich erkenne an, wie Sie sich bei der Ratssitzung verhalten haben – und auch nachher. Wenn irgend jemand das Recht hätte, an der Expedition teilzunehmen, dann sind Sie es.«

Kelso fragte: »Sie meinen – ich kann nicht teilnehmen?«

»Etwas ist eingetreten – etwas völlig Unvorhergesehenes. Tut mir leid, Kelso, aber ich muß Sie nach Bombay zurückschicken.«

»Und warum?«

Der Gouverneur machte eine ärgerliche Bewegung. »Wenn ich es nur hätte verhindern können – einen Ausweg gefunden hätte. Aber diese egoistische alte Hexe . . .«

»Was ist denn los?« fragte Kelso.

»Prinzessin Sophia. Sie besteht darauf, daß nur Sie sie nach Bombay zurückbringen.«

»Sie soll sich zum Teufel scheren! Sie muß warten. Wenn ich von Bengalen zurück bin, will ich sie gern mitnehmen.«

Der Gouverneur griff nach seinem Portwein, stellte fest, daß sein Glas bereits leer war, und stellte es auf den Tisch zurück. »Ihnen ist doch klar, daß wir sie nicht warten lassen können.«

Kelso lehnte sich zurück, scheinbar entspannt, in Wirklichkeit jedoch verzweifelt nach einem Ausweg suchend. Prinzessin Sophia war eine Tante des Königs, eine exzentrische alte Dame, die es sich in den Kopf gesetzt hatte, die Besitzungen ihres Neffen in Indien zu besuchen. Ihr zweimonatiger Aufenthalt in Bombay hatte genügt, den armen Bouchier fast an den Rand des Wahnsinns zu bringen. Jetzt war sie, zusammen mit der Ehrenwerten Mrs. Wilkinson, schon über einen Monat in Madras. Die Kaufmannsfrauen, die sie zuerst mit großer Freude willkommen geheißen hatten, rechneten jetzt bereits aus, wie lange sie noch warten mußten, bis sie die Prinzessin wieder loswurden. Niemand konnte schließlich grob zu des Königs Tante sein oder mit ihr streiten. Die Protektion der königlichen Familie war zu wertvoll. Ein empfehlendes Wort bei Hofe konnte zu Beförderung, Vorzugsbehandlung, kurz: zum Erfolg führen. Pigot, der Gouverneur, konnte es sich am allerwenigsten leisten, die Pläne der Prinzessin zu durchkreuzen.

Kelso hob resigniert die Schultern. Es war ihm klar, daß es keinen Ausweg aus dieser unschönen Situation gab. »Besteht sie darauf, sofort zu segeln?«

»Ja. Sie hat wohl von der erwarteten Krise mit den Franzosen gehört und ist der Meinung, in England sicherer aufgehoben zu sein.«

»Aber von dieser Krise muß sie doch schon seit Monaten gewußt haben – oder werden solche Dinge bei Hofe nicht besprochen?«

Der Gouverneur antwortete: »Ich weiß es nicht. Meinem Gefühl nach hat ihr hier jemand Angst eingeflößt, hat ihr eingeredet, wir müßten jeden Augenblick mit dem Auftauchen französischer Schiffe vor Madras rechnen. Als ich mit ihr sprach, war sie völlig verängstigt. Arme alte Dame! Sie tat mir richtig leid. Irgend jemand hat ihr eingeredet, die Franzosen würden sie dann als Geisel nehmen. Wer kann ihr das nur in den Kopf gesetzt haben?«

»Ich weiß es auch nicht«, sagte Kelso langsam. »Jemand muß ihr allerhand eingeredet haben.«

»Dann blieb noch die Frage des Schiffes. Ich versuchte ihr zu erklären, daß wir im Augenblick keines zur Verfügung hätten, das sie zurückbringen konnte, aber sie erwähnte sofort Ihre *Paragon*. ›Was ist mit der *Paragon*?‹ fragte sie. ›Man hat mir gesagt, das sei eine schnelle Fregatte – und sehr sicher, selbst wenn wir den Franzosen begegnen sollten. Außerdem ist sie ohnehin in Bombay stationiert‹.«

Kelso erwiderte: »Dagegen konnten Sie natürlich nichts unternehmen, Sir.«

»Tut mir leid, Kelso. Wie ich Ihnen sagte, besteht sie darauf, sofort abzureisen, und zwar mit der *Paragon*. Ich kann mir kaum vorstellen, daß jemand so boshaft ist, einer alten Dame solche Dinge zu erzählen. Sie war wirklich ganz verängstigt.«

Kelso erwiderte nochmals: »Dagegen konnten Sie natürlich nichts unternehmen, Sir.«

6

Obgleich die *Paragon* jetzt plötzlich von all den aufregenden Vorbereitungen ausgeschlossen war, ließ Kelsos Eifer nicht im geringsten nach. Noch immer begleitete er Clive zum Kai, zum Hafenkommandanten, zum Proviantlager, zum Flaggschiff. Er nahm sogar weiterhin an den Besprechungen teil, die Watson von Zeit zu Zeit für die Kommandanten und die Führer der Landtruppen einberief. Auch speiste er jeden Abend mit Clive beim Gouverneur.

Äußerlich ließ er sich keinen Ärger anmerken. Noch immer diskutierte er mit viel Begeisterung den Feldzugsplan, indem er mit zwei Gabeln den Verlauf der bengalischen Küste, mit einem Messer den Hugli, mit Essig- und Ölfläschchen, mit Salz- und Pfefferstreuer, sowie mit Weintrauben und Bananen die britische Flotte darstellte. Wenn Margaret Clive irgendwelche Anzeichen von Enttäuschung bei ihm erwartet hatte, so wurde sie selbst enttäuscht. Einmal ließ sie sich sogar zu der Bemerkung hinreißen: »Aus der Art und Weise, wie Kapitän Kelso spricht, könnte man fast schließen, daß die *Paragon* noch immer zu Admiral Watsons Flotte gehört.«

Ausdruckslos blickte er sie an: »Ich hoffe und glaube auch, daß sie mitfahren wird.«

»Aber Kelso!« rief der Gouverneur. »Ich dachte, wir wären uns über diesen Punkt klar! Ich möchte nicht, daß ein Mißverständnis aufkommt . . .«

Kelso unterbrach ihn: »Das geht in Ordnung, Sir, ich habe verstanden. Aber noch ist die Flotte nicht ausgelaufen.«

Während Kelso sich nicht das geringste Zeichen einer Niederlage anmerken ließ, wurde Margaret täglich nervöser und mürrischer. Es war jetzt fast eine Woche her, seit sie Aldercron besucht hatte, aber obwohl er schon verschiedentlich außerhalb des Forts gesehen worden war, hatte man noch nichts von einem Protest gehört. Aldercron blieb dennoch ihre Trumpfkarte. Als Oberbefehlshaber der Regierungstruppen hatte er Anspruch darauf, ihrem Mann vorgezogen zu werden. Die Geschütze unterstanden ihm und auch der größte Teil der Munition. Es war ihr unbegreiflich, warum er das ihr gegebene Versprechen zu protestieren nicht hielt.

Sie war nicht die einzige, die sich wunderte. Als Kelso eines Morgens durch das Tor trat, hielt ein Wagen neben ihm, und der

Gouverneur stieg aus, um ihn zu begleiten. Offensichtlich bedrückte ihn etwas.

Er ging neben Kelso her und sagte: »Ich komme gerade vom Verladekai. Alle Vorbereitungen scheinen beendet zu sein. In ein paar Tagen sollten wir klar sein zum Auslaufen.«

»Ja.«

»Eyre Coote meldete, das Heeresgut sei vollzählig an Bord.«

»Ich weiß.«

»Es scheint ja alles zu klappen«, fuhr der Gouverneur fort, »fast zu gut. Ich wünschte bei Gott, ich wüßte, was Aldercron vorhat. Wie ich gehört habe, ist er schon fast eine Woche auf, war aber noch nicht ein einziges Mal bei mir; kein einziges Wort der Beschwerde hat er verlauten lassen.«

»Ich glaube, Sie brauchen sich Aldercrons wegen keine Gedanken zu machen, Sir.«

»Ich mache mir aber welche, Kelso. Er wäre imstande, all unsere Pläne zu durchkreuzen.«

»Sie brauchen sich seinetwegen wirklich keine Gedanken zu machen «

Der Gouverneur blieb im spärlichen Schatten einer Palme stehen und ergriff Kelso am Arm. »Keine Gedanken? Heißt das, Sie haben ihn gesehen, mit ihm gesprochen?«

»Ich hielt es für meine Pflicht, einen Krankenbesuch zu machen.«

»Nun aber raus mit der Sprache, Kelso, was haben Sie ausgeheckt?«

»Nichts ausgeheckt, Sir. Es war nur eine Unterhaltung. Dabei ergab sich Gelegenheit, ihn auf gewisse Ideen zu bringen.«

»Was für Ideen?«

»Nun, es ging um Gewinne«, sagte Kelso. »Um den Vorteil des Handels zum Beispiel, um den enormen Profit, den der private Handel abwirft.«

Langsam zeigte sich ein Lächeln des Verstehens auf dem Gesicht des Gouverneurs. »Das war es also! Sie haben ihn das glauben gemacht?«

»Es war nicht sehr schwierig, Sir. Ich habe ihm nichts gesagt, was nicht stimmte.«

Der Gouverneur lachte glucksend in sich hinein und vergaß sich so weit, daß er leutselig einem erstaunten Soldaten zuwinkte, der soeben grüßend vorbeiging. Dann sagte er: »Ich nehme an, Sie haben ihm erzählt, wieviele Leute in seiner Position ein ungeheures Vermögen verdient haben – durch Kauf auf dem hiesigen Markt und Verkauf in Europa?«

»Dreißigtausend Pfund Sterling war die Summe, die ich erwähnte«, sagte Kelso. »Aber wie Sie selbst wissen, Sir, ist diese häufig übertroffen worden.«

Der Gouverneur nahm den Hut ab, benutzte ihn als Fächer und setzte ihn wieder auf. »Kelso, ich bin sprachlos! Nun ist Oberst Aldercron also in den Handel eingestiegen!«

»Wie ich hörte, hat er eine Art Abkommen mit Abercrombie getroffen. Den größten Teil seines verfügbaren Kapitals – zwei- oder dreitausend Pfund – hat er bereits in Spekulationskäufen investiert.«

»Und aus diesem Grund will er nicht mehr an der Expedition teilnehmen?«

»Ich glaube, er hat jegliches Interesse daran verloren.«

Der Gouverneur ergriff Kelso am Arm und ging mit ihm weiter zur Residenz. »Kelso, Sie sind kein Dummkopf!« sagte er. »Ich weiß noch genau, wie Sie bei der Ratssitzung alles in Ihrem Sinne gelenkt haben. Glauben Sie mir, ich war Ihnen dankbar dafür, und ich bin Ihnen auch dankbar für das, was Sie mir soeben erzählt haben. Wir wissen beide genau, was zu tun ist.«

Kelso antwortete: »Wissen Sie, Sir, es ist erstaunlich, daß niemand – weder hier, noch in Bombay – wirklich begreift, was auf dem Spiel steht. Ich bin überzeugt, daß in den nächsten Jahren die Entscheidung darüber fällt, ob wir dieses reiche Indien endgültig gewinnen oder verlieren werden.«

»Ich bin sicher, daß Sie recht haben.« Neugierig blickte der Gouverneur ihn an. »Ist dies der Grund, weswegen Sie so großen Wert darauf legen, daß Robert Clive das Oberkommando erhält?«

Vorsichtig erwiderte Kelso: »Ich bin davon überzeugt, daß er ein bedeutender Mann ist, Sir, und daß – wie ich schon neulich sagte – nur *er* Indien retten kann.«

Der Gouverneur fragte weiter: »Meinen Sie, daß er selbst das weiß?«

Sie betraten das Grundstück der Residenz und hatten den Rasen bereits zur Hälfte überquert, als Kelso endlich antwortete: »Das glaube ich nicht. Aber er ist entschlossen zu kämpfen, und nur das zählt.«

»Sie werden aber darauf achten, daß er weise kämpft?«

»Das würde ich tun, Sir, wenn ich an der Expedition teilneh-

men könnte.«
Als sie die Eingangshalle betraten, wurden sie dort von Iversen begrüßt, dem Gehilfen des Gouverneurs. Er war ein würdevoller junger Mann, der seine Aufgabe ernst nahm. An den sorgenvollen Falten auf seiner Stirn konnte man trotz des ehrerbietigen Lächelns erkennen, daß ihn etwas bedrückte. »Bitte, Sir . . .«

»Ja, was ist?«

»Oberst Aldercron wartet, Sir.«

»Hier?«

»Ja, Sir, schon seit einer Stunde. Ich fürchte, er wird bereits ungeduldig.«

»Er soll sich zum Teufel scheren! Wenn er ohne vereinbarten Termin kommt . . .« Der Gouverneur übergab Hut und Degen einem eingeborenen Diener. »In Ordnung, Iversen.«

Der junge Mann zögerte noch. »Ich habe getan, was ich konnte, Sir. Zuerst war der Oberst auch bereit zu warten, aber plötzlich wurde er wütend. Seit Mrs. Clive bei ihm ist . . .«

»Mrs. Clive!« Kelso erschreckte den jungen Mann durch seine Heftigkeit. »Sagten Sie ›Mrs. Clive‹?«

»Ja, Sir. Sie ist jetzt bei ihm.«

Kelso verschwendete keine Zeit. Sofort hastete er den Korridor hinunter, und erst im letzten Augenblick besann er sich und ließ dem Gouverneur, der ihm rasch gefolgt war, den Vortritt.

Die Szene im Empfangsraum bestätigte Kelos schlimmste Befürchtungen. Aldercron erwartete sie breitbeinig, die Hände auf dem Rücken verschränkt. Sein cholerisches Gesicht hatte bereits die Farbe seines Uniformrocks angenommen. Hinter ihm, hoheitsvoll in ihrer kühlen Schönheit, saß Margaret Clive.

Mit ausgestreckter Hand ging der Gouverneur ihm entgegen. »Oberst, ich freue mich, Sie wiederzusehen. Sind Sie ganz wiederhergestellt?«

»Vollkommen, Sir, und bereit, meinen Platz an der Spitze des Expeditionskorps einzunehmen.«

»Nun, ich fürchte, das geht nicht. Wir hatten eine beschlußfähige Ratssitzung, wie Sie wissen, und wenn man alle Dinge in Betracht zieht –«

»Es ist eine Beleidigung für meinen Rang und für meine Stellung«, sagte der Oberst mit vor Empörung bebender Stimme.

»Aber nicht doch, Oberst!«

»Ich wiederhole: eine Beleidigung!«

»Tut mir leid, daß Sie es so sehen, Oberst«, sagte der Gouverneur, »aber ich versichere Ihnen, daß uns nichts ferner lag.«

»Einen Zivilisten für den Oberbefehl auszuwählen, während ich zur Verfügung stand!«

»Sie waren krank, Oberst, außerdem können Sie Oberst Clive nicht als Zivilist bezeichnen.«

»Für mich ist er ein Zivilist.«

»Bedaure«, sagte der Gouverneur. »Ich habe nicht die Absicht, mit Ihnen über seine Qualifikation zu streiten.«

Aldercrons Gesicht strahlte förmlich Bosheit aus. »Das ist auch nicht nötig. Mrs. Clive hat dieselbe Einstellung wie ich.«

Kelso, der Margaret beobachtete, sah, wie ihre Selbstsicherheit sie plötzlich verließ. Sie senkte den Blick, als alle sie anstarrten, machte aber keinerlei Anstalten, die Behauptung des Obersten zu entkräften.

»Noch etwas«, sagte Aldercron. »Es sind meine Geschütze, es ist meine Munition, die Watson an Bord hat. Meine Leute sind es, die den Kampf ausfechten sollen.«

»Das stimmt nicht«, entgegnete der Gouverneur. »Es ist ein starkes Kontingent Kompanietruppen dabei.«

»Kompanietruppen!« rief Aldercron verächtlich.

»Sie haben ihre Kampfkraft schon öfter bewiesen – und sie haben bereits in Indien gekämpft. Ich muß sagen, Oberst, Ihre Proteste sind unbegründet.«

»Unbegründet!«

»Jetzt protestieren Sie, obwohl die Schiffe fast vollständig beladen und klar zum Auslaufen sind. Warum sind Sie nicht früher zu mir gekommen?«

Kelso trat ruhig von der Eingangstür, an der er bis jetzt gestanden hatte, in die Mitte des Raumes. Wie beiläufig bemerkte er: »Oberst Aldercron hatte zu tun.«

Sein Eingreifen war wie ein plötzliches Umspringen des Windes auf See. Aldercron zögerte, als sei mit einem Male all seinen Beschwerden die Triebkraft entzogen. Er hustete, trat unsicher von einem Fuß auf den anderen und wandte sich dann Kelso zu. »Ja – die Wahrheit ist, ich wollte Sie längst aufsuchen, aber, wie Kelso sagt, ich hatte zu tun.«

»Haben Sie die Seide bekommen, Oberst?« fragte Kelso. »Oder war Mukerjee zu smart für Sie?«

Der Oberst rieb sich die Hände und fing tatsächlich an zu lächeln. »Nein, nein, ich habe sie bekommen. Aber was für ein raffinierter Händler, dieser Mukerjee! Ich dachte schon, er würde niemals nachgeben.«

»Sie müssen eine Nase für solche Geschäfte haben«, sagte Kelso mit gut gespielter Bewunderung in der Stimme. »Es gibt nicht viele, die den alten Mukerjee hereinlegen können.«

»Oh, es war ein harter Kampf, das kann ich Ihnen sagen! Aber zum Schluß gab er nach – und zu dem Preis, den Sie genannt hatten.«

»Bravo! Das ist ein wirklicher Sieg.«

Aldercron grinste: »Ich war richtig stolz, das muß ich zugeben.«

Margret saß mit ärgerlicher Miene auf ihrer Stuhlkante. »Wer ist dieser Mukerjee?« fragte sie schließlich.

Aldercron erklärte: »Einer der führenden Kaufleute hier – wenigstens sagt das Kelso.«

Margaret erwiderte barsch: »Ich habe noch nie von ihm gehört.«

Kelso warf ein: »Er ist der maßgebende Mann hier im Handel.«

»Im Handel!« schnaubte Margaret verächtlich.

»Seide, Gewürze, Sandelholz: alles Dinge, die man hier für ein paar Pennies kaufen und in England für gute Pfunde verkaufen kann.«

»Zwei- bis dreihundert Prozent Gewinn, meine Liebe«, sagte Aldercron stolz. »Denken Sie doch nur! Man kann ein Vermögen verdienen mit einer einzigen Schiffsladung.«

Margaret sagte mit ruhiger, aber unheilverkündender Stimme zu Kelso: »Ich wußte gar nicht, daß du am Handel interessiert bist.«

»Nicht für mich selbst. Aber für jemanden, der ein paar hundert Pfund übrig hat, liegt der Reichtum auf der Straße.«

»Ich dachte, daß du Leute verachtest, die nur herkommen, um schnell reich zu werden«, sagte sie bissig.

»Das tue ich auch. Aber du kannst wirklich nicht behaupten, daß diese Kritik auf Oberst Aldercron zuträfe. Ist er nicht als Oberbefehlshaber hierhergekommen? Erleidet er nicht all die Unbequemlichkeiten Indiens, um seinem Vaterlande zu dienen? Bestimmt hat er das Recht auf Entschädigung.«

»Wie rasch du deine Einstellung änderst!« erwiderte sie schneidend.

Der Oberst sagte pikiert: »Verzeihung, Madam, aber Sie wollen doch wohl nicht andeuten, daß es unrecht ist, was ich tue?«

»Das zu entscheiden, muß ich Ihrem Gewissen überlassen, Oberst.«

»Ich muß dich sehr bitten!«

»Verschwenden Sie keinen weiteren Gedanken daran, Oberst«, sagte Kelso. »Ich bin sicher, daß niemand Ihr Recht in Frage stellt, das Beste aus Ihrer hiesigen Stationierung zu machen. Schließlich sind Sie Oberbefehlshaber.«

»Das stimmt.« Nachdenklich musterte er Margaret »Wissen Sie, Kelso, es freut mich zu hören, daß Sie meine Stellung anerkennen. Wie ich gehört habe, sind hier eine ganze Menge Leute, die nicht einmal wissen, daß ich der ranghöchste Offizier in Indien bin!«

»Oh, kommen Sie, Sir!« Kelsos ungläubiger Gesichtsausdruck war ein wenig übertrieben, aber er wußte, daß er sich das bei Oberst Aldercron leisten konnte. »Zumindest bin ich sicher, daß jedermann hier in Madras es weiß. Jeder spricht darüber.« Er wandte sich an den Gouverneur: »Ist es nicht so, Sir?«

»Doch, das stimmt«, beeilte sich der Gouverneur zu antworten. »Alle sagen, wie froh sie darüber sind, daß der Oberbefehlshaber selbst hierbleiben wird, um sie zu beschützen, wenn das Expeditionskorps Madras verläßt.«

»Gut!« Der Oberst wirkte plötzlich entspannt. Er deutete eine kurze Verbeugung an und schritt dann stolzgeschwellt einmal rund um den ganzen Raum. »In diesem Falle habe ich keine Einwände dagegen, daß Clive geht – als mein Stellvertreter. Wahrscheinlich ist es wirklich besser, wenn ich bleibe, wie Sie vorschlagen, damit ein erfahrener Offizier die Verteidigung leitet. Ich glaube, es war falsch von mir – übereilt. Meine wirkliche Aufgabe liegt hier.«

»Aber, Oberst!« begann Margaret.

»Die Wahrheit ist«, fuhr Aldercron fort, »ich habe mich, wie Sie hörten, ein wenig im Handel engagiert. Das würde natürlich niemals meine Entscheidungen beeinflussen, aber wenn ich schon in Madras bleibe –«

»Können Sie dafür sorgen, daß all die Waren, die Sie gekauft haben, auch sicher verschifft werden«, vollendete Kelso den Satz.

»Ja, genau.« Oberst Aldercron wandte sich an den Gouverneur. »Da ist noch etwas, Sir, wofür ich Ihre Hilfe erbitten möchte.«

»Und zwar?«

»Diese Waren – äußerst wertvoll – will ich nach Europa verschiffen.«

Der Gouverneur schüttelte verneinend den Kopf. »Tut mir leid, Oberst, aber dabei kann ich Ihnen nicht helfen.«

»Aber ich würde es bezahlen.«

»Es ist keine Frage der Bezahlung. Frachtraum auf den Schiffen der Kompanie ist ein Vorrecht der Kapitäne. Wenn Sie Ihre Waren nach Europa verschiffen wollen, müssen Sie sich mit denen auseinandersetzen.«

»Gut. Aber ich muß sagen, im Hinblick auf meine Position hätten Sie vielleicht eine Sondervereinbarung treffen können.«

»Ich fürchte, das geht nicht.«

»Auf jeden Fall«, warf Margaret ein, »werden Sie feststellen, daß der verfügbare Laderaum auf Monate ausgebucht ist. Sie können froh sein, wenn Sie Ihre Sachen innerhalb eines Jahres verschiffen können. Ist es nicht so, Kelso?«

Traurig begegnete Kelso ihrem entschlossenen Blick. Ihr Kinn war trotzig vorgeschoben, der Mund nur ein schmaler Strich.

Aldercron fuhr auf: »Aber davon haben Sie mir nichts gesagt, Kelso. Wenn meine Waren hier ein ganzes Jahr festliegen, was hatte es dann für einen Zweck, jetzt schon zu kaufen? Warum sollte ich dann nicht meinen rechtmäßigen Platz beim Expeditionskorps einnehmen und mit dem Verschiffen der Waren warten, bis ich zurück bin?«

Margaret reckte sich triumphierend in die Höhe. »Ja, natürlich!«

Der Gouverneur warf ein: »Nun, Oberst, ich weiß keine Einzelheiten über Ihre Geschäfte, aber die Pläne für unser Unternehmen liegen fest, wie Sie wissen. Admiral Watson ist der Führer und Clive sein Stellvertreter. Das können wir nicht mehr ändern.«

»Warum nicht?«

»Weil das alles bei der Ratssitzung vereinbart wurde.«

»Zum Teufel mit Ihrem Rat! Meine Truppen sind Regierungstruppen. Ich kann nicht zugeben, daß sie unter einem Zivilisten Dienst tun.«

»Oberst Clive ist kein Zivilist. Außerdem –«

»Oberst!« rief Kelso dazwischen. »Wenn Ihnen damit geholfen ist, werde *ich* die Waren an Bord nehmen.«

Erstaunt blickten alle ihn an.

»Du!« schrie Margaret. »Auf der *Paragon*?«

»Warum nicht?«

»Aber sie ist doch ein Kriegsschiff!«

»Da ist Platz genug unter Deck.«

»Und Sie segeln nach Bombay.«
»Ja. Dort ist es leicht, ein Schiff nach Europa zu finden.«
»Stimmt«, warf der Gouverneur ein. »Oberst, das ist ein großartiges Angebot. Von Bombay geht jeden Monat ein Konvoi nach England, manchmal sogar jede Woche. Wenn Kelso Ihre Sachen dorthin mitnimmt –«

Aldercrons Gesichtsausdruck zeigte beinahe Dankbarkeit, wenn er derer je fähig war. »Würden Sie das wirklich tun, Kelso? Das wäre sehr anständig von Ihnen.«

»Nicht im geringsten, Oberst«, sagte Kelso. »Es macht mir Freude, wenn ich Ihnen helfen kann.«

Er wagte nicht mehr, Margaret ins Gesicht zu sehen.

7

In der feuchten Hitze wurden die letzten Vorräte zu den Schiffen hinübergefahren. Vom frühen Morgen bis zum späten Abend zogen Beiboote und Barkassen ihre Kiellinien über die Bucht: Hinaus fuhren sie so stark mit Säcken oder Ballen beladen, daß sie kaum noch Freibord hatten, auf dem Rückweg lagen sie hoch aus dem Wasser. Auf dem Verladekai mühten sich die schwitzenden Träger und schleppten unglaubliche Lasten. Die Winden kreischten, und die Seeleute wischten sich mit müden Bewegungen ihrer schmerzenden Arme den Schweiß aus dem Gesicht. Das Beladen war fast fertig, aber dennoch kamen jeden Tag, sogar jede Stunde weitere Ochsenkarren mit irgendwelchen Dingen, die man vergessen hatte.

Aber während die Ausrüstung der Flotte nahezu beendet war, gab es noch eine Ecke auf dem Kai, wo auch weiterhin genauso lebhafte Betriebsamkeit herrschte wie vorher: Das Langboot der *Paragon* begann gerade, Seidenballen, Gewürze und Sandelholz an Bord zu nehmen, die Oberst Aldercron gekauft hatte. Der Oberst war selbst zugegen, trieb die Seeleute und einige seiner eigenen, unglückseligen Soldaten zur Eile an und befahl ihnen zu laufen, obwohl sie doch kaum noch gehen konnten. Die Seeleute reagierten mürrisch auf sein unaufhörliches Kommandieren und auf die schmerzhaften Schläge seines Rohrstocks. Seine Soldaten dagegen, denen klar war, daß er keinen Augenblick zögern würde, sie auspeitschen zu lassen, wagten dies nicht, sondern rannten und stolperten und stürzten mit keuchenden Lungen und wild klopfenden Herzen.

Das Langboot war bis an die Grenze der Tragfähigkeit beladen und hatte soeben abgelegt, als Margaret Clive erschien, begleitet von Abercrombie. Der alte Schotte konnte kaum seine Freude darüber verbergen, daß sie ihn um seine Begleitung gebeten hatte. Während sie auf die Mole hinausschritten, gab er sich große Mühe, ihr die verschiedenen Schiffe der Flotte zu zeigen, die in der Bucht vor Anker lagen. Sie sahen die *Kent* mit 64, die *Cumberland* mit 66 Geschützen, beide mit weit offenen Stückpforten, so daß die Mündungen der Rohre zu sehen waren, und weiter draußen die *Tiger*, die *Salisbury* und die *Bridgewater*. Südlich davon, etwa eine halbe Meile entfernt, lag die *Paragon* schlank und elegant, verglichen mit den schweren Linienschiffen.

Margaret näherte sich Aldercron und fragte: »Sind dies Ihre Waren, Oberst, die hinüber zur *Paragon* gehen?«

Aldercron wandte sich um, erstaunt und verwirrt, sie hier neben sich zu sehen. »Mrs. Clive! Welch ein Vergnügen. Guten Tag, Abercrombie. Ja, Madam, das sind meine Waren, oder vielmehr ein Teil davon. Ich kann Ihnen sagen, ich werde froh sein, wenn sie erst an Bord sind!«

Abercrombie blickte abschätzend auf das überladene Boot und auf die Lattenkisten, die noch auf dem Kai lagen.

»Na, Oberst, Sie werden einen anständigen Gewinn erzielen mit diesen Dingen«, sagte er dann.

»Ich hoffe es«, sagte Aldercron. »Ich hoffe es!«

»Noch ein solcher Einsatz, und Sie kehren als reicher Mann nach Hause zurück.«

Der Oberst ließ einen Seufzer der Genugtuung vernehmen.

»Natürlich haben Sie Glück gehabt«, sagte Abercrombie.

»Glück? Wieso?«

»Weil der Gouverneur es zuläßt, daß Sie Ihre Waren auf einer Kompaniefregatte verschiffen.«

»Der Gouverneur hatte nichts damit zu tun. Es war Kelso«, sagte der Oberst.

»Kelso?«

»Zufällig war er dabei, als ich den Gouverneur fragte, nicht wahr, Madam? Sie waren doch auch dabei.«

»Ja«, antwortete Margaret mit schwacher Stimme. »Es war Kapitän Kelsos Vorschlag.«

Abercrombie machte keinen Versuch, seine Überraschung zu verbergen. »Sie meinen, er bot Ihnen an, die Sachen zu übernehmen?«

»Ja, das tat er.«

»Aber das kann ich kaum glauben! Kelso ist doch immer gegen private Geschäfte gewesen. Mir gegenüber ist er zwar höflich, denn ich habe eine Lizenz der Kompanie. Aber die meisten Leute in Madras befassen sich damit – schließlich ist es eine Art Kompensation dafür, daß sie hier in diesem gottverlassenen Loch leben müssen. Kelso jedoch tut das nicht. Er will nichts damit zu tun haben.«

»Nun, er willigte immerhin ein, meine Ladung zu übernehmen.«

»Das ist mir unverständlich«, sagte Abercrombie. »Völlig unverständlich.«

Margaret hob ihren Sonnenschirm so weit, daß sie Aldercron direkt ansehen konnte, und sagte: »Es sei denn, Oberst, daß Kapitän Kelso seine eigenen Gründe dafür hatte.«

»Ich weiß nicht, Madam. Ich hielt es für eine höfliche Geste, obwohl ich zugeben muß, daß ich überrascht war. Was für Gründe könnte er denn haben?«

»Sie von der Ihnen zustehenden Position als Führer des Expeditionskorps fernzuhalten.«

»Teufel auch!« Der Halsansatz des Obersten zeigte bereits die ersten Anzeichen aufsteigenden Ärgers, obwohl ihm noch nicht völlig klar war, worüber er sich ärgern müsse. »Mich von der Expedition fernhalten!« Er machte eine Pause, während derer sein langsam arbeitendes Gehirn diese Möglichkeit erwog. »Nein, das kann es nicht sein, Madam. Hier sind meine Waren. Sie werden heute noch an Bord sein, und was könnte mich dann noch davon abhalten, die Expedition mitzumachen?«

»Ist das hier alles, was Sie verschiffen wollen?«

»Nein. Ich habe noch einmal so viel von dem verdammten Schuft, mit dem er mich in Verbindung gebracht hat. Und Sie, Abercrombie, müssen mir noch diese Seidenstoffe liefern, die ich bestellt habe.«

»Die werden kommen.«

»Wann?«

»Nächste Woche, oder die Woche danach.«

Margaret sagte: »Nächste Woche ist die Flotte bereits ausgelaufen.«

Der Oberst schielte mit bösem Blick über die Bucht. »Das stimmt. Wenn ich sichergehen will, daß meine Sachen ordnungsgemäß wegkommen, kann ich nicht auf die Expedition gehen.«

»Kelso weiß das natürlich?«

Der arme Abercrombie begriff überhaupt nicht, worum es ging, aber eines war ihm klar, und typischerweise sprach er es auch sogleich aus. »Ich verstehe nicht, wovon Sie sprechen, aber eins weiß ich – nur ein Mann kann diese Unternehmung führen, und das ist Clive!«

Margaret beobachtete hoffnungsvoll den Oberst, und voller Freude sah sie den Ausdruck wachsenden Ärgers in seinem Gesicht.

»Sie sind also der Meinung, Clive könnte meine eigenen Soldaten besser führen als ich?« fragte der Oberst empört.

»Ja, der Meinung bin ich.«

»Sie sind ganz schön unverschämt, Sir!«

»Es hat keinen Zweck, darum herumzureden, wenn so viel auf dem Spiel steht. Ich war zwar bei der Abstimmung gegen die Expedition, aber jetzt, da sie nun einmal stattfindet, geht es nur darum, wer den Nabob rasch schlagen kann und damit unsere Besitzungen in Bengalen zurückerobert.«

»Und warum, bitte schön, kann Clive das und ich nicht?«

»Es ist durchaus möglich, daß auch Sie das schaffen, Oberst; aber es würde ein oder zwei Jahre dauern. Nur Clive kann das schnell erledigen.«

Der Oberst preßte die Lippen zusammen, als bemühe er sich, die bösen Worte zurückzuhalten, die er auf der Zunge hatte. Margarets Anwesenheit hemmte ihn in doppelter Hinsicht: Einmal mochte er in ihrer Gegenwart die Schmähungen nicht aussprechen, die er bereithielt, zum anderen war es schließlich ihr Mann, den er herabsetzen und beleidigen wollte. Margaret schien das zu spüren, denn sie sagte: »Bitte machen Sie sich keine Gedanken darüber, Oberst, daß es mein Mann ist, über den Sie urteilen wollen. Diese Dinge müssen einmal klar ausgesprochen werden, und Sie kennen meine Einstellung. Ich finde, Robert sollte sich damit begnügen, Gouverneur zu sein. Ich stimme mit Ihnen überein, Mr. Abercrombie, daß es nur einen Mann gibt, der die Unternehmung führen kann. Aber dieser Mann, behaupte ich, ist Oberst Aldercron!«

»Niemals!«

»Und warum nicht, Sir!« fragte Aldercron. »Warum nicht?«

»Das habe ich Ihnen ja schon gesagt, aber wenn Sie es noch deutlicher hören wollen, bitte: Sie, Oberst, sind nur ein Soldat, ein

Offizier vielleicht, sogar mit dem Patent des Königs, aber eben doch nur ein Soldat.«

»Nur ein Soldat? Welch verdammte Unverschämtheit! Wenn Sie ein paar Jahre jünger wären, dürften Sie nicht so zu mir sprechen. Ich würde Sie fordern!«

»Kein Grund zur Aufregung«, sagte der alte Mann grinsend. »Ich bin zu alt, als daß es mir etwas ausmachte, ob Sie mich fordern. Aber ich bin jung genug, daß es mir etwas ausmacht, ob die Frogs einlaufen und uns in Ketten nach Pondicherry*) schleppen. Das passierte, wie Sie wissen, dem armen Morse und all seinen Ratsmitgliedern.«

»Sie alter Narr!« schrie Aldercron wütend. »Wovon sprechen Sie bloß?«

»Wenn Watsons Schiffe und Ihre Truppen in Bengalen sind, kann es uns hier unten dreckig gehen.«

»Klar.«

»Nun, das ist der Grund, weswegen ich sage: Wer diese Unternehmung leitet, muß so rasch wie möglich siegen und hierher zurückkehren.«

Margaret fragte: »Aber, Mr. Abercrombie, ich verstehe noch immer nicht, warum Oberst Aldercron das nicht genausogut könnte wie mein Mann.«

Ernst blickte der alte Schotte sie an. »Nun, Madam, wie ich vorhin schon sagte: Oberst Aldercron ist bei allem Respekt nur ein Soldat. Ihr Mann aber ist ein Genie.«

Sein einfacher Glaube an ihren Mann schien Margaret doch zu beeindrucken. Zum ersten Mal fing ihre Entschlossenheit an zu schwanken. Sie wurde rot und senkte den Blick.

»Clive ist also ein Genie!« sagte Aldercron höhnisch. »Vergessen Sie bitte nicht, daß ich noch immer Oberbefehlshaber bin!«

»Eine schöne Gesellschaft werden Sie befehligen, wenn Watson ausgelaufen ist«, sagte Abercrombie. »Ein paar Köche und Stewards, ein paar Wäscher und eine kleine Anzahl freiwilliger Zivilisten – wenn Sie Glück haben.«

»Wir werden ja sehen!« sagte Aldercron wütend. »Das werden wir sehen!« Er schlug dabei so heftig mit seinem Rohrstock auf sein rechtes Bein, daß ein Schwarm Fliegen von einer nahen Lattenkiste aufflog, eine Weile wie eine Wolke in der Luft schwebte und sich dann wieder niederließ.

*) französische Besitzung an der Ostküste Indiens, südlich von Madras

»Sie müssen den Tatsachen ins Auge sehen, Oberst«, sagte Abercrombie. »Es war Ihr Pech, daß Sie hier hergekommen sind, obwohl wir bereits unseren Helden haben!«

»Sie denken, er ist ein Held?«

»Klar, Mann! Geben Sie es doch zu. Wenn jemand das Heer des Nabob schlagen kann, dann ist es Clive.«

»Ich möchte wissen, ob viele hier draußen so denken wie Sie«, sagte der Oberst.

»Jeder. Ich sage die Wahrheit. Sie mögen Oberbefehlshaber sein oder sonst was, aber in ganz Madras gibt es keinen Menschen, der nicht weiß, daß Robert Clive der einzige wirkliche Soldat ist, den wir hier draußen haben.«

8

Kelso durchschritt das Eingangstor des Forts und überquerte den Paradeplatz. Er hätte sich den Weg in der Sonnenhitze erspart, wenn er unten an den Kasernen, der Küche und der Offiziersmesse im Schatten geblieben wäre, aber die Zeit hierfür war ihm zu kostbar. Wenn er den Gouverneur allein antraf, konnte man vielleicht noch etwas unternehmen gegen den katastrophalen Lauf, den die Dinge jetzt genommen hatten. Clive und Watson mußten ebenfalls bald eintreffen.

Er ging an der Kirche vorbei, und als er an den Fahrweg kam, warf er einen Blick hinüber in den Garten, halb in der Erwartung, halb in der Hoffnung, daß Margaret Clive dort säße. Aber die Gartenstühle waren leer.

Als er den Kirchhof überquerte, schien ein Sonnenstrahl direkt in den Empfangsraum des Gouverneurs, und Kelso sah zu seinem Ärger, daß Margaret schon beim Gouverneur war. Ohne Eile trat er ein, und wie üblich verriet sein Gesicht keine Empfindungen.

»Hallo, Kelso! Was bringt Sie hierher?« Es war klar, daß der Gouverneur noch nichts von dem eingetretenen Wechsel der Ereignisse wußte. Genauso klar war es aber auch, daß Margaret alles darüber wußte. Sie war jedoch zu gut erzogen, um offen ihren Triumph zu zeigen. Nur trug sie ihr Kinn ein wenig höher als sonst, und ihr herausfordernder Blick hielt dem Kelsos stand.

»Nun, Kelso?« fragte sie.

Während er noch überlegte, wie er die Nachricht verkünden konnte, ohne ihr allzu viel Genugtuung zu verschaffen, hörte er draußen einen Wagen vorfahren und gleichzeitig Clives heftige Stimme. Um Zeit zu gewinnen, sagte er: »Verzeihen Sie bitte mein Hereinplatzen, Sir, aber da die Expedition nahezu aufbruchbereit ist, habe ich mir die Freiheit genommen, hier bei Ihnen und bei Mrs. Clive einen Besuch zu machen.«

»Ich bin erfreut, mein lieber Kelso! Nach all Ihrer hervorragenden Arbeit muß es ja auch angenehm für Sie sein, aus der glühenden Hitze einmal in die Kühle zu kommen.«

»Sehr angenehm sogar, Sir.« Er hörte, wie Clive vor der Tür Watson zur Eile antrieb, blickte Margaret an und sagte: »Wenn ich mich nicht sehr täusche, Margaret, höre ich draußen deinen Mann.«

Sie nickte, aber in ihrem Gesicht entdeckte er etwas wie Bedauern, ja sogar Erschrecken, als ihr Mann hereingestürmt kam.

»George! Hast du gehört, was er tut?«

Der Gouverneur war vollkommen bestürzt. »Was wer tut?«

»Aldercron natürlich!«

Schwerfällig trat jetzt Admiral Watson nach vorn. »Es ist ungeheuerlich! Unglaublich! Die ganze Expedition wird aufs Spiel gesetzt!«

»Du mußt ihm Einhalt gebieten, George«, schrie Clive. »Er hört weder auf den Admiral noch auf mich. Niemand sonst hier hat die nötige Autorität.«

Watson sagte erregt: »Man sollte denken, daß er meinen Dienstgrad respektiert, aber nein! Er ist fest entschlossen, weiterzumachen!«

Der Gouverneur hob beschwörend die Hände und fragte geduldig: »*Was* tut Aldercron eigentlich?«

»Er lädt alles wieder aus, was wir mühsam eingeschifft haben!«

»Er lädt aus? Was meinst du damit?«

»*Alles* lädt er aus, die Geschütze, die Munition, die gesamte Ausrüstung, alles, was aus seinem Lager stammt – das holen sie wieder von Bord.«

»*Wer* holt es von Bord?«

»Seine Soldaten.«

Jetzt griff Watson ein und erklärte: »Er marschierte im Hafen mit einer ganzen Kompanie auf, alle bis an die Zähne bewaffnet. Meine Offiziere wurden völlig überrumpelt.«

»Sie meinen, er hat Gewalt angewandt?«

»Nun, nicht ganz, obwohl ich nicht im geringsten daran zweifle, daß er auch davor nicht zurückgeschreckt wäre. In der

Stimmung, in der er sich befindet, ist er zu allem fähig.«

»Haben Ihre Leute nicht versucht, ihn aufzuhalten?«

»Ihn aufzuhalten!« rief Watson. »Wie sollten sie ihn aufhalten mit seinen hundert Bewaffneten auf dem Kai?«

»Das wäre schwierig, zweifellos. Haben Sie ihn gesprochen?« fragte der Gouverneur weiter.

»Ja, habe ich.«

»Und ich auch«, warf Clive ein. »Wir gingen zusammen hinunter in der Erwartung, daß wir endlich klar wären zum Auslaufen. Statt dessen fanden wir die Schiffe schon wieder halb leer.«

»Und er wollte nicht auf Sie hören?«

»Nein, das wollte er nicht«, sagte Clive. »Ich wurde beinahe selbst heftig.«

Watson, jetzt etwas ruhiger, warf ein: »Ich muß schon sagen, Clive, Ihre Sprache und Ihre Haltung waren kaum dazu angetan, einen Mann in Aldercrons Verfassung zur Vernunft zu bringen.«

Gereizt antwortete Clive: »Was erwarteten Sie denn? Sollte ich ihn bitten?« Als er sich umwandte, schien er erst zu bemerken, daß auch seine Frau hier war. Er ging zu ihr hin und berührte abwesend lächelnd ihre Hand.

»Wir müssen sofort zum Hafen«, rief der Gouverneur. »Watson, kommen Sie doch bitte mit.«

»Und ich?« fragte Clive heftig.

Der Gouverneur zögerte ein wenig. »Robert, wenn du mitkommen willst, muß ich darauf bestehen, daß du die Verhandlungen allein mir überläßt. Ist das klar?«

»Ja.«

»Es besteht nicht der geringste Zweifel daran, daß die ganze Angelegenheit mit äußerster Vorsicht angepackt werden muß. Aldercron ist im Vorteil. Wir können praktisch nichts tun.«

Clive schrie erregt: »George, du kannst ihm doch den *Befehl* geben, sofort damit aufzuhören!«

»Das kann ich«, sagte der Gouverneur. »Aber Gott weiß, ob er gehorcht.«

»Dann nimm ihn fest, in deiner Eigenschaft als Gouverneur.«

»Und hundert seiner eigenen Soldaten sehen tatenlos zu? Außerdem bin ich mir keineswegs klar darüber, ob meine Autorität so weit geht. Die Neununddreißiger Füsiliere sind uns nur geliehen, und ich möchte nicht wissen, was die Herren der Regierung daheim sagen werden, wenn sie hören, daß ich ihren Regimentskommandeur festgenommen habe.«

Clive hob die Schultern. »Aber irgend etwas müssen wir doch unternehmen.«

Als sie zusammen hinausgingen, blieb Kelso still in seiner Ecke stehen. Er schien in Gedanken versunken, und abgesehen von einem kurzen Blick aus dem Fenster auf die abfahrende Kutsche bewegte er sich nicht, bis Margaret ihn ansprach.

»Bist du überrascht, daß es dazu gekommen ist?« fragte sie.

Er blickte sie an und entdeckte das ihm bekannte, trotzige Glitzern in ihren Augen.

»Nicht überrascht. Du hast mich ja gewarnt, daß du alles versuchen würdest.«

»Um Robert hier zu behalten.«

»Zumindest ist es dir gelungen, unser Auslaufen zu verzögern.«

»Verzögern? Ihr müßt den ganzen Plan aufgeben, wenn Oberst Aldercron auf seinem Recht besteht.«

»Du kannst stolz sein«, sagte Kelso.

»Ich habe dir ja gesagt, daß ich kämpfe.«

Er trat von ihr fort ans offene Fenster, blickte den Hügel hinab auf die braunen Mauern des Forts und weiter dorthin, wo die britischen Kriegsschiffe vor Anker lagen. Sie sahen unglaublich schön aus, wie geschnitzte Modelle auf einer See aus lackiertem Blau. Beiboote waren zu erkennen, die schwer beladen landwärts fuhren.

Endlich sagte er: »Hoffentlich weißt du, was du angerichtet hast?«

»Ich habe meinen Mann vor törichtem Ehrgeiz bewahrt und vor den selbstsüchtigen Plänen von Leuten wie du.«

»Du hast mehr angerichtet als das.«

»Was meinst du?«

»Du hast möglicherweise unsere gesamte Position in Indien aufs Spiel gesetzt.«

»Unsinn! Denkst du, ich glaube ein einziges Wort von deinem patriotischen Quatsch? Bilde dir nur nicht ein, daß ich mich dessen schäme!«

»Aber vielleicht wirst du mir glauben, daß du Roberts Aufgabe unendlich viel schwerer gemacht hast?«

Es verletzte ihn, wie selbstsicher und ohne die geringsten Skrupel sie antwortete. Weder Indien noch die Kompanie, nicht die Niederlassungen, nicht einmal das Los ihrer englischen Freunde in Bengalen bedeuteten ihr auch nur das geringste. Nichts interessierte sie außer ihrem Mann und ihrem Heim. Mit zusammengepreßten Händen trat sie jetzt näher an ihn heran. »Roberts Aufgabe? Was meinst du damit?«

Kelso antwortete: »Bis Aldercron einem Kompromiß zugestimmt hat und die Geschütze samt Ausrüstung wieder verschifft sind, ist der Monsun da. Du weißt, daß er bereits überfällig ist. Der arme Robert wird also bei all seiner Ungeduld an Bord warten müssen, während Watsons Schiffe mühsam nach Norden kreuzen. Das wird Wochen, ja sogar Monate dauern.«

»Aber Robert wird nicht mitgehen!«

»Warum nicht? Du nimmst doch wohl nicht an, daß wir uns Aldercron geschlagen geben?«

»Aber was könnt ihr denn gegen ihn unternehmen?«

»Der Gouverneur könnte ihn festnehmen lassen, zum Beispiel. Falls er das nicht riskieren möchte, gibt es noch andere Mittel.«

»Du bist also fest entschlossen, daß Robert mitgehen soll?«

»Ja. Er ist der einzige, der dieses Unternehmen erfolgreich führen kann.«

»Und was ist mit mir? An mich denkst du nicht.«

»Ich habe dich rechtzeitig gewarnt.«

Plötzlich glaubte sie ihm, glaubte an seine Fähigkeit, all ihre Pläne zu durchkreuzen. Ihr Triumph war zerronnen, bevor sie ihn richtig ausgekostet hatte. Langsam sagte sie: »Heute morgen zumindest hatte ich das Gefühl, gewonnen zu haben, und daß niemand mir Robert wegnehmen könnte. Aber dann, als ich dich hereinkommen sah, so sicher und selbstbewußt, wurde mir klar, daß ich dich unterschätzt habe – oder wenigstens deinen Willen, mich zu verletzen.«

»Ich habe nicht die Absicht, dich zu verletzen.«

»Ist das wirklich wahr?«

Im gleichen Tonfall und ohne sie anzusehen, wiederholte er: »Ich habe nicht die Absicht, dich zu verletzen.«

Sie stand jetzt unmittelbar vor ihm, blickte voll Bitterkeit zu ihm auf und sagte: »Manchmal glaube ich, daß du mich haßt.«

Er war so überrascht, daß er ihre Worte zunächst nicht ernst nahm. »Ich – dich hassen? Warum sollte ich dich hassen?«

»Weil du weißt, daß ich dich durchschaue. Weil ich erkannt habe, was du in Wirklichkeit bist.«

»Und was bin ich deiner Ansicht nach?«

»Ein übergroßer Junge, Kelso, das bist du! Man nennt dich einen Helden, weil du tapfer kämpfst und Schlachten gewinnst, aber es ist niemandem klar, daß dies alles ist, was du kannst. Du lebst in einer Traumwelt. Patriotismus, Mut, Ehre sind der Ansporn, den du brauchst. Dein Leben ist so unkompliziert wie das eines Schuljungen. Was weißt du von den Regungen eines Erwachsenen, von Liebe, Haß, Furcht? Nichts. *Wir müssen kämpfen,* rufst du, oder: *Indien muß gerettet werden!* Und warum? Weil du Angst davor hast, daß irgend etwas dich in Frieden, in Ruhe oder in ein behagliches Dasein verstricken könnte.«

Voller Bestürzung vernahm er ihre Anschuldigungen und die Bitterkeit ihres Tones. Im ersten Augenblick konnte er an nichts anderes denken, als an ihre Augen und an die harten Linien um ihren Mund. Dann erst wurde ihm allmählich der Sinn ihrer Worte bewußt. Gleichzeitig quälte ihn das Gefühl, daß etwas Wahres daran sein könnte.

»Und weil ich spüre, daß Robert von denselben jungenhaften Ideen angesteckt wird«, fuhr sie fort, »deswegen lehne ich dich ab und fürchte deinen Einfluß auf Robert. Ich will ganz offen sein: Bis zu deiner Rückkehr war ich auf dem besten Wege, ihn in ein zivilisiertes Leben zu leiten. Dann kamst du, und im selben Augenblick wurde er wieder zum Schuljungen.«

»Tut mir leid, Margaret, aber ich halte deine Feststellung für unfair«, erwiderte er endlich.

»So? Und da du gemerkt hast, daß du mich selbst nicht verletzen kannst, versuchst du, dich über Robert an mir zu rächen. Willst du das etwa abstreiten?«

»Margaret! Es ist abscheulich, was du da sagst!«

»Aber es stimmt! Du haßt mich so, daß du entschlossen bist, Robert wegzuschicken.«

»Nein!«

»Er kann getötet oder verwundet werden, er kann in den heißen Sümpfen Bengalens am Fieber sterben. Das ist es doch, was du beabsichtigst!«

»Nein!«

»Oder er könnte als geschlagener Mann zurückkehren, von allen verachtet. Was für eine wundervolle Rache wäre das!«

»Nein!« Kelso packte sie an den Schultern und schüttelte sie, bis ihr die wohlgeordneten Löckchen ins Gesicht hingen. Er war jetzt wirklich wütend. Ihre Hilflosigkeit und der Ausdruck von Bestürzung, ja Furcht in ihren Augen erhöhte noch seinen Zorn. »Jetzt hör mir einmal zu«, schrie er, »hör mir gefälligst zu! Robert ist mein Freund – mein bester Freund. Ich würde ihn gegen jede Schmach, gegen jede Verleumdung in Schutz nehmen. Ich würde alles tun, um ihm zu helfen. Es gibt niemanden, den ich so achte und bewundere wie ihn. Glaub mir das!«

Noch immer in seinem Griff, wandte sie sich ab und sagte: »Aber du haßt *mich*!«

Plötzlich ließ er sie los und wandte sich ebenfalls ab. Ohne sie anzusehen, sagte er: »Was dich betrifft, so habe ich dich seit unserer ersten Begegnung geliebt, auch dann noch, als du Robert heiratetest. Ich habe nie aufgehört, dich zu lieben.«

Er fühlte eine ungeheure Erleichterung, nachdem die Worte heraus waren. Margaret, die noch immer hinter ihm stand, schwieg, und er hegte auch nicht den Wunsch, sie anzublicken oder die Wirkung seiner Worte von ihrem Gesicht abzulesen. Sein einziger Wunsch war, daß sie von seiner Liebe erfahren sollte.

Jetzt trat sie an ihn heran, berührte seine Schultern mit den Fingerspitzen und flüsterte: »Wenn du wirklich so empfindest, kannst du dann nicht Robert dazu bringen, daß er hierbleibt?«

Seufzend sagte er: »Bedaure.« Es wurde ihm klar, daß sie ihn und seine Beweggründe nie verstehen würde.

»Auch nicht, wenn ich dich inständig darum bitte?«

»Nein.«

»Kelso«, sagte sie, »ich würde alles tun – alles, was du wünschst.«

»Tut mir leid«, antwortete er.

9

Das Entladen hielt den ganzen Tag über an, und am Abend waren Kai und Zufahrtstraßen blockiert von aufgestapelten Vorräten. Jedermann war schlechter Laune. Die Aussprache zwischen Aldercron und dem Gouverneur, die zunächst ganz ruhig und höflich begonnen hatte, war bald zu einem scharfen Disput ausgeartet. Die Schiffsoffiziere, die so viele Tage lang mit dem mühsamen Beladen zugebracht hatten, mußten nun wieder alles an Land bringen lassen. Kanonen, Munition und militärische Ausrüstung, die dem 39. Infanterieregiment gehörte, mußten ausgesondert und von der normalen Schiffsausrüstung getrennt werden, und das alles bei glühender Hitze. Die Seeleute, die Unteroffiziere, ja selbst die eingeborenen Träger verfluchten Aldercron, sobald sie ihn erblickten.

Er saß auf dem Dach eines Schuppens, von wo aus er den gesamten Hafen übersehen konnte, unter einem Sonnenschirm, den man dort angebracht hatte. Neben ihm stand ein indischer Diener mit einem Fächer, den er ständig bewegte. Nichts entging Aldercrons Augen. Niemand konnte seine Last einmal kurz absetzen, um sich den Schweiß aus den Augen zu wischen, ohne daß des Obersten schrille Stimme ertönte und ihn zu größerer Eile antrieb.

Bei Sonnenuntergang zogen Wachen bei den Vorräten auf, und am nächsten Morgen ging das Löschen der Ausrüstung weiter. Kelso kam an Land, als der Gouverneur mit Watson und Clive gerade zu einem neuen Verhandlungsversuch eintraf.

Kelsos Boot landete am offenen Strand, gut hundert Yards von Aldercrons Triumphthron entfernt. Rasch schlug er den Weg zum Fort ein. Im Garten der Residenz sah er Margaret Clive sitzen, aber obwohl sie ihn gesehen haben mußte, gab sie keinerlei Zeichen des Erkennens. Er betrat den Empfangsraum und wartete dort über eine Stunde auf die Rückkehr des Gouverneurs.

Endlich kam dieser eilig hereingestürmt, dicht gefolgt von Watson und Clive. Es war klar ersichtlich, daß sie alle aufs äußerste erregt und verärgert waren.

Kelso stand auf, um sie zu begrüßen. »Er hat also abgelehnt?«

»Ja.« Der Gouverneur ließ sich in einen Sessel fallen und öffnete die obersten Knöpfe seines Rockes. »Der verdammte Kerl weigert sich nachzugeben. Wir können nichts machen.«

»Sie hätten ihn festnehmen sollen«, rief Clive. »Sie hatten weiß Gott genügend Grund dazu.«

»Das kann ich immer noch tun.«

Watson war etwas langsamer eingetreten und setzte sich dankbar in den Sessel, den Kelso ihm hinschob. Noch immer atemlos, sagte er: »Weiß nicht so recht . . . Ich meine, das sollte sorgfältig erwogen werden. Schwerwiegende Sache, einem Regiment den Kommandeur wegzunehmen. Wenn sie in London davon hören, zehntausend Meilen entfernt, werden sie das möglicherweise als schweren Fehler ansehen.« Mit einer schwächlichen Bewegung fächelte er sich Luft zu. »Ich denke da an Euer Exzellenz Position.«

»Ich weiß«, erwiderte der Gouverneur. »Aber schlimmstenfalls ist es ein Risiko, das ich eingehen muß.«

»Ich hätte ihn heute morgen festgenommen«, sagte Clive hitzig. »Pfeif auf die Konsequenzen.«

Unsicher schüttelte der Gouverneur den Kopf. »Was denken Sie, Kelso?«

»Ich stimme dem Admiral zu«, antwortete Kelso. »Aldercron jetzt festzunehmen, wäre ein Fehler. Später vielleicht –«

»Verdammt, Kelso, wir müssen doch etwas tun!« schrie Clive wütend.

»Wir könnten einen Kompromiß anstreben«, sagte Kelso vorsichtig.

»Einen Kompromiß mit Aldercron?«

»Es wird der einzige Ausweg sein. Die Zeit arbeitet gegen uns, deswegen müssen wir rasch handeln.«

»Dem werde ich niemals zustimmen«, sagte Clive mit Entschiedenheit. »Niemals!«

Watson, der sich noch immer mit einem Taschentuch Kühlung zufächelte, hob gereizt die Hand. »Verdammt noch mal, Clive, lassen Sie uns doch erst hören, was Kelso vorzuschlagen hat!«

»Na schön«, sagte Clive, trat ans Fenster und wandte ihnen trotzig den Rücken zu. »Aber ich werde nicht mit Aldercron verhandeln. Ich nicht!«

Der Gouverneur nickte Kelso zu. »Lassen Sie hören, was Sie sich ausgedacht haben.«

Kelso sprach so beiläufig, als wäre er nicht die halbe Nacht auf dem Achterdeck der *Paragon* auf und ab gegangen, verzweifelt nach einem Ausweg suchend, nach einem Entkommen aus Aldercrons Würgegriff. »Wie ich es sehe«, sagte er, »sind zwei Bedingungen zu erfüllen, wenn wir Bengalen retten wollen: Die eine ist, ein Expeditionskorps hinzuschicken, und zwar so schnell wie möglich. Die zweite ist: diesem den besten Befehlshaber mitzugeben, den wir haben.«

»Einverstanden.«

»Bei Aldercron in seiner jetzigen Verfassung können wir dies nur durch einen besonderen Kompromiß erreichen.«

»Ich will Aldercron nicht dabeihaben«, knurrte Clive, ohne sich umzudrehen.

Kelso fragte: »Würdest du einen anderen Offizier akzeptieren – Eyre Coote, zum Beispiel?«

Der Vorschlag genügte, um Clive in ihren Kreis zurückzubringen. »Eyre Coote? Ja, das wäre etwas anderes. Aber ich muß auf dem Oberkommando bestehen.«

»Die einzige Möglichkeit, Aldercron zu überreden«, fuhr Kelso fort, »ist die, seine Truppen unter Eyre Cootes Kommando teilnehmen zu lassen.«

Clive überlegte einen Augenblick, dann schüttelte er den Kopf.

»Ein geteiltes Kommando ist unmöglich!«

Ruhig entgegnete Kelso: »Angenommen, sie gingen nicht als Infanterie, sondern als Marineinfanterie?«

»Als Mariner!« Watson richtete sich in seinem Sessel auf. »Dann würden sie *mir* unterstehen!«

»Genau das«, fuhr Kelso fort. »Robert, dagegen hättest du nichts einzuwenden?«

»Nicht, wenn –«

»An Land hättest du das Kommando wie geplant.«

»Stimmt.« Der Gouverneur klatschte in die Hände. »Das ist eine ausgezeichnete Idee, Kelso, wenn Clive nichts Besseres einfällt.«

Clive fuhr sich mit der Hand über die Augen. »Ich weiß noch nicht, was ich davon halten soll.«

»Aber du erhebst keine Einwände?«

»Vermutlich nicht. Aber glaubst du, daß Aldercron das schlukken wird?«

»Ich denke schon.«

»Haben Sie mit ihm gesprochen?« fragte der Gouverneur.

»Nein, Sir.«

»Wie, zum Teufel, wollen Sie dann wissen, daß er an dem Vorschlag interessiert ist?«

»Ich habe so ein Gefühl«, antwortete Kelso.

»Kelso, Sie haben eine unangenehme Art, immer nur mit den halben Tatsachen herauszurücken. Wenn Sie etwas über Aldercron wissen, das uns weiterhelfen könnte, so sagen Sie es uns, um Gottes willen.«

»Tut mir leid, Sir, ich weiß nichts.«

»Aber Sie sagten doch soeben –«

»Es war nur eine Vermutung von mir.«

»Nun, meine ist es nicht«, erklärte Clive.

»Ich vermute auch«, fuhr Kelso fort, »daß er bald hier auftauchen wird.«

»Zum Teufel auch!« rief der Gouverneur. »Dann könnten wir die Angelegenheit endlich regeln.«

»Ich hoffe es.«

Ungeduldig sagte Clive: »Wirklich, Kelso, du nimmst die unwahrscheinlichsten Dinge an! Warum sollte er hier heraufkommen? Er zeigte nicht die geringste Neigung dazu, als wir vor einer Stunde bei ihm waren. Wie ich Aldercron einschätze, sitzt er noch immer am Hafen und weidet sich an unserer Niederlage.«

»Du kannst natürlich recht haben.«

Der Admiral schlug mit der Faust auf seine Sessellehne. »Das ist unerträglich! Er verhöhnt uns, er verhöhnt sogar den Gouverneur, und wir können nichts dagegen unternehmen.«

Sie fielen alle in ein trübseliges Schweigen. Auf der Straße hörte man das Quietschen und Rattern eines vorbeifahrenden Ochsenkarrens. Die Kirchenglocken läuteten gedämpft – wieder ein christliches Begräbnis? Vom Paradeplatz drangen die schrillen Schreie eines ausgepeitschten Delinquenten herüber.

»Wir können nichts dagegen unternehmen«, wiederholte der Admiral.

Mit mäßigem Interesse wandten sie sich der Tür zu, als diese geöffnet wurde und ein eingeborener Diener erschien.

»Oberst Aldercron, Sir.«

Alle blickten Kelso an, dessen Gesicht jedoch nicht die geringste Regung zeigte. »Führen Sie ihn herein«, sagte der Gouverneur schließlich.

Zu ihrer größten Überraschung war Oberst Aldercron äußerst wütend. Er ignorierte den Gouverneur vollkommen und wandte sich sofort an Kelso. »Was, zum Teufel, soll das bedeuten, Kelso?«

Um mehr als eines Hauptes Länge überragte dieser den zornigen Oberst. Ruhig und selbstsicher blickte er ihn an und sagte kalt: »Das sollte ich Sie fragen, Oberst.«

»Ich werde es nicht dulden!« schrie Aldercron mit schriller Stimme. »Das ist unehrlich, Betrug!«

»Sie widersetzen sich den höchsten zivilen und militärischen Persönlichkeiten in Indien und wagen es noch, mein Verhalten zu rügen?«

»Sie haben unsere Vereinbarung gebrochen.«

»Es gibt keine Vereinbarung zwischen uns.«

»Zumindest haben Sie mir Ihr Wort gegeben.«

»Ihre Waren nach Bombay mitzunehmen, wenn die Verhältnisse dies gestatten.«

»Das ist es also!« Der Gouverneur konnte diesen Ausruf und den gleichzeitigen Blick der Bewunderung in Kelsos Richtung nicht unterdrücken.

»Ich wende mich an Sie, Exzellenz, in einer Rechtsangelegenheit«, sagte der Oberst. »Ich habe mein gesamtes Kapital investiert – ich habe sogar meinen Kredit verpfändet –, um Waren zu kaufen, die in Europa mit Gewinn abgesetzt werden können. Ich habe sie auf Kelsos Rat hin gekauft, und weil er sagte, er würde sie transportieren.«

»Und jetzt ist er der Auffassung, daß er das nicht kann?«

»Alles wird wieder ausgeladen! Seine Seeleute bringen sie an Land, auf den offenen Strand! Wenn er sie nicht befördert, sitze ich damit fest, bis ich ein anderes Schiff finde, und das kann Monate dauern.«

»Mindestens.«

»Aber das wird mich ruinieren!«

Ruhig sagte der Gouverneur: »Wirklich, Aldercron, ich glaube, ein gerechter Mann zu sein, aber mir scheint, daß in diesem Falle die Schuld nur bei Ihnen selbst liegt.«

»Weil ich mich auf das Wort dieses – dieses Gentleman verlassen habe!«

»Vorsicht, Aldercron«, sagte Kelso. »Ich habe Ihnen gar nichts versprochen.«

Mit boshaft funkelnden Augen fuhr Aldercron herum. »Es war ein Kontrakt – ein stillschweigender Kontrakt. Ich bringe Sie vor Gericht!«

Der Gouverneur fragte ruhig: »Sagen Sie, Aldercron, haben Sie diesen Kontrakt schriftlich?«

»Nein, natürlich nicht.«

»Haben Sie ihm eine Vergütung bezahlt?«

»Nein. Kelso hat nichts verlangt.«

»Dann, Oberst, fürchte ich, haben Sie keinen Kontrakt.«

Aldercron schien plötzlich zusammenzuschrumpfen, seine kleinen Augen funkelten rachsüchtig. »Das ist es also!« rief er. »Eine Verschwörung! All diese ehrenwerten Herren haben sich gegen mich verschworen!«

»Nein, keine Verschwörung«, sagte Kelso scharf. »Weder Seine Exzellenz noch Admiral Watson noch Oberst Clive wußten etwas davon, daß Ihre Waren wieder gelöscht werden. Sie alle haben es erst in diesem Augenblick von Ihnen selbst erfahren.«

»Dann war es also allein Ihr Werk! O Gott, jetzt sehe ich klar! Erst haben Sie mich mit der Schilderung der wunderbaren Gewinnchancen überredet, mein ganzes Geld in diese Warenkäufe zu stecken, dann haben Sie mir angeboten, alles mit Ihrem Schiff zu transportieren . . .«

»Ich habe Ihnen nur die Wahrheit gesagt.«

»Mit der Ausnahme, daß meine Waren nicht mehr bei Ihnen an Bord sind. Sie liegen am offenen Strand, Sonne und Regen ausgesetzt.«

»Am Kai war ja kein Platz mehr dafür«, sagte Kelso.

Er sah, wie Gier und Rachsucht, gepaart mit dem Wunsch zu verletzen, in des Oberst unbeherrschtem Gesicht miteinander stritten. Es war noch keineswegs sicher, welches Gefühl die Oberhand gewinnen würde. Aldercrons Eitelkeit war so ausgeprägt, daß er möglicherweise eher den finanziellen Ruin auf sich nehmen als nachgeben und seine Niederlage eingestehen würde.

Nach langem Schweigen murmelte er endlich, ohne Kelso anzusehen: »Was werden Sie tun, wenn ich das Entladen stoppe?«

»Es wäre mir ein Vergnügen, Ihrem Beispiel zu folgen.«

»Und wenn ich alles wieder an Bord bringen lasse?«

»Dann würde ich dieses Entgegenkommen erwidern«, sagte Kelso.

In einem erneuten Wutanfall knurrte Aldercron: »Der Teufel soll Sie holen, Kelso, aber mir bleibt keine andere Wahl!«

»Das fürchte ich auch.«

Aldercron wandte sich ab, als könne er es nicht ertragen, daß sie alle Zeuge seiner Niederlage waren. An der Tür blieb er jedoch noch einmal stehen und rief: »Eines verspreche ich Ihnen aber: Ich schicke zwar die Geschütze und die Munition an Bord zurück, aber nicht ein einziger meiner Soldaten wird unter dem Kommando dieses – dieses Amateurs dienen!«

Wütend lief Clive auf ihn zu. »Und warum nicht, Sie eingebildeter Narr?«

»Kommen Sie, meine Herren!« rief der Gouverneur beschwichtigend und trat zwischen die beiden Kampfhähne. »Wir wollen doch nicht die Haltung verlieren – zumal wir schon so dicht vor einer Vereinbarung stehen. Admiral, ich glaube, Sie haben da so eine Art Kompromißvorschlag?«

»Wie?« Mühsam richtete Admiral Watson sich im Sessel auf. »Kompromiß? Ach ja, richtig. Passen Sie auf, Aldercron: Was würden Sie dazu sagen, wenn Ihre Truppen als Marineinfanteristen mitkämen, wenn sie mir unterstellt würden, aber unter dem Kommando eines Ihrer Offiziere – Eyre Coote, zum Beispiel?«

Der letzte Regenguß der Saison prasselte nieder, als die Flotte endlich Anker lichtete und die offene See ansteuerte. Der Wind wehte genau von vorn, und zwar mit solcher Stärke, daß eine gewaltige Brandung gegen den Strand donnerte. Soweit in dem peitschenden Regen zu erkennen war, kamen die Schiffe kaum vorwärts. Die *Cumberland* und die *Salisbury* kreuzten bereits seit einer halben Stunde, aber noch immer war die Entfernung so gering, daß die wartende Menge auf der Mole einwandfrei die wehenden Flaggen und sogar die Gestalten der über Deck hastenden Seeleute erkennen konnte. Die kleineren Schiffe, die *Bridgewater*, die *Avenger* und die *Bombay*, welche die Vorhut bildeten, waren zwar nur noch ganz schwach zu sehen, aber die *Tiger* und das Flaggschiff *Kent* machten kaum Fahrt. Kelso war es klar, daß Margaret die Pier nicht verlassen würde, so lange die *Kent* noch in Sicht war.

Er hatte alles beobachtet, das gegenseitige Händehalten, die geflüsterten Beteuerungen, das aufmunternde Lächeln. Im Schutz einer Fischerhütte hatte er auch den Augenblick des eigentlichen Abschieds miterlebt, als Margaret sich hemmungslos weinend in die Arme ihres Mannes warf.

Kelso verstand sie nicht. Sie war doch offensichtlich ihrem Robert zärtlich ergeben, aber dennoch hatte sie alles in ihren Kräften Liegende unternommen, um zu verhindern, daß er diese Unternehmung anführte, die ihm ziemlich sicher Erfolg und weitere Ehrungen einbringen würde. Clive besaß einen angeborenen Spürsinn für den Kampf, einen raschen, kühl berechnenden Verstand und eine unglaubliche Begabung, sich bietende Gelegenheiten geschickt auszunutzen; aber sie wollte ihn zu Hause behalten wie ein Hündchen an der Leine. Kelso war ehrlich genug, sich einzugestehen, daß er Robert Clive um diese schwierige Aufgabe nicht beneidete. Er war sich aber auch darüber klar, daß er Margaret noch immer liebte. Als er sie jetzt dort im Regen stehen sah, allein und hilflos, während der Wind ihr die nasse Kleidung um den zierlichen Körper peitschte und ihr fast den Schirm aus den Händen riß, wäre er am liebsten zu ihrem Beistand hinübergeeilt. Noch immer begehrte er sie leidenschaftlich, aber mit irgendeiner Frau – und wäre es Margaret gewesen – verheiratet zu sein, hatte er niemals in Betracht gezogen. Seine Identität, seine Freiheit, ja sogar seinen eigenen Willen zu verlieren, wäre ein zu hoher Preis dafür gewesen.

Während er dort am Ende der Mole stand, im Regen, der unter das Palmstrohdach peitschte, erinnerte er sich an die Anschuldigungen, die sie ihm vor ein paar Tagen ins Gesicht geschleudert hatte. Es stimmte natürlich, was sie sagte, daß er nur zum Kämpfen taugte. Sie durchschaute ihn besser als er sich selbst, wie sie auch ihren eigenen Mann durchschaute.

Als er jetzt ihre schlanke Gestalt betrachtete, die verzweifelt gegen den Wind kämpfte, durchfuhr es ihn wie ein physischer Schmerz: Ich liebe sie. Ich liebe sie!

Der Regen wurde noch heftiger, die Sicht immer schlechter. Nur die *Salisbury* war in der tobenden See noch ganz schwach auszumachen. Selbst die *Cumberland* war verschwunden, und die *Kent*, nach der Margaret Ausschau hielt, war schon vor zehn Minuten außer Sicht gekommen.

Endlich machte sie kehrt und kam langsam auf ihn zu. Den Schirm hatte sie zugeklappt, als wolle sie demonstrieren, daß es jetzt nach Roberts Weggang völlig gleichgültig sei, ob sie Fieber bekam oder nicht. Bereits nach ein paar Schritten war ihr hübsches Kleid von oben bis unten völlig durchnäßt und klebte eng an ihrem Körper. Ihr Blick war starr geradeaus gerichtet, jedoch ohne etwas zu sehen, denn sie stieß mit dem Fuß gegen einen Poller und wäre fast gestürzt. Es schien ihr aber nicht das geringste auszumachen, als wäre sie völlig unempfindlich. Ihr Gesicht war naß vom Regen oder von ihren Tränen. Sie wirkte völlig verstört, ihr sonst so sorgfältig gepflegtes Haar war zerzaust und unansehnlich – und doch hatte er sie niemals so geliebt wie in diesem Augenblick.

Als sie am Ende der Mole angelangt war und an seiner Schutzhütte vorbeikam, trat er heraus und sprach sie an.

»Margaret!« sagte er, und das Mitleid schwang in seiner Stimme mit. »Margaret!«

Sie gab keinerlei Zeichen des Erkennens. Ohne anzuhalten, schritt sie an ihm vorbei, bis er sie am Arm ergriff. Nun blieb sie stehen und starrte ihn an.

»Margaret!«

Mit einer ungeduldigen, müden Bewegung schüttelte sie seine Hand ab und schritt allein weiter zu ihrem Wagen.

1

England war wieder im Krieg mit Frankreich. Gegen Ende der Morgenwache, am dreiundzwanzigsten Tag nach dem Auslaufen der *Paragon* aus Madras, betrat Steward Padstow die Kommandantenkajüte, eine Tasse mit heißem Kaffee in der Hand. In der anderen trug er eine Pütz mit frischem Seewasser, das er soeben von außenbords heraufgeholt hatte. Es überraschte ihn keineswegs, daß sein Kommandant sofort hellwach war und mit einer blitzschnellen Bewegung zum Degen griff.

»Guten Morgen, Sir: Wasser und heißer Kaffee!«

Kelso schwang sich aus der Koje und lehnte sich gähnend an das Schott. Dann machte er einen halbherzigen Versuch, aus der Stückpforte zu blicken, und fragte: »Wie ist das Wetter?«

»Gut, Sir. Wind stetig, Ostnordost. See mäßig.«

»Und die Flotte?«

»Nichts zu sehen, Sir – soviel ich gehört habe.«

Während Kelso sein langes Kinn einseifte, überlegte er wohl zum hundertsten Male, was er tun würde, falls er das Geschwader nicht fand. Seine Order war klar genug: Watson mit der größtmöglichen Geschwindigkeit verfolgen, ihn vom Kriegsausbruch unterrichten und ihm den Befehl übermitteln, die französische Besitzung Chandernagore anzugreifen. Danach sollte die Flotte sofort nach Madras zurückkehren.

Während er in der unvollkommenen Beleuchtung des durch die Stückpforte fallenden Lichts sein Kinn im Spiegel betrachtete, überdachte er nochmals seine Aussichten. Die Kompaniekorvette, die aus Bombay die Nachricht vom Kriegsausbruch gebracht hatte, war erst Anfang November in Madras eingetroffen, mehr als zwei Wochen nach dem Auslaufen der Strafexpedition. Eine weitere Verzögerung war eingetreten, weil Kelso den Gouverneur mühsam davon übezeugen mußte, daß nur die *Paragon* die Möglichkeit besaß, Watsons Geschwader rechtzeitig zu erreichen.

Und dann war da noch Prinzessin Sophia.

Ein Glück, daß sich die alte Dame von Anfang an für Kelso entschieden hatte. Ein paar Tage vor dem festgelegten Auslauftermin der *Paragon* traf sie in der Residenz des Gouverneurs mit ihm zusammen. Sie schenkte ihm ein königlich huldvolles Lächeln –

wahrscheinlich verglich sie ihn im Geiste mit dem ebenfalls anwesenden Oberst Aldercron, was nicht zu dessen Gunsten ausfiel – und erkundigte sich dann, wann er ihr Gepäck an Bord nehmen könne. Jederzeit, hatte er geantwortet, gleich am nächsten Tag, wenn ihr das recht sei – das hieß, wenn sie immer noch die dürftige Unterkunft bevorzuge, die er ihr bieten könne. Sofort hatte sie die Augenbrauen gehoben. »Bevorzuge! Stünde denn noch ein anderes Schiff zur Verfügung?« Worauf Kelso ihr mitteilte, daß ja die Korvette im Hafen läge, die soeben von Bombay eingetroffen sei und auch wieder dorthin zurückführe.

Kelso erklärte ihr dann weiter – wobei er sorgsam Oberst Aldercron im Auge behielt, der unruhig auf seinem Sessel hin und her rutschte –, daß jetzt, seit die Flotte sich auf halbem Weg nach Bengalen befand, Madras, ja sogar die gesamte Coromandelküste praktisch schutzlos sei. Wenn aber eine schnelle Fregatte wie die *Paragon* hinterhergeschickt würde . . .

Zögernd hatte sie den Köder geschluckt. War er denn der Meinung, daß Madras in ernster Gefahr sei? Bestünde die Möglichkeit, daß die Besitzungen ihres Neffen in Indien verlorengingen?

Ja, hatte Kelso geantwortet, er fürchte sogar, das sei mehr als nur eine Möglichkeit. Während er die Prinzessin aufmerksam beobachtete, wählte er seine Worte und seinen Ton sehr sorgfältig. Er ließ gerade so viel Patriotismus durchblicken, wie sie seiner Meinung nach verdauen konnte. Von den französischen Horden, die nur darauf lauerten, über die reichen englischen Besitzungen herzufallen, hatte er ihr ein anschauliches Bild gezeichnet. Dann rückte er die *Paragon* ins rechte Licht und teilte diesem Schiff die heroische Rolle des Retters in der Not zu, indem er verkündete, nur die *Paragon* könne Madras der Krone erhalten.

Lange Zeit hatte die alte Dame unentschlossen dagesessen, während Kelso mit unbewegtem Gesicht wartete und Aldercron weiterhin unruhig hin und her rutschte, sich räusperte und Kelso eindringliche Blicke zuwarf, die dieser jedoch nicht beachtete. Sie wußten beide, was im Kopf der Prinzessin vorging, daß sie die Interessen ihres Neffen abwog gegen ihren eigenen Wunsch, sich so schnell wie möglich nach Bombay abzusetzen.

Endlich hatte sie sich unter Seufzern bereit erklärt, im Interesse ihres Neffen das Opfer zu bringen und anstatt auf der *Paragon* auf der Korvette nach Bombay zu segeln.

Den sicheren Sieg schon vor Augen, hatte Kelso noch auf ein Problem, wie er es nannte, hingewiesen. Leider sei es doch nicht möglich, die *Paragon* hinter des Königs Schiffen herzuschicken, da er Oberst Aldercron gegenüber die Verpflichtung eingegangen war, dessen Waren zu befördern. Bis diese erfüllt sei . . .

Daraufhin hatte die Prinzessin den unglücklichen Oberst mit einem vernichtenden Blick gemessen. War es jetzt im Kriege nicht die Pflicht eines jeden, hatte sie dann mit Nachdruck gesagt, und ganz besonders der Vorgesetzten, ein gutes Beispiel zu geben und Opfer zu bringen? Natürlich, hatte Aldercron mit niedergeschlagenen Augen geantwortet, er werde seine Waren von der *Paragon* ausschiffen. Vielleicht könne sie ja der Kommandant der Korvette an Bord nehmen. Wenn nicht, so mache das auch nichts. Schließlich sei ja Krieg, wie Ihre Königliche Hoheit soeben richtig geäußert habe.

So war denn die *Paragon* endlich ausgelaufen, und jetzt, nach dreiwöchigem Kreuzen gegen den beständigen Nordost, befand sie sich einen Segeltag vor der Huglimündung.

Die kommenden Tage, möglicherweise schon die nächsten vierundzwanzig Stunden, konnten entscheidend sein. Kelso kannte genau die Seetüchtigkeit seines Schiffes und litt auch nicht unter falscher Bescheidenheit hinsichtlich seines eigenen seemännischen Könnens. Er wußte, daß er unter Berücksichtigung der Jahreszeit und der Windrichtung eine enorm schnelle Reise gemacht hatte. Die bedeutend schwerfälligeren Großkampfschiffe, vollbeladen mit ungeheuren Mengen an Waffen, Munition und sonstiger Ausrüstung, ganz zu schweigen von den vielen Menschen, mußten sich auf den achthundert Meilen offener See bestimmt schwerer getan haben. Es war außerdem wahrscheinlich, daß Watson, der mit den hiesigen Gewässern nicht vertraut war, einen weiten Bogen nach Osten gemacht hatte, um seinen Schiffen genügend freien Seeraum zu geben und die Gefahren der Leeküste zu meiden. Andererseits konnte er aber auch genau wie Kelso den kühneren Kurs der kürzesten Route gewählt haben, ohne Rücksicht auf Felsenriffe, Sandbänke oder unerwartete Strömungen. Dann war er jetzt bereits auf dem Hugli.

Als Kelso nun an Deck stieg, in den frischen Wind und unter die verschiedentlich überkommenden Spritzer, war ihm klar, daß er bald seine Entscheidung treffen mußte. Er hob sein Glas und suchte den vollkommen leeren Horizont in der vagen Hoffnung ab, daß sowohl der Ausguck wie auch der immer zuverlässige Fenton das willkommene Leuchten eines Segels übersehen haben könnten. Aber es war wirklich nichts zu sehen. Er senkte das Glas, als Fenton herantrat und grüßte.

»Guten Morgen, Sir«, sagte er. »Noch immer nichts in Sicht.«

»Nein.«

»Glauben Sie, Sir, daß sie noch vor uns sind?«

»Wenn sie vor uns sind, finden wir sie vielleicht vor Einbruch der Dunkelheit.«

»Ja, Sir – und wenn nicht?«

Kelso hob die Schultern. »Das weiß ich noch nicht.«

Um ein weiteres Gespräch über das Thema, das ihn seit Tagen beschäftigte, zu vermeiden, ging er hinüber zu der Schiefertafel und studierte die dort mit Kreide aufgeschriebenen Logergebnisse. Während der Nacht hatten sie gute Fahrt gemacht, und schon ein bescheidenes Tagesergebnis mußte sie jetzt bis auf ein oder zwei Meilen an die Flußmündung heranbringen. Vorher mußte er seine Entscheidung treffen.

Wenn die britische Flotte noch hinter ihm stand, war es seine eindeutige Pflicht zu warten. Dann konnte er Watson abfangen und ihm die Befehle übergeben. Es blieb dann allerdings nur die Hoffnung, daß der Admiral gegen ein Verbleiben der *Paragon* beim Flottenverband nichts einzuwenden hatte. Aber wie lange sollte er warten? Das Geschwader stand möglicherweise Hunderte von Meilen weiter südöstlich, vielleicht hatten sie auch schlechtes Wetter gehabt und kamen erst nach Tagen hier an.

Im Unterbewußtsein hatte Kelso seinen Entschluß längst gefaßt. Warten widersprach völlig seiner aggressiven Natur. Ob er hier wartete oder weitersegelte, beides konnte sich hinterher als falsch erweisen; somit war es am besten, seinem Instinkt zu folgen und die Fahrt fortzusetzen. Wenn aber die britischen Schiffe schon den Hugli aufwärtsgefahren waren, dann konnte er sie dadurch vielleicht noch einholen.

Falls sie wirklich noch auf hoher See kreuzten, dann war die *Paragon* auf sich selbst gestellt – eine einzelne Fregatte gegen die gesamten Streitkräfte Bengalens! Dagegen – so argumentierte er weiter – bestand die Möglichkeit, daß die Franzosen hier noch nichts von der Kriegserklärung wußten. Die *Paragon* hatte dann die Chance zu unerwarteten Überfällen, und Kelso war skrupellos genug, sich über die Tatsache hinwegzusetzen, daß der Feind noch völlig ahnungslos war. Wegen der Gefahr, die ihm von den Truppen des Nabob drohte, machte er sich keine Sorgen. Sie würden kaum damit rechnen, von einer einzelnen Fregatte angegriffen zu werden, und durch die Kühnheit einer raschen Annäherung hoffte er, dem Beschuß ihrer Küstenbatterien zu entgehen.

Gegen Abend ging er das letzte Mal über Stag und nahm dann Kurs auf die Huglimündung. Mit dem jetzt halben Wind machte die *Paragon* gute Fahrt und lief bei zunehmender Dunkelheit in das trüber werdende Wasser des Flusses ein. Der Ruf des Ausgucks: »Land in Sicht!« brachte Bewegung in die Masse der an Deck stehenden Seeleute; alle stürzten an die Reling, bis Fenton wütend zur Ordnung rief und Carter, der Bootsmann, seinen Rohrstock auf jeden ihm zugekehrten Rücken sausen ließ. Bald war die Küste als dunkle Linie am Horizont auch von Deck aus deutlich zu sehen, von Watsons Geschwader jedoch noch immer nicht das geringste Anzeichen.

»Mr. Fenton«, rief Kelso, »lassen Sie Segel kürzen und den Kreuzmast backbrassen.«

»Aye, aye, Sir.«

»Wir bleiben die Nacht über beigedreht.«

»Aye, aye, Sir.«

Als Fenton zur Querreling ging, rief Kelso ihm noch nach: »Lassen Sie Lichter setzen und vergattern Sie die Ausgucksleute.« Schließlich bestand noch immer die Möglichkeit, daß die Flotte im Lauf der Nacht eintraf, und er wollte nicht das Risiko eingehen, daß sie in der Dunkelheit an ihnen vorbeilief oder daß sogar eins der Schiffe mit der *Paragon* kollidierte.

Dann ging er nach unten, legte sich auf die Koje und schlief sofort ein. Als er gegen Ende der Mittelwache wieder an Deck kam, waren gerade die ersten hellen Streifen am Osthorizont zu sehen. Der junge Adams hatte Wache und salutierte ein wenig befangen, als Kelso zu ihm trat.

»Guten Morgen, Mr. Adams.«

»Guten Morgen, Sir.«

»Alles ruhig?«

»Jawohl, Sir, nichts zu melden – nicht einmal ein Fischerboot.«

Kelso stützte sich mit gestreckten Armen auf die Querreling, atmete tief die frische Nachtluft ein und blickte erwartungsvoll zur Küste hinüber. Nichts war dort zu sehen außer einem ganz schwachen Lichtschimmer, der wohl von einem Eingeborenendorf herrührte oder – wahrscheinlicher – von einem Fort.

»Genießen Sie die Ruhe, so lange Sie noch Gelegenheit dazu haben«, sagte Kelso. »Ich könnte mir vorstellen, daß wir in Kürze Feindberührung bekommen.«

»Ja, Sir.« Adams blickte ihn von der Seite an, räusperte sich, als wolle er etwas sagen, schien es sich dann aber zu überlegen und schwieg.

Ohne ihn anzusehen, fragte Kelso: »Ist dies Ihr erster Einsatz?«

»Ja, Sir.«

Adams war der jüngste Leutnant, ein richtiger Junge noch, der vom Fähnrich zum Offizier befördert worden war, nachdem der arme Partridge bei Gheriah sein Bein verloren hatte. Er war auf dem Ostindienfahrer *Duke of York* von England nach Indien gekommen und hatte sich freiwillig zum Dienst in der Marine gemeldet.

Kelso fuhr fort: »Da haben Sie einiges zu erwarten.«

»Jawohl, Sir.«

»Ich will Ihnen dann folgendes sagen: Als ich das erste Mal Pulver roch, war ich so verängstigt wie eine nasse Katze.«

»Nein, Sir!«

»Doch, das ist wahr. Sowie der Kampf erst beginnt, ist natürlich alle Angst vorbei. Aber vorher – wenn man auf den Gegner zusegelt – wünscht man, man wäre eine Landratte geblieben.«

»Ja, Sir.«

»Ich erinnere mich, daß der Wachhabende mir befahl, unsere genaue Position zu überprüfen. Ich hielt den verdammten Sextanten vor die Augen, konnte aber überhaupt nichts sehen, so zitterten mir die Hände vor Aufregung.«

»Ist das wirklich wahr, Sir?«

»Absolut. Wie ich vorhin schon sagte, ist alles vorbei, sowie die ersten Schüsse fallen.« Er lehnte sich weiter über die Reling, denn die Verehrung in des Jungen Augen war ihm unangenehm. Die Sonne stieg jetzt über den Horizont und warf auf die dunkle Oberfläche der See glitzernde Goldstreifen. Ein paar Seevögel erschienen und flogen bewegungslos vor dem Wind. Die backgebraßten Segel des Kreuzmasts killten, als wollten sie protestieren.

»Lassen Sie alle Mann an Deck rufen, Mr. Adams. Wir wollen Segel setzen.«

Aus einer scheinbar plumpen Hulk verwandelte sich die *Paragon* jetzt in etwas überaus Schönes und Elegantes. Unter vollen Segeln schnitt sie rasch durch die niedrigen Wellen, zwischen den angebraßten Rahen bauschte sich prall das Tuch. Bei Wachwechsel waren die Sandbänke der Flußmündung im jetzt hellen Tageslicht deutlich auszumachen, und die *Paragon* bog mit rauschendem Kielwasser in die breite Fahrrinne ein. An Land ließen sich keinerlei Abwehrmaßnahmen erkennen. Das Mündungsdelta war hier so breit, daß die *Paragon* in völliger Sicherheit geblieben wäre, wenn sie den Hauptstrom in der Mitte benutzt hätte, außer Reichweite der Küstenbatterien beider Ufer. Kelso aber wählte den östlichen Kanal bei Maraila Point, einmal um die Reaktion des Batteriechefs festzustellen, zum anderen, um ihn von der friedlichen Absicht der *Paragon* zu überzeugen. Die Geschützbedienungen standen zwar einsatzbereit an Deck, aber die Stückpforten waren noch geschlossen, und die Besatzung hatte Anweisung, alle Anzeichen von Gefechtsbereitschaft zu vermeiden.

Vom Achterdeck aus verfolgte Kelso mit dem Glas die Vorgänge an Land. Offenbar hatte man die *Paragon* als britisches Schiff erkannt, denn einige Männer rannten davon, wohl um einen Offizier herbeizuholen, andere begannen eilig mit dem Laden der Geschütze. Dann ging drüben ein Signal hoch, und der Signalfähnrich meldete: »Es ist der indische Kode, Sir. Das Signal lautet: ›Drehen Sie bei zur Identifizierung‹.«

»Setzen Sie in unserem Kode: ›Signal nicht verstanden‹ «, befahl Kelso.

Wieder ging an Land ein Gewirr von Signalflaggen hoch.

»›Drehen Sie bei, oder wir schießen‹ «, übersetzte der Fähnrich aufgeregt.

Kelso überlegte rasch. Die *Paragon* war beinahe auf gleicher Höhe mit der Batterie. Bei dem im Augenblick auflaufenden Wasser und dem günstigen Wind konnten sie in zehn Minuten, höchstens einer Viertelstunde, außer Reichweite sein. Andererseits konnte ein unglücklicher Treffer die *Paragon* – zumindest vorübergehend – manövrierunfähig machen, wonach sie der Batterie hilflos ausgeliefert gewesen wäre. Viel hätte er darum gegeben, die Fähigkeit der Kanoniere oder vielmehr die des Kommandanten feststellen zu können. Die Bengalen, soviel wußte er, waren äußerst schlechte Soldaten, aber ein fähiger Offizier, besonders ein Weißer, konnte sie ausbilden und zu ausgezeichneten Kanonieren machen. Rasche Auffassungsgabe konnte man ihnen nicht absprechen. Zwei oder drei Salven zum Einschießen, nur ein paar Minuten lang, dann ein Volltreffer, hätten genügt, um das Schicksal der *Paragon* zu besiegeln.

»Signalisieren Sie«, befahl Kelso: »›Signal nicht verstanden. Ich drehe bei‹.«

Er sah des Rudergängers bestürztes Gesicht und hörte den schrillen Klang der Stimme des Signalfähnrichs, als er das Signal wiederholte. Nur Fenton, der ihn seit Jahren genau kannte und bisweilen zu imitieren versuchte, konnte sich in seines Kommandanten Gedankengänge versetzen. Ihm war völlig klar, daß sie – was auch geschah – bestimmt nicht beidrehen würden. Ruhig fragte er: »Soll ich die Geschütze ausfahren lassen, Sir?«

»Noch nicht«, antwortete Kelso. »Wir wollen sie so lange wie möglich bluffen.«

Die Strömung änderte hier ihre Richtung; ein paar Minuten lang schien die *Paragon* zu zögern und dann fast querzutreiben.

»Bringen Sie sie an den Wind«, befahl Kelso. Dann stellte er fest, daß selbst diese kleine Verzögerung zu ihrem Vorteil ausschlagen konnte, denn die Beobachter an Land würden in ihrer seemännischen Unerfahrenheit diese Kursänderung wahrscheinlich für eine Vorbereitung zum Beidrehen halten.

Die Strömung nahm zu, und die *Paragon*, deren Rahen nun wieder im richtigen Winkel zur Windrichtung standen, richtete sich auf und schoß vorwärts. Jeder weitere Versuch einer Täuschung war jetzt zwecklos, die hohe Fahrt der *Paragon* machte ihre Absicht nur zu deutlich. Kelso, der mit dem Glas die Küstenbatterie beobachtete, sah ein Rauchwölkchen aufsteigen, das einen Augenblick in der Luft hing und dann vom Wind verweht wurde. Ein paar Sekunden später war der dumpfe Knall einer Detonation zu hören, und kurz darauf stieg eine Kabellänge*) entfernt an Steuerbord eine Wassersäule hoch.

»Nah genug für einen Probeschuß!« murmelte Fenton.

Kelso schwieg und wartete auf den zweiten Probeschuß, der klarstellen würde, ob die indischen Kanoniere unerwartet gut waren oder nur Glück gehabt hatten.

Eine weitere Rauchwolke stieg auf, gefolgt vom Abschußknall und dann von einem unangenehmen Heulton über ihren Köpfen. Der Aufschlag erfolgte etwa eine Viertelmeile an Backbord.

»Sie haben uns eingegabelt«, rief jemand, und eine lakonische Stimme fügte hinzu: »Jetzt kriegen wir Dunst!«

»Ruhe!« schrie Kelso. Er ging nach vorn zur Querreling und rief hinunter: »Mr. Craig, lassen Sie die Geschütze ausfahren!«

»Aye, aye, Sir.«

»Feuern nach Ihrer Anweisung.«

Ihm war klar, daß die praktische Wirkung gleich Null sein würde, denn für die kleineren Heckkanonen war die Entfernung

*) Zehntel einer Seemeile = 185,3 m

bereits zu groß, und selbst für die schweren Geschütze des Hauptdecks befand sich das Ziel am Rande ihrer Reichweite. Es war ihm andererseits aber auch klar, daß der moralische Effekt bei seiner Besatzung die Verschwendung der kostbaren Munition bei weitem aufwiegen mußte. Nichts war schließlich so entnervend wie unter Beschuß zu liegen, ohne zurückfeuern zu können. An Deck waren die Geschützbedienungen jetzt eifrig dabei, alles klar zum Feuern zu machen. Die Lunten brannten, die Geschützführer standen am Abzug bereit, und Craig, der Artillerieoffizier, ging rasch von Kanone zu Kanone und überprüfte die Einstellung. Endlich, als die *Paragon* auf ebenem Kiel lag, befahl er: *»Feuer!«*

Das Schiff holte stark über, als die Salve herausdonnerte. Es folgte ein schier endloses Warten, dann sah man eine Reihe von Aufschlägen weit vor der Küste.

»Zu kurz«, murmelte Fenton, »viel zu kurz.«

Kelso beobachtete so gespannt die feindliche Batterie und wartete auf das wohlbekannte Rauchwölkchen, daß er die eigenen Aufschläge gar nicht wahrnahm. Er mußte den Abschuß jedoch verpaßt haben, denn ein widerliches Heulen über ihren Köpfen zeigte an, daß ein Schuß unangenehm dicht vorbeifegte. Der Aufschlag erfolgte kaum eine Kabellänge entfernt an Backbord. Als Kelso aufblickte, machte er die unerfreuliche Entdeckung, daß die Vorbramrah gebrochen war. Die Steuerbordhälfte hing in einem Gewirr von Tauwerk und Segeltuch herab. Die andere Hälfte, befreit vom Druck der Brassen, war mit dem Wind herumgeschwungen, so daß die Geschwindigkeit der *Paragon* sofort erheblich reduziert wurde.

Kelso hielt rasch nach einem zuverlässigen Fähnrich Ausschau, dabei fiel sein Blick auf den jungen Adams, den zweiten Offizier, der mit bleichem Gesicht bei den Backbordgeschützen stand. Es traf sich unglücklich, daß er bei der ersten Kampfhandlung seines Lebens zur Untätigkeit verdammt war, da sich der Feind auf der anderen Seite befand.

»Mr. Adams!« rief Kelso.

»Sir?«

»Nehmen Sie ein paar Ihrer Leute mit nach oben, und hacken Sie die Vorbramrah frei. Sie brauchen Äxte, Beile und Messer – vor allen Dingen aber machen Sie rasch!«

»Aye, aye, Sir.«

Der Junge rannte los, schnappte sich die nächststehenden Seeleute und flitzte mit ihnen die Wanten hinauf. Seine angestaute

Energie schien plötzlich freizukommen, endlich hatte er die Gelegenheit, etwas zu tun. Lächelnd blickte Kelso ihm nach, duckte sich jedoch im nächsten Augenblick unwillkürlich, als eine Salve dicht über ihre Köpfe hinwegheulte. An Backbord, keine hundert Yards entfernt, spritzte die Reihe der Wassersäulen auf. Unmittelbar nach dem Aufschlag donnerten die eigenen Geschütze ihre Antwort hinaus. Die *Paragon* drehte sich durch die Wucht des Abschusses und lag plötzlich quer zum Strom.

»Halten Sie sie auf Kurs, Quartermeister!«

»Entschuldigung, Sir, aber ich kann nicht. Sie läuft aus dem Ruder, und mit diesem Mist dort oben –«

»Gut. Geh' einer von euch mit ans Ruder!« rief er den Seeleuten zu.

Die Strömung war hier so stark, daß die *Paragon* mit hoher Geschwindigkeit quertrieb, und durch das im Wind schlagende Vorbramsegel war die Aufgabe des Rudergängers alles andere als leicht. Ständig rückten die Aufschlagsfontänen der gegnerischen Salven näher und näher. Eine Wassersäule lag so dicht, daß die Bedienung des zweiten Geschützes völlig durchnäßt wurde. Das Feuer der *Paragon* dagegen erreichte kaum die Küste.

»Wie lange brauchen die da oben noch?« murmelte Fenton und blinzelte gegen die aufgehende Sonne zum Vortopp hinauf.

Jeder, der einen Augenblick Zeit hatte, schien ängstlich nach oben zu schielen. Man sah Adams rittlings auf der Rah sitzen, die gefährlich im Halbkreis hin und her schwang. Er bemühte sich, eine Bucht der gebrochenen Brasse den mit Kappbeilen und Messern am Mast wartenden Männern hinüberzureichen.

»Beeile dich, Mann!« knurrte Fenton, und als er des Kommandanten ungerührten Gesichtsausdruck bemerkte, fügte er befangen hinzu: »Er arbeitet gut auf der Rah.«

Erleichtertes Beifallrufen war zu vernehmen, als die Brasse und das ebenfalls gebrochene Fall am Mast befestigt waren und die Seeleute anfingen, das lose Tauwerk und flatternde Segeltuch wegzuhacken und wegzuschneiden. Nach ein paar Minuten hatten sie es geschafft, und die *Paragon* nahm wieder Kurs auf.

»Bravo!« rief Fenton. »Gut gemacht!«

Wieder krachte eine Salve der Küstenbatterie an Steuerbord in die See, aber ziemlich weit entfernt, und beim nächsten Aufschlag wurde klar, daß sie außer Reichweite waren.

»Feuer einstellen, Mr. Craig!« rief Kelso.

»Aye, aye, Sir.«

Eine Woge der Erleichterung schien über das Schiff zu gehen. Als die Sonne über dem jenseitigen Ufer stand, wurden die Geschütze eingefahren, die Rohre ausgewischt, Munition und Pulver nach unten gemannt. An Deck spülten die Seeleute den Sand in die Speigatten, der während des Gefechts das Ausrutschen hatte verhindern sollen. Adams kam gerade aus dem Fockwant niedergeentert.

Kelso ging nach vorn zur Querreling und rief ihn.

Zuerst hörte er es nicht, aber ein Dutzend Stimmen übermittelte: »Mr. Adams, Mr. Adams, der Kommandant ruft Sie!«

Als der junge Mann nach achtern kam, lächelte Kelso zu ihm hinunter und sagte: »Nun, Mr. Adams, jetzt haben Sie Ihr erstes Gefecht erlebt.«

»Ja, Sir.« Der Junge grinste. »Und es ist genauso, wie Sie gesagt haben, Sir. Das Warten vorher ist schlimm, aber sobald es erst angefangen hat, ist alle Angst verflogen.«

Kelso nickte lächelnd. »Sie haben gute Arbeit geleistet, sehr gute Arbeit.«

2

Die *Paragon* machte den ganzen Tag über gute Fahrt, und gegen Abend entschloß sich Kelso, in der Strommitte zu ankern. Sie hatten außer ein paar Fischerbooten dicht unter Land kein einziges Fahrzeug gesichtet, und nur eine weitere Batterie hatte auf sie gefeuert, ohne jedoch zu treffen. Trotzdem war klar erwiesen, daß die Truppen des Nabob Befehl hatten zu kämpfen.

Während Kelso bei Einbruch der Nacht auf dem Achterdeck stand, überlegte er wieder, ob Watsons Flotte schon weiter stromaufwärts gefahren sein konnte. Sowohl die Abwesenheit französischer Schiffe als auch die feindselige Haltung der indischen Batterien schienen darauf hinzudeuten. Ihm stand jedoch noch immer Admiral Watsons Bild vor Augen, wie er ihn während der qualvollen Tage in Madras erlebt hatte: ein langsamer, eingebildeter und aufgeblasener Mann, der sich von seinen Vorschriften und nicht von eigener Inspiration leiten ließ. Erschwerend kam hinzu, daß er krank war und mehr von physischem Schmerz als vom Wunsch nach ruhmreichen Taten beeinflußt wurde.

Mit zunehmender Dunkelheit breitete sich eine seltsame Ruhe aus, die ebenso bedrohlich wirkte wie der Tumult am Tage. Die

Ufer, die vor einer Stunde noch völlig verlassen gewirkt hatten, ließen jetzt überall Lichter sehen. Waren es harmlose Fischersiedlungen oder Lagerfeuer biwakierender Truppen? Das geringste Geräusch im Wasser, das Springen eines Fisches konnte auch das Plätschern eines Paddels sein, das von einem Feindboot herrührte. Ihr von der Strömung verursachtes Kielwasser klang wie Gemurmel in einer fremden Sprache, und das gelegentliche Knallen von Segeltuch wirkte wie Kanonenfeuer.

Kelso ließ den Blick nochmals über das dunkle Deck schweifen, von den Doppelposten am Bug zu den Männern der Wache, die dösend rund um den Großmast saßen, und zu den Leuten der Freiwache, die wie Tote an Deck lagen und schliefen. Neben ihm lehnte Fenton an der Querreling, bereit zu sprechen, aber genauso bereit zu schweigen und übersehen zu werden, still und unaufdringlich wie ein Schatten.

Kelso schüttelte seine Bedenken ab. »Ich gehe nach unten.«

»Ja, Sir.«

»Halten Sie die Wachen in Alarmbereitschaft. Wir müssen heute nacht auf alles gefaßt sein – wirklich auf alles.«

»Aye, aye, Sir.«

Am Niedergang blieb er noch einmal stehen und überlegte sich all die Warnungen, die er glaubte aussprechen zu müssen: vor Überfällen von Land aus, vor Watsons Flotte, die abgedunkelt von See her kommen, vor französischen Kriegsschiffen, die aus irgendeiner Richtung auftauchen konnten – aber rechtzeitig dachte er daran, daß Fenton ein erfahrener und zuverlässiger Offizier war, der ihn noch nie enttäuscht hatte.

»Adams soll mich am Ende seiner Wache wecken lassen«, sagte er schließlich nur und ging unter Deck.

»Aye, aye, Sir.«

»Wir wollen bei Hellwerden ankerauf gehen.«

Mit unter dem Kopf gefalteten Händen legte er sich angezogen auf die Koje und lauschte dem Knarren des Holzes, den Schritten Fentons und des Fähnrichs, dem Kratzen der Ratten jenseits des Schotts. Die Stückpforte war geöffnet, und ohne den Kopf drehen zu müssen, sah er den sternübersäten Himmel und den schwachen Schimmer des aufgehenden Mondes. Dort draußen – nur ein paar hundert Yards entfernt – lag das Westufer des Hugli und dahinter das Land des Nabob, ein Fürstentum, bewohnt von Millionen feindlicher Eingeborener. Sollte die *Paragon* von ihnen gekapert werden, so bedeutete das kein angenehmes Schicksal für Kommandant und Besatzung.

Von früheren Fahrten in diesem Gebiet wußte er aber, daß die bengalischen Krieger eher hinterlistig als tapfer waren. Sie würden zwar nicht zögern, ihre Gefangenen aufs grausamste zu foltern, es sich jedoch sehr überlegen, ein Kriegsschiff anzugreifen.

Die Franzosen andererseits waren tapfer genug, bisweilen sogar tollkühn, aber nach Ankunft von Watsons Geschwader würden sie zahlenmäßig hoffnungslos unterlegen sein.

Watson, immer wieder Watson. Von ihm hing alles ab.

Kelso lag ein paar Minuten still und malte sich aus, was geschehen würde, wenn die *Paragon* immer tiefer in Feindesland vordrang. Mit dem Schmalerwerden des Flusses würden die Forts und Truppenlager zunehmen, französische Schiffe würden auftauchen, und dann – wahrscheinlich schon innerhalb der nächsten achtundvierzig Stunden – mußte das Risiko zu groß werden, selbst für ein Schiff von der Stärke und Bewaffnung der *Paragon*.

Alles hing von Watson ab . . .

Als er von einer leisen Berührung am Arm erwachte, setzte er sich rasch auf und griff nach seinem Degen. Aber es war nur Padstow.

»Hier, Sir. Heißer Kaffee. Es ist gerade Wachwechsel.«

Kelso stellte die Füße an Deck und blieb gähnend sitzen. Hatte er wirklich geschlafen?

Dann erinnerte er sich.

»Ist alles ruhig, Padstow?«

»Alles ruhig, Sir – bis auf einen Marineinfanteriekorporal, der neben mir an Deck lag. Schnarchte die ganze Nacht laut genug, um einen Toten aufzuwecken.«

»Gut«, sagte Kelso. »Ich gehe an Deck.«

Er stieg den Niedergang hinauf zum Achterdeck und hörte im Dunkeln den Gruß des wachhabenden Offiziers.

»Guten Morgen, Mr. Adams.«

»Guten Morgen, Sir.«

»Alles ruhig?« Er merkte, daß sie beide im Flüsterton sprachen, als könne man sie im Dunkel der Nacht belauschen. Der Mond war untergegangen, und die Finsternis war undurchdringlich.

»Ich habe nichts gehört, Sir, außer –«

»Ja?«

»Ich bin mir nicht ganz sicher, Sir, aber als ich gerade von Mr. Fenton übernommen hatte – ich stand erst ein paar Minuten an Deck –, war mir, als hörte ich stromaufwärts ein Geräusch.«

»Was für ein Geräusch?«

»Eine Kette, Sir – wenigstens kam es mir so vor. Es könnte eine Ankerkette gewesen sein.«

»Hat das sonst noch jemand gehört?«

»O ja, Sir. Mr. Mellors hier und Mr. Duggan.«

»Warum haben Sie niemanden zu mir geschickt?«

»Ich war mir nicht ganz sicher, Sir, und wußte, daß Sie erst vor kurzem nach unten gegangen waren.«

»Mr. Adams«, sagte Kelso mit Nachdruck, »ich möchte Sie bitten, die Sorge um den Schlaf, den ich verliere, künftig mir zu überlassen. Wenn ich mich nicht darauf verlassen kann, daß der wachhabende Offizier mir sofort auch das geringste Vorkommnis meldet, kann ich überhaupt nicht mehr nach unten gehen. Ist das klar?«

»Ja, Sir. Es tut mir leid.«

Kelso trat an die Querreling und versuchte, stromaufwärts zu blicken, aber er konnte nicht weiter sehen als bis zur Back. Eine Kette also, vielleicht eine Ankerkette, die durch ihre Klüse rasselte? Bestimmt konnte sich kein Seemann über dieses vertraute Geräusch täuschen. Da es von vorn gekommen war, mußte es bedeuten, daß ein Schiff weiter stromaufwärts geankert hatte.

»Mr. Adams!« rief er.

»Sir?«

»Hätten Sie Lust, eine Erkundungsfahrt zu unternehmen?«

»Jetzt gleich, Sir?«

»Ja. Es wäre nicht gut, bis zum Hellwerden zu warten.«

»Natürlich, Sir!« Der Junge war so begeistert von der Aussicht auf ein Abenteuer und von dem ihm entgegengebrachten Vertrauensbeweis, daß er offensichtlich weder an den Verlust von Schlaf noch an die Gefahren dachte, die zweifellos damit verbunden waren.

»Nehmen Sie meine Gig«, sagte Kelso, »dazu vier kräftige Männer, und bedenken Sie vor allem: Auf Geräuschlosigkeit kommt es an. Umwickeln Sie die Riemen.«

Er beugte sich über die Querreling, als die Gig zu Wasser gelassen wurde, und starrte noch auf den Punkt, wo sie in der Dunkelheit verschwunden war, als Fenton zur Übernahme der Wache an Deck kam.

Genau wie Kelso vor ein paar Minuten, konnte auch Fenton zunächst nichts sehen, sondern tastete sich zum Steuerkompaß und rief leise: »Mr. Adams?«

»Ich bin hier, Mr. Fenton«, sagte Kelso.

»Oh, Sie sind's, Sir. Irgend etwas nicht in Ordnung?«

»Möglich. Ich habe Mr. Adams gerade stromaufwärts geschickt, um das festzustellen.«

Fentons Disziplin schien mit zunehmendem Wachwerden zurückzukehren, denn er stellte keine weiteren Fragen. Schließlich erklärte es ihm Kelso: »Mr. Adams hat ein Geräusch gehört, gleich zu Anfang seiner Wache, das sich anhörte wie das Rasseln einer Ankerkette. Ich habe ihn hingeschickt, um Näheres festzustellen.«

»Verstehe.«

»Wenn er sich nicht verhört hat, liegt dort vorn ein Schiff, und ich möchte wissen, was für eins.«

»Natürlich, Sir. Es könnte das Geschwader des Admirals sein.«

»Oder ein französisches Kriegsschiff.«

Sie standen nebeneinander, lauschten in die Dunkelheit und warteten; aber außer dem vertrauten Knarren des Holzes und dem Gurgeln der starken Strömung hörten sie nichts. Kelso machte sich Gedanken darüber, ob es richtig gewesen war, einen so jungen und unerfahrenen Leutnant auf diese gefährliche Unternehmung zu schicken, aber andererseits war ihm auch klar, daß der Junge Erfahrung sammeln mußte, und keine Lektion war so wichtig wie die in der Praxis erworbene. Der Dienst in der Marine der Ostindischen Kompanie stellte hohe Anforderungen. Mit wenigen Schiffen, von denen die *Paragon* bereits eins der größten war, mußte ein Seegebiet überwacht werden, das sich von Surat bis zum Kap Comorin und von Dovicatah bis Bengalen erstreckte. Geleitdienste, Einzelaktionen, meistens gegen erdrükkende Übermacht, Verfolgung von Piraten und Freibeutern, die Suche nach vermißten Ostindienfahrern: Die Aufgaben des Kommandanten einer Marinefregatte grenzten oft ans Unmögliche. Aber wenn ihm die Gegner auch stets an Zahl und Bewaffnung überlegen waren, so wurde dieses Wissen doch wettgemacht durch den ungeheuren Stolz auf ihren Dienst, der jeden Mann erfüllte, vom Kommandanten bis zum Schiffsjungen. Bei der Kompanie gab es nicht die überstrenge Disziplin, die das Leben in der Royal Navy so freudlos machte. Die meisten Seeleute und alle Offiziere waren Freiwillige. Sie setzten sich zusammen aus einer Auslese von den Kompanieschiffen, die Bombay anliefen, sowie aus den Besatzungen gesunkener Ostindienfahrer. Der Kommandant einer Marinefregatte mußte tapfer, selbständig, entscheidungsfreudig und vor allem intelligent sein. Aber wie gut er auch sein mochte, er mußte sich trotzdem auf seine Offiziere und Mannschaften verlassen können. Kelso blickte Fenton an, als dieser sich bewegte. »Haben Sie etwas gehört?«

»Nein, Sir.«

»Es wird langsam Zeit, daß Adams zurückkommt.«

Fenton blickte über die Bordwand und sagte: »Der volle Ebbstrom läuft jetzt, Sir.«

Die Minuten schlichen dahin, und der Bootsmannsmaat der Woche kam nach achtern, um zu glasen. Er streckte bereits die Hand nach dem Glockenschwengel aus, als Kelso rasch neben ihn trat. »Warten Sie!« Schwach, ganz schwach kam über das Wasser der Klang einer anderen Schiffsglocke.

»Haben Sie's gehört?« fragte Kelso.

»Ja, Sir.«

»Es liegt also ein anderes Schiff dort. Schicken Sie einen Mann hinunter, der Mr. Lillywhite weckt.«

»Aye, aye, Sir.«

Lillywhite war der Leutnant der Marineinfanteristen, von denen jedes Kriegsschiff ein der Größe entsprechendes Kontingent an Bord hatte. Er war ein Mann wie ein Bär, sechs Fuß fünf Zoll*) groß und von gewaltigen Körperkräften. Er kam die Treppe zum Achterdeck herauf und stampfte laut zu Kelso hinüber. Bei seiner Größe und mit seinem vorstehenden Zottelbart wirkte er beeindruckend. Selbst sein Salutieren wirkte aggressiv. Aber trotz seines gewalttätigen Aussehens, das seinen Namen – Lilienweiß – Lügen strafte, war er Kelso als zuverlässiger und loyaler Offizier bekannt.

»Sie haben mich rufen lassen, Sir?«

»Ja, Mr. Lillywhite, ich erwarte –« Kelso vollendete den Satz nicht, denn seine Ohren, auf das Gurgeln der Strömung eingestellt, hatten plötzlich das schwache Plätschern eines Riemens aufgefangen. Rasch lief er zur Reling und sah mit Erleichterung die Gig aus der Dunkelheit auftauchen.

Sie machte längsseits fest, und Adams begann, die Strickleiter heraufzuklettern. Grüßend betrat er das Achterdeck, eine Pistole in der linken Hand.

»Nun?« fragte Kelso.

»Es war, wie Sie sagten, Sir. Ein Schiff, eine französische Brigg,

*) fast 1,96 m

liegt in der Strommitte vor Anker.«

»In welcher Entfernung?«

»Eine Viertelmeile, Sir, nach meiner Schätzung, obwohl mir der Rückweg kürzer vorkam.« Das war plausibel. Auf See konnte ein Offizier die Entfernung nach der Anzahl der geruderten Schläge einigermaßen genau schätzen. In der starken Strömung eines Flusses war dies schwieriger.

»Hat man Sie gesehen?« fragte Kelso.

»Nein, Sir. Wenigstens –«

»Ja?«

»Da waren zwei Posten in einem Dingi.«

»Verdammt. Haben die keinen Alarm geschlagen?«

»Nein, Sir. Sehen Sie, ich dachte – da wir im Krieg sind . . .«

»Ja?«

»Nun, wir kamen unbemerkt längsseits, Sir. Sie schliefen beide halb.«

»Ja?«

»Und dann – nun, wir haben ihnen eins über den Kopf gegeben.«

»Sie haben sie getötet?«

»O nein, Sir. Sie waren nur bewußtlos. Ich glaube nicht, daß sie ernstlich verletzt sind.«

»Und dann? Sie haben sie doch hoffentlich nicht dort gelassen?«

»Nein, Sir, sie liegen beide unten in Ihrer Gig.«

Kelso konnte ein erleichtertes Grinsen kaum unterdrücken, sagte aber in ernstem Ton: »Gut gemacht, Mr. Adams! Sehr gut!« Er wandte sich an Fenton und Lillywhite, die neben ihn getreten waren. »Nun, Mr. Lillywhite, Sie würden besser Ihre Leute wekken.«

»Aye, aye, Sir.«

»Und, Mr. Fenton . . .«

»Sir?«

»Lassen Sie die beiden Kutter zu Wasser und teilen Sie zwanzig zuverlässige Leute dafür ein.«

»Ja, Sir.«

»Mr. Duggan soll das Unternehmen führen.«

»Sir!« Leutnant Adams kam ängstlich nach vorn.

»Ja. Mr. Adams?«

»Bitte, Sir – wenn Sie gestatten, Sir, kann ich nicht mitkommen?«

»In Ordnung«, sagte Kelso. »Sie kommen mit mir ins erste Boot. Mr. Lillywhite, Sie übernehmen das andere.«

»Ja, Sir.« Der Riese wandte sich um und fingerte an seinem Bart herum. Dann zögerte er. »Sir, was genau wollen wir eigentlich tun?«

»Tun?« echote Kelso. »Wir wollen eine Brigg der französischen Marine kapern.«

3

Die beiden Bootsbesatzungen pullten ruhig und gleichmäßig gegen den starken Strom. Es war vollkommen dunkel. Der Mond hatte sich nach einem schwachen Versuch, den Sternen Konkurrenz zu machen, vor einer Stunde geschlagen zurückgezogen, und bis zum Anbruch der Morgendämmerung war es noch eine weitere Stunde. Kelso, der im Bug des Führerbootes saß, fühlte sich so glücklich wie ein Liebhaber, der nach langem Werben endlich belohnt wird. Jeden Augenblick erwartete er, die Brigg auftauchen zu sehen. Adams neben ihm saß nervös vorgebeugt und versuchte eifrig, die Dunkelheit zu durchdringen. Kelso überlegte, daß sie kaum einen günstigeren Zeitpunkt hätten aussuchen können. Solange man den Verlust der beiden Posten nicht bemerkt hatte, war die Besatzung erfahrungsgemäß etwa eine Stunde vor Beginn der Morgendämmerung auf der niedrigsten Stufe der Alarmbereitschaft.

Er sah die Brigg, noch bevor Adams seine Schulter berührte. Sie lag als dunkler Schatten parallel zur *Paragon* in der Strommitte. Kelso hob den Arm, und sofort schor der zweite Kutter mit Lillywhite und seinen Marinesoldaten nach Steuerbord aus.

Während sie sich rasch der Brigg näherten, erwartete Kelso gespannt einen Anruf, denn sicherlich hatte man sie von Deck aus bemerkt. Aber keinerlei Alarm erfolgte, und er gab das Kommando: »Riemen ein!«

Lautlos fuhr das Boot weiter, bis die Brigg gewaltig über ihnen aufragte. Noch immer kein Anruf. Er sah das Dingi, in dem die beiden Posten gesessen hatten, und dann schoren sie längsseits.

Ein Dutzend Hände bremste den Aufprall, so daß kaum etwas von ihrem Anlegen zu hören war. Kelso suchte den Schiffsrumpf nach irgendeinem Tau ab, an dem sie hinaufklettern konnten, entdeckte einen dunklen Streifen, und als er danach griff, stellte er zu seiner Freude fest, daß die Franzosen ein Seefallreep hängengelassen hatten. Er stieg aufs Dollbord und enterte von dort aus lautlos nach oben zum Deck der schlafenden Brigg.

Plötzlich spürte er ein Schwanken der Leiter und sah, daß Duggan, der Bootsmannsmaat, ihm folgte. Ein weiteres Schwanken und nochmal eins, während die Seeleute einer nach dem anderen aufenterten. Die Hanftaue scheuerten oben auf der Reling, aber nur einen sehr aufmerksamen Posten konnte dieses Geräusch alarmieren. Kurz unter der Reling zog Kelso seinen Degen, und als er vorsichtig über das Schanzkleid blickte, hatte er auch die entsicherte Pistole in der Hand.

Zuerst erschien ihm das Deck leer, nur oben auf dem Hüttendeck sah er einen Offizier stehen, und an der Querreling saß ein anderer und schien zu schlafen. Kelso schwang ein Bein über das Schanzkleid und stieg leise an Deck.

Keinerlei Anruf. Ruhig schritt er zum Großmast und blieb dort im Schatten stehen, während auch Duggan und seine Leute vorsichtig an Bord kamen.

Kelso beobachtete den Offizier auf dem Achterdeck. Soweit zu erkennen, stand er mit dem Rücken zu ihnen. Noch während sie warteten, stimmte er leise ein Liedchen an, offensichtlich einen französischen Schlager. Obgleich Kelso für einen singenden Schiffsoffizier tiefe Verachtung hegte, konnte ihn doch im Augenblick kein Geräusch mehr beruhigen als dieser Singsang.

Er blickte auf, als jemand seinen Arm berührte. Es war Adams, trotz seiner Blässe über das ganze Gesicht grinsend. Ohne weitere Verzögerung führte Kelso die Gruppe auf das Achterdeck.

Er war kam ein paar Schritte gegangen, wobei er seine Aufmerksamkeit auf den Wachoffizier richtete, als er über einen an Deck liegenden Körper stolperte und gefallen wäre, wenn Duggan ihn nicht noch rechtzeitig am Arm ergriffen hätte. Er wartete einen Augenblick, aber der Seemann rollte sich knurrend auf die andere Seite und schlief weiter. Jetzt bemerkten sie, daß das Deck buchstäblich gepflastert war mit Schlafenden. Kelsos Aufmerksamkeit galt jedoch weiterhin dem Offizier auf dem Achterdeck. Im Augenblick war er nicht zu sehen, auch sein Gesang war verstummt, aber ob aus Beunruhigung oder aus einem harmlosen Grund konnte niemand sagen.

Dann hörte Kelso ihn wieder, aber er sang nicht mehr, sondern sprach jetzt. Die Worte waren zwar wegen der Entfernung und wegen seines erhöhten Standes auf der Hütte nicht zu verstehen, aber dem rhythmischen Versmaß war unschwer zu entnehmen, daß er ein Gedicht aufsagte.

Kelso bedeutete Adams und seinen Leuten zurückzubleiben und stieg voller Verachtung die Treppe hinauf.

Als er das Achterdeck betrat, stieß sein Degen gegen eine Relingstütze und klirrte. Im selben Augenblick fuhr der französische Offizier herum und starrte ihn an.

Kelso gewahrte einen großen Mann – so groß wie er selbst – mit einer riesigen Hakennase und vor Staunen offenem Mund.

»Ergeben Sie sich!« rief Kelso und richtete die Degenspitze auf des Mannes Brust. »Ihren Degen, Monsieur!«

Der Franzose schluckte und fragte unsicher: »Was soll das?«

»Ihren Degen, bitte!« forderte Kelso.

»Aber zum Teufel! Wer sind Sie denn, Monsieur?«

»Kapitän Kelso von der Fregatte *Paragon.*«

»Also Engländer! Das habe ich doch gleich an Ihrer Aussprache erkannt.«

»Ihren Degen, bitte.«

Der Offizier zögerte und hob dann resignierend die Schulter. »Gut. Aber ich hätte nicht gedacht, daß ich den Tag erlebe, an dem Engländer sich zur Piraterie erniedrigen.«

»Keine Piraterie, sondern eine Kriegshandlung.«

Der Franzose sagte kalt: »Sie meinen, daß sich Frankreich und England im Krieg befinden.«

»Ja.«

»Dann bedaure ich, daß Sie im Vorteil sind. Keinerlei Nachricht von irgendeinem Krieg hat uns bisher erreicht.«

»Ihr Pech!« sagte Kelso. »Und jetzt, Sir, bitte Ihren Degen.«

Der Franzose zog den Degen und tat so, als wolle er ihn seinem Gegner übergeben. Kelso streckte die Hand danach aus, aber plötzlich sprang der Franzose zurück, drehte den Degen um und machte einen Ausfall.

Kelso hatte keine Zeit mehr zu parieren. Er warf sich instinktiv zur Seite und fühlte, wie die Degenspitze bis zum Futter seines Rockes durchdrang. In der Linken hatte er zwar noch die Pistole, wagte aber nicht zu feuern, um nicht das ganze Schiff zu alarmieren. Also drängte er nach vorn, stach und schlug nach dem sich ständig bewegenden Schatten und landete trotz der vielen Paraden des Gegners zumindest einen Volltreffer. Kelso war niemals ein eleganter Fechter gewesen, aber hier in der Dunkelheit wäre auch ein Meister am Ende seiner Kunst gewesen.

Der Franzose wich zurück.

Kelso rückte sofort nach, ohne Rücksicht auf des Gegners Stöße. Dieser verteidigte sich tapfer, Klinge prallte auf Klinge, bis er ihn schließlich an die Reling zurückgedrängt hatte.

Hier stand er dann und kämpfte wacker, da kein weiterer Rückzug möglich war. Ihre Klingen kreuzten sich, und einmal spürte Kelso den stechenden Schmerz einer Wunde am Arm.

Unten an Deck hörte man allmählich Geräusche, rufende Stimmen und das Getrappel von Füßen.

Mit aller Kraft stieß Kelso jetzt zu – und verfehlte sein Ziel. Die Wucht des Stoßes warf ihn buchstäblich in die Arme des Franzosen. Er ließ Pistole und Degen fallen und schlang einen Arm um die Taille des Gegners, den anderen Unterarm preßte er gegen dessen Kehle. Kelso war stark und hatte Erfahrung im Kampf Mann gegen Mann, und vor allem kannte er die nötigen Griffe.

Der Kopf des Franzosen wurde nach hinten gedrückt, sein ganzer Körper war rücklings über die Reling gebeugt. Seltsam gurgelnde, unmenschliche Laute drangen aus seiner Kehle.

»Ergeben Sie sich!« rief Kelso beschwörend.

Der Mann grunzte und entspannte sich, und erst als Kelso ihn von der Reling wegzerrte, merkte er, daß er bewußtlos war.

Kelso hob seinen Degen auf und suchte wohl eine volle Minute lang nach seiner Pistole. Von unten hörte er Schreie, französische Lästerungen und englische Flüche. Niedergänge wurden aufgestoßen, dann quoll die französische Besatzung aus ihren Quartieren. Der zweite Offizier auf dem Achterdeck, der die ganze Zeit über weitergeschlafen hatte, wurde langsam wach.

Kelso gab die Suche nach seiner Pistole auf. Er lief zur Querreling, schlug im Vorbeilaufen den verschlafenen Offizier nieder und blickte hinunter aufs Hauptdeck, um sich über den Stand der Dinge zu informieren.

Adams hatte offensichtlich die Freiluftschläfer gefangengenommen und in einer Ecke zusammengetrieben, bewacht von Duggan und seinen Leuten. Aber jetzt sahen sie sich den aufgeregt an Deck strömenden Neuankömmlingen gegenüber. Es entstand ein wildes Handgemenge, in dem sich bei der noch immer herrschenden Dunkelheit kaum Freund und Feind unterscheiden ließen. Die Franzosen kämpften mit Entermessern, Beilen, Koffeinnägeln*), Kuhfüßen, ja selbst mit Piassavabesen. Offen-

*) schwere, eiserne Belegnägel, ca. 40 cm lang

bar hatten sie alles ergriffen, was ihnen unter die Hände kam. Die Engländer waren nicht nur besser bewaffnet, sondern auch diszi- plinierter. Sie standen Schulter an Schulter, erwarteten die wütenden Gegner und bewachten gleichzeitig die Gefangenen in ihrem Rücken. Gegenüber beiden Gruppen waren sie erheblich in der Minderzahl.

Endlich erschienen der französische Kommandant und ein weiterer Offizier an Deck.

Kelso sah vom Achterdeck aus, daß beide mit Pistolen bewaffnet waren; in jeder Hand hielten sie eine klar zum Feuern. Die englischen Seeleute waren nur ein paar Schritte entfernt.

Kelso hatte keine Zeit, die Treppe zu benutzen. Also nahm er Maß und sprang.

Er landete auf dem Kommandanten, der an Deck stürzte. Der andere Offizier, ein junger Mann, feuerte.

Kelso hörte die Kugel über seinen Kopf pfeifen, während er zusammen mit dem Kommandanten hinfiel. In der Hand hatte er nur seinen Degen, aber neben ihm stand der junge Offizier mit der zweiten Pistole, die er noch nicht abgefeuert hatte. Kelso sah dessen Beine, griff zu und zog. Man hörte einen weiteren Schuß, einen wilden Schrei, und dann polterte der Franzose an Deck.

Kelso raffte sich auf und kam gerade wieder auf die Füße, als eine dunkle Gestalt auf ihn zuraste. Zwar konnte er noch beiseitespringen, erhielt aber im selben Augenblick einen fast betäubenden Schlag auf die linke Schulter. Was wohl aus Lillywhite und seinen Marinesoldaten geworden ist, dachte er vage.

Die englischen Seeleute wurden jetzt hart bedrängt, und trotz ihrer disziplinierten Haltung von der Übermacht schier erdrückt. Der Offizier, den Kelso niedergeschlagen hatte, war wieder zu sich gekommen und stand jetzt an der Querreling, von wo er Befehle hinunterschrie.

Kelso kämpfte sich zu Adams durch und fragte: »Wie sieht es aus?«

»Nicht sehr gut, Sir. Drei Mann sind gefallen.«

»Ich möchte wissen, was Lillywhite passiert ist. Er müßte doch längst hier sein. Wir wollen nicht hier unten bleiben, sondern versuchen, aufs Achterdeck zu kommen.«

»Aye, aye, Sir.«

Kelso führte die Gruppe an und kämpfte sich fechtend die Treppe hinauf, flankiert von den englischen Seeleuten. Diese hatten jetzt den französischen Offizier erreicht. Im nächsten Augenblick flog er über die Querreling hinunter an Deck. Aber der Kommandant war wieder auf den Beinen, und seine Stimme, ruhig und gebieterisch, hatte mehr Wirkung als all das Geschrei seiner Untergebenen.

»Greift den englischen Offizier an!« befahl er. »Dort, auf der Treppe.«

Sein Eingreifen kam jedoch zu spät. Die meisten Engländer standen bereits auf dem Achterdeck und eröffneten das Feuer aus ihren Pistolen, während Kelso sich mühsam über die Treppe nach oben kämpfte.

Weitere Schreie und wildes Getümmel scholl vom Hauptdeck herauf. Ein paar Pistolenschüsse fielen noch, aber es war klar, daß der erste ungestüme Gegenangriff der Franzosen abgeschlagen war. Sie nahmen jetzt Deckung hinter Masten und Luken, während die Engländer vom Achterdeck aus auf sie feuerten.

Als Kelso einmal nach Steuerbord hinüberblickte, wo sich der erste Schein der Dämmerung zeigte, sah er einen Kopf und ein Paar Schultern über dem Schanzkleid auftauchen. Es war ein ihm wohlbekannter Kopf mit einem struppigen Bart und Schultern, die einem Schmied alle Ehre gemacht hätten.

»Vorwärts, Soldaten!« rief Lillywhite und sprang an Deck. Er war so wütend – wie sich später herausstellte, weil sie keinen Weg die Bordwand hinauf gefunden hatten –, daß er laut brüllend vorwärtsstürzte, ohne sich darum zu kümmern, ob seine Leute ihm folgten. Er stolperte in eine Gruppe von Franzosen hinein und trieb sie wutschnaubend vor sich her zum Vorschiff. Der Rest der Marinesoldaten kam jetzt an Bord, und in ein paar Minuten war alles vorbei. Die demoralisierten Franzosen wurden vorn unter der Back zusammengetrieben, die Verwundeten versorgt, und der französische Kommandant übergab Kelso mürrisch seinen Degen.

4

Die *Paragon* setzte ihren Weg stromaufwärts fort, gefolgt von der französischen Brigg mit einer Prisenbesatzung unter dem Kommando von Leutnant Adams. Da der junge Offizier im Augenblick offensichtlich auf einer Welle von Selbstvertrauen ritt, hatte Kelso sich entschlossen, ihm auch diesen Vertrauensbeweis zu gewähren. Jetzt jedoch bekam er es mit der Angst zu tun, als er sah, daß die Brigg einen unmöglichen Kurs steuerte. Auch Fenton beobachtete sie, und zwar seltsam unfreundlich, bis Kelso aufging, daß er auf den Jungen eifersüchtig war. Seiner Meinung nach hätte ihm als Erstem Offizier das Kommando über die Brigg zugestanden.

»Er müßte jetzt anbrassen«, sagte Kelso.

Fenton brummte: »Er wird sie bald aufsetzen, wenn er so weitersteuert.«

Aber noch während sie sprachen, sahen sie die Seeleute an die Brassen eilen, und im nächsten Augenblick brachte der Rudergänger die Brigg wieder in die Strommitte zurück.

Kelso bemerkte: »Er wird es schon schaffen, wenn er auch noch viel lernen muß. Sie müssen ihm noch einige Lektionen erteilen, wenn dies hier vorbei ist.«

»Aye, aye, Sir.«

»Es ist leichter für uns alle, wenn wir einen zuverlässigen Ersten Offizier an Bord haben«, fügte Kelso hinzu.

Dann wandte er sich wieder seinem eigenen Schiff zu und den Schlammbänken, die den Fluß säumten, so weit der Blick reichte, sowie dem Sumpfland mit dem übermannshohen Schilfgürtel, hinter dem sich eine ganze Armee oder eine Küstenbatterie mühelos verbergen konnte. Auch überlegte er wieder einmal, ob sein riskantes Unternehmen zu rechtfertigen war.

Aus der Unkenntnis der Franzosen über den Kriegsausbruch ging eindeutig hervor, daß die englische Flotte noch nicht eingetroffen war. Somit wäre es seine eindeutige Pflicht gewesen zu warten oder ihr sogar seewärts entgegenzufahren. Aber Umkehr hätte Rückzug bedeutet, und Kelsos hartnäckige Aggressivität war stärker als seine Disziplin. Der französische Kommandant hatte ihm berichtet, daß die englischen Flüchtlinge von Kalkutta in bitterer Not in Fulta lebten, einem Fischerdorf ein paar Meilen weiter stromaufwärts. Dieser Bericht diente Kelso als Vorwand und Entschuldigung. Die Flüchtlinge so rasch wie möglich zu erreichen, schien ihm Grund genug, weiterzusegeln. Außerdem bestand durchaus die Möglichkeit, weitere französische Schiffe anzutreffen.

Andererseits konnte es sich natürlich auch um eine Falle handeln. Fulta war zwar nur ein Haufen armseliger Fischerhütten, aber der Fluß war dort besonders schmal. Sowohl der Nabob als auch die Franzosen konnten an der Stromenge Geschützbatterien aufgebaut haben.

Es wurde Mittag, bis die *Paragon* diese Enge erreichte. Als sie, einer Biegung des Flusses folgend, ein niedriges Felsmassiv rundete, lag Fulta plötzlich im Sonnenlicht vor ihnen.

Es war nicht mehr als ein Weiler, ein paar strohgedeckte Lehmhütten zwischen spärlichen Palmen. Auf einem breiten Sandstrand, der eine Bucht säumte, lagen Fischerboote und trockneten Netze. In der Mitte der Bucht befand sich ein zerbrechlicher Anlegesteg, gegen den der Fluß seinen Abfall getrieben hatte. Selbst durchs Glas bemerkte Kelso keinerlei Bewegung im Dorf.

»Sieht ziemlich ruhig aus, Sir«, sagte Fenton.

»Zu ruhig«, antwortete Kelso.

»Sie halten es noch immer für eine Falle, Sir?«

»Ich weiß nicht recht. Es ist genau der Ort, den ich für eine Batterie auswählen würde – dort oben auf den Klippen oder knapp dahinter. Warum sieht man keinen einzigen Menschen im Dorf?«

»Es ist Mittag, Sir, Siesta. Wahrscheinlich schlafen alle.«

»Vielleicht. Aber dennoch ist es seltsam.«

Kelso richtete sein Glas auf den Strand, dann auf das mit Gras und Dorngestrüpp bewachsene Felsplateau. Alles blieb ruhig. Selbst ein im Gras liegender Mann oder ein Fischer bei seinem Boot hätten viel dazu beigetragen, ihn zu beruhigen. Es war die unnatürliche Leere und Stille, die ihn beunruhigte.

Auf alle Fälle, dachte er, gehe ich kein großes Risiko ein. Die Geschütze waren besetzt und ausgefahren, die Decks naß und mit Sand bestreut. Wenn jemand angriff, würde er eine deutliche Antwort erhalten.

»Hart Backbord!« befahl er, und die *Paragon* schwang in elegantem Bogen aus dem Fahrwasser in die Bucht hinein.

Jetzt konnte er das Gelände hinter der Klippe einsehen: buschbewachsenes Grasland, eine blühende Hecke und ein paar Felder. Wenn dort Geschütze standen, mußten sie hervorragend getarnt sein.

»Sehen Sie, Sir, im Dorf!«

Er wandte sich auf Fentons Ruf hin um und sah einige Gestalten – menschliche Wesen – aus den Hütten kommen. Sie sahen aus wie Vogelscheuchen in den zerlumpten Sachen, die um ihre abgemagerten Gliedmaßen flatterten. Zuerst hielt er sie für Bettler, von denen es in diesem Teil Indiens wimmelte, aber als er das Glas auf sie richtete, erkannte er, daß die Haut über ihren verfilzten Bärten zu hell für Inder war. Dann tauchte auch eine Frau auf; ihr langer Rock wirkte seltsam elegant im Vergleich zu den zerlumpten Hosen der Männer.

Plötzlich, als sie die *Paragon* oder vielmehr die Kompanieflagge an ihrer Gaffel erkannten, kam Leben in die armseligen Gestalten. Jubel brach aus, wilde Schreie und Armeschwenken folgten, und dann liefen sie alle gemeinsam zum Strand hinunter.

»Sie sind es, Sir! Die armen Teufel, die Flüchtlinge aus Kalkutta.«

»Scheint so. Ich glaube, ich muß unserem französischen Kollegen Abbitte leisten.«

»Ja, Sir –«, begann Fenton, schwieg dann aber. Es war ihm klar, daß der Kommandant recht gehabt hatte mit seiner Vorsicht. Nur ein Tor hätte dem Wort eines Feindes – noch dazu eines gefangenen Feindes – ohne jeden Vorbehalt Glauben geschenkt.

»Mr. Fenton«, sagte Kelso, »lassen Sie Untersegel und Marssegel aufgeien, Anker klarmachen zum Fallen und meine Gig aussetzen.«

»Aye, aye, Sir.«

Er blickte nach achtern und sah die Brigg gerade um die Klippe kommen. Adams hatte sie jetzt gut im Griff. Vorsichtig hatte er ein doppeltes Reff im Großmarssegel einstecken lassen, so daß der Abstand von einer Kabellänge auf eine halbe Meile erweitert worden war. Er hatte wohl ebenfalls mit einer Falle gerechnet.

Kelso rief dem Signalfähnrich zu: »Signal an Brigg: ›Drehen Sie bei und erwarten Sie weitere Befehle‹.«

»Aye, aye, Sir.«

Am Strand hielt die Erregung an. Die Flüchtlinge lachten und weinten und riefen unverständliche Worte herüber. Viele wateten brusttief ins Wasser.

Während der Anker in die Tiefe rauschte, waren bereits die Klampen unter der Gig entfernt, sie wurde ausgeschwungen, und nach ein paar Minuten wurde Kelso an Land gerudert.

Seine Ankunft trieb die Flüchtlinge zu weiterer Erregung. Einer der Männer schwamm der Gig entgegen, hatte aber anscheinend die Strömung unterschätzt oder seine eigene Schwäche nicht genügend in Betracht gezogen. Auf alle Fälle trieb er ab und wäre ertrunken, wenn ihm der Bootssteurer nicht eine Leine zugeworfen hätte. Als das Boot ins flache Wasser kam, griffen ein Dutzend Hände zu und zogen es hoch und trocken auf den Sandstrand. Kelso stieg aus und wurde sofort mit einem solchen Schwall von

Fragen, Bitten und Willkommensrufen überschwemmt, daß er kaum wußte, wohin er sich wenden sollte. Hände berührten ihn, Arme wurden ihm um die Schultern geschlungen, Männer lachten und weinten wie Kinder. Hagere Gesichter mit struppigen Bärten strahlten vor Freude.

Er bahnte sich einen Weg durch die begeisterte Menge, bis er ein einigermaßen vertrautes Gesicht vor sich sah. An der zerschlissenen Uniform erkannte er ihn schließlich.

»Major Kilpatrick!«

»Kelso! Das ist wunderbar!«

Es schien fast unmöglich, daß dieses zerlumpte Skelett mit den hohlen Wangen und den tief in den Höhlen brennenden Augen wirklich derselbe Kilpatrick sein sollte, der Madras vor sechs Monaten gesund und kräftig verlassen hatte.

»Wie ist das passiert?« fragte Kelso.

Der Major breitete die Arme aus. »Surajah Dowlah griff an, und Kalkutta war gefallen. Das Schwarze Loch . . . Sie wissen die Einzelheiten, nehme ich an?«

»Ja.«

»Als wir ankamen, war alles schon vorbei. Wir konnten nichts tun als warten.«

»Was ist mit Ihren Leuten?«

»Auf dem Weg hierher hatte ich schon ein Viertel verloren – durch Krankheit und Unfälle. Wir waren in keiner Weise imstande zu kämpfen, selbst wenn wir eine Chance gehabt hätten.«

»So warteten Sie also?«

»Ja. Wir konnten nichts anderes tun. Zufällig trafen wir diese armen Teufel hier, denen es gelungen war, aus Kalkutta zu entkommen. Wir vereinigten uns mit ihnen und richteten uns auf Verteidigung ein für den Fall, daß die Truppen des Nabob uns verfolgten.«

»Und was geschah weiter?«

Der Major hob die Schultern. »Weiß Gott! Vielleicht hatte dieser Satan seinen Rachedurst schon gestillt. Vilelleicht meinte er auch, wir wären nicht mehr der Mühe wert.«

Kelso warf einen Blick auf die bemitleidenswerten Flüchtlinge und die eingeborenen Fischer, die neugierig aus ihren Hütten schauten. »So haben Sie sich also hier niedergelassen?«

»Wir konnten sonst nirgends hin. Die Fischer und ihre Familien waren gut zu uns, sie teilten ihre Hütten mit uns, aber es gab nichts zu essen außer dem wenigen, was die erübrigen konnten.

Wir hatten keine Kleidung, keine Medikamente –«

»Nun, jetzt sind Sie in Sicherheit.«

»Sicherheit!« Der Major zeigte auf eine Lichtung, auf der ein ganzer Wald von Kreuzen stand. »Sie sind für die meisten zu spät gekommen.«

»Das tut mir leid.«

»Zwei oder drei von uns sind jeden Tag diesen Weg gegangen – froh über die Erlösung von ihren Leiden.«

»Was ist mit Ihren eigenen Leuten?«

»Sie wissen, wie viele ich hatte. Wir waren zweihundertvierzig, als wir Madras verließen.«

»Und jetzt?«

»Zweiunddreißig waren noch am Leben, als ich heute morgen die Runde machte. Von denen sind vielleicht zehn kräftig genug, Waffen zu tragen.«

Kelso beschattete die Augen gegen die Sonne und blickte hinüber zum Dorf. Die Flüchtlinge, die ihm entgegengelaufen waren, drängten sich noch immer um seine Beine, wenn sie jetzt auch saßen oder knieten, als habe das plötzliche Aufflammen der Erregung ihre letzten Kräfte verbraucht. Unter den Palmen sah er noch weitere Weiße warten. »Wer sind diese Leute?« fragte er.

Kilpatrick zögerte und sagte dann: »Sie gehören nicht zu uns.«

»Sind es Briten?«

»Ja, es sind Briten.«

»Dann verstehe ich nicht –«

»Sie gehören nicht zu uns!« schrie irgend jemand in der Menge, und ein Dutzend wütender Stimmen nahm den Schrei auf: »Gehören nicht zu uns! Verräter! Feiglinge!«

Kelso verstand. »Gouverneur Drake?« fragte er.

»Ja, und Hauptmann Minchin und die Ratsmitglieder, all diese Helden, die uns unserem Schicksal überlassen haben!«

Kelso verbarg jegliche Gemütsregung. Ihm war klar, daß er sich auf schwankendem Boden bewegte. Als die Nachricht von Drakes feiger Flucht Madras erreicht hatte, waren Gouverneur Pigot und sein Rat übereingekommen, ihn vom Dienst zu dispensieren. Clive hatte lebhaft zugestimmt, aber Watson, dessen Krankheit ihn immer reizbarer machte, hatte protestiert und sich geweigert, ihrer Entscheidung beizupflichten. Wenn Drake suspendiert werden sollte, dann mußte dies vom Direktorium in London ausgesprochen werden. Zunächst werde er ihn weiterhin als Gouverneur betrachten, bis zu einer gründlichen Untersuchung jedenfalls. Bis dahin sollten sowohl Watson als auch Clive uneingeschränkte Handlungsgewalt haben.

Kelso sagte also zu den wütenden Flüchtlingen: »Es ist nicht meine Aufgabe, Mr. Drake und seinen Rat zu verurteilen. Wenn das Geschwader des Königs eintrifft, könnt ihr eure Klagen Admiral Watson und Oberst Clive vortragen. Inzwischen muß ich mit Mr. Drake sprechen.«

Er ließ sie stehen, überquerte den lockeren Sand und ging hinüber zu den Palmen, in deren dürftigem Schatten Drake und seine Kollegen warteten.

Kelso hatte Drake erst einmal getroffen, und das Bild des würdigen Gouverneurs vor seinem inneren Auge wurde erheblich erschüttert durch den schmeichlerischen Menschen, der jetzt aus dem Schatten trat. Er näherte sich Kelso mit gefalteten Händen, den Kopf zur Seite geneigt und mit einem seltsamen Lächeln im Gesicht, das jedoch unecht wirkte.

»Mr. Drake?«

»Ja. Und Sie sind Kapitän Kelso, nicht wahr? Ich kann Ihnen gar nicht sagen, Kapitän, wie sehr wir uns freuen, Sie hier zu sehen.« Er streckte ihm die Rechte zur Begrüßung entgegen.

Kelso ignorierte die dargebotene Hand. »Tut mir leid, Sie in diesem Zustand vorzufinden. Ich bleibe natürlich mit meinem Schiff hier und helfe, so gut ich kann. Aber ein Geschwader der Königlichen Marine ist auf dem Weg. Wenn es eintrifft, sind Ihre Kümmernisse hoffentlich beendet.«

Das Lächeln des Gouverneurs wurde noch eine Schattierung unnatürlicher. Er nickte und sagte: »Ich hoffe es wirklich, ich hoffe es.«

»Inzwischen müssen wir wachsam bleiben«, sagte Kelso. »Als ich aus Madras auslief, hatten wir gerade die Nachricht von einem neuen Krieg mit Frankreich erhalten.«

Drakes Blick wanderte unsicher hinüber zum Fluß, wo die Brigg diesseits der Klippen eben zu sehen war. »Wir sind im Kriege? Dann verstehe ich nicht. Diese Brigg ist doch ein französisches Kriegsschiff?«

»Sie war es«, sagte Kelso. »Jetzt ist sie meine Prise.«

»Sie haben sie gekapert?«

»Ja, heute morgen. Sie wurde von einer Prisenbesatzung hierhergesegelt.«

Drake und die anderen schienen seltsam bestürzt. »Ich bedaure, Kapitän, daß Sie das tun mußten«, sagte Drake.

»Ein feindliches Kriegsschiff kapern?«

»Ja. Sehen Sie, wir kennen die Offiziere an Bord. Kapitän Marin war sehr freundlich zu uns.«

»Wie das?«

»Er hat uns Verpflegung hiergelassen.«

Kelso faßte Drake schärfer ins Auge und bemerkte seine Unsicherheit. Obwohl er noch lächelte, irrte sein Blick hin und her, und er vermied es, Kelso ins Gesicht zu sehen. Schließlich fuhr er fort: »Sehen Sie, Kelso, sie mögen jetzt Feinde sein, aber zu uns waren sie gut. Es scheint mir undankbar, ihnen das Schiff wegzunehmen.« Er fuhr sich mit der Hand übers Gesicht, und erst bei dieser Bewegung ging Kelso ein Licht auf. Er fragte sich, wieso er es nicht schon vorher bemerkt hatte: Drake, Minchin und die drei Ratsmitglieder waren *dick und wohlgenährt*!

»Sie sagen, diese Franzosen ließen Ihnen Verpflegung hier?«

»Ja.«

»Sie meinen, sie *verkauften* Ihnen Verpflegung!«

»Nun ...«

»Sie verkauften Lebensmittel«, fuhr Kelso fort, »und das konnten sich nur Sie und diese anderen hier leisten, die sich rechtzeitig gedrückt hatten.«

»Sie wollen ja nichts mit uns zu tun haben«, rief Drake ärgerlich. »Ist es unser Fehler, daß sie lieber verhungern?«

»Das weiß ich nicht«, antwortete Kelso. »Wenn ich so viel wüßte wie diese Leute, würde ich es vielleicht auch vorziehen zu verhungern.«

»Sehen Sie sich vor, Sir!« schrie Drake in einem Ton, der wie eine Erinnerung an frühere ehrenhaftere Tage klang. »Sie vergessen, daß ich noch immer Gouverneur von Kalkutta bin!«

Kelsos Blick genügte, um den Anflug von Anmaßung zu vertreiben. »Mir fällt gerade etwas ein«, sagte er. »Auf der Brigg waren zwei leere Kabinen. Mir scheint, Sie haben noch einen anderen Handel mit Kapitän Marin vereinbart. Er sollte Sie auf der Rückfahrt heimlich an Bord nehmen und in die französische Siedlung Chandernagore bringen.«

An ihren überraschten Gesichtern merkte er, daß er richtig vermutet hatte, noch bevor sie seine Beschuldigung mit gut gespielter Empörung zurückweisen konnten. Dies war also auch der Grund ihrer Bestürzung über die Eroberung der Brigg: Nicht nur, daß sie die gekauften Schiffsplätze verloren hatten, sie mußten auch noch befürchten, daß ihr schändliches Geheimnis ans Licht kam.

Kelso wandte ihnen den Rücken und ging zu den anderen Flüchtlingen am Dorfeingang. Er war aufs äußerste empört wie immer, wenn er Feigheit und Verrat begegnete. Er war so wütend, daß er kaum das Rufen seines Namens hörte, irgendwo unten am Strand. »Kapitän! Kapitän Kelso, Sir!«

Er hielt die Hand über die Augen und blinzelte in die Richtung des Rufers. Im flimmernden Sonnenlicht entdeckte er Carter, den Bootsmann, der durch den tiefen Sand auf ihn zulief.

»Kapitän Kelso, Sir!«

»Ja? Was ist?«

»Schiffe, Sir – Kriegsschiffe –, sie kommen gerade um die Biegung.«

5

Die Gig wurde bereits ins Wasser geschoben, als Kelso zum Strand hinunterkam. Nach ein paar Minuten hatten sie die kurze Entfernung zur *Paragon* zurückgelegt, und er stieg über das Seefallreep an Bord.

Hier wurde bereits fieberhaft an der Herstellung der Gefechtsbereitschaft gearbeitet. Die Schiffsjungen rannten mit Pulver zu den Geschützbedienungen, die Seeleute standen an Fallen und Brassen, bereit zum Segelsetzen, andere spülten das Deck naß und streuten Sand. Fenton stand auf dem Achterdeck und hatte das Glas auf die Biegung des Flusses gerichtet.

»Was sehen Sie?« fragte Kelso, als er neben ihn an die Reling trat.

»Eine Korvette, Sir, die ein Linienschiff geleitet. Dahinter sind noch andere, sie müssen gleich um die Biegung kommen.«

»Unsere?«

»Bin mir nicht ganz sicher, Sir. Zuerst glaubte ich, die Korvette könnte ein Franzose sein, aber das Linienschiff ... Der Schnitt der Marssegel –«

»Lassen Sie mich sehen.«

Die Korvette zeigte ihre schmalste Silhouette, so daß Kelso lediglich den Bug und die Besegelung des Fockmastes ausmachen konnte. Dahinter, mit dem bloßen Auge kaum zu erkennen, überquerte das Linienschiff den Strom.

»Was halten Sie davon, Sir?«

»Es ist die *Tiger*, wenn ich mich nicht täusche, oder die *Salis-*

bury.«

»Also unser Geschwader, Sir?«

»Ja.«

»Wir waren also doch schneller!«

Kelsos Aufmerksamkeit war so auf die herankommenden Schiffe konzentriert, daß er nicht antwortete; aber er hörte den Stolz und die Bewunderung in Fentons Stimme, und es irritierte ihn, daß selbst sein Erster Offizier ihn offenbar für einen Helden hielt.

Nach ein paar Minuten drehte die führende Korvette, dem Verlauf des Flusses folgend, und war nun einwandfrei als die *Kingfisher* auszumachen. Gleichzeitig kam der Rest von Watsons Flotte ins Blickfeld, majestätisch in Kiellinie ausgerichtet. Es waren allerdings nur acht Schiffe statt der erwarteten zehn, aber wenigstens war die *Kent* dabei, das Flaggschiff. Die roten Röcke der Marineinfanteristen leuchteten wie bunte Insekten über dem Schanzkleid des Vorschiffes. Als er sein Glas aufs Achterdeck richtete, entdeckte er dort Watson und Eyre Coote, sah jedoch von Clive keine Spur. Er schien nicht an Deck zu sein. Kelso ließ das Unterscheidungssignal setzen, und unmittelbar danach kam von der *Kent* das Signal: »Kommandant zur Berichterstattung an Bord!«

Kelso nickte dem Signalfähnrich zu: »›Verstanden‹ zeigen!«

Er ging in seine Kammer, um Schärpe und Degen zu holen, und als er wieder an Deck kam, fand er dort zu seinem Erstaunen Gouverneur Drake und Minchin vor, die auf ihn warteten.

»Wie, zum Teufel, kommen Sie hierher?« rief er aus.

»Sie müssen entschuldigen, Kapitän«, sagte Drake, »aber Sie brachen so Hals über Kopf auf, und als wir die Schiffe der Königlichen Marine sahen –«

»Waren wir so frei, Ihnen zu folgen«, vollendete Minchin den Satz. »Wir haben ein Boot und dachten, daß wir Ihnen die Mühe ersparen können –«

»Ein französisches Boot?« fragte Kelso.

»Nun ja, es wurde uns von Kapitän Marin geliehen.«

»Sie haben hier nichts verloren«, sagte Kelso. »Es ist besser, wenn Sie an Land zurückkehren.«

»Aber Sie erstatten doch Bericht auf dem Flaggschiff.«

»Ja.«

»Meinen Sie nicht, daß Admiral Watson uns sehen will?«

»Das will er bestimmt«, antwortete Kelso grimmig. »Aber zu einem Zeitpunkt, den *er* festlegt.«

Dann kletterte er die Fallreepstreppe hinunter und war gerade im Begriff, in die Gig zu steigen, als ihm ein neuer Gedanke kam. Er blickte noch einmal nach oben und sah die weißen Gesichter von Drake und Minchin über die Reling hinunterstarren.

Drake rief ihm zu: »Kapitän, ich hoffe, daß Ihr Bericht beim Admiral fair ist – fair mir gegenüber.«

»Und mir gegenüber auch«, fügte Minchin hinzu, offensichtlich verärgert darüber, daß Drake nur an sich selbst dachte.

Kelso stieg noch einmal hinauf an Deck. »Ich habe es mir anders überlegt«, sagte er. »Es ist wohl doch am besten, wenn Sie beide gleich mitkommen.«

Mißtrauisch starrten sie ihn an und versuchten, den Grund seines plötzlichen Sinneswandels zu erraten. Doch dann kletterten sie, so rasch sie konnten, hinunter in die Gig.

Als sie im Ebbstrom flußabwärts fuhren, musterte Kelso kritisch die Schiffe, die sich in einer langen Kiellinie um die Biegung herum und dann weiter in die Flußmitte arbeiteten. Die *Kingfisher* sah er und die *Avenger*, gefolgt von den größeren Schiffen, der *Tiger*, der *Salisbury* und der *Kent*. Die *Cumberland* schien zu fehlen und noch ein weiteres Schiff, dessen Namen ihm im Augenblick nicht einfiel. Alle hatten offensichtlich schweres Wetter hinter sich. Die *Avenger* hatte ihre Vormarsstenge verloren, ein anderes Schiff weiter hinten in der Linie trug einen Behelfsmast auf dem Stumpf des Kreuzmastes, und alle wiesen zahlreiche Flicken in den Segeln auf.

Admiral Watson erwartete Kelso auf dem Achterdeck, als er an Bord der *Kent* stieg. Kelso legte grüßend die Hand an den Dreispitz und sah mit einem Blick, daß der Admiral dicker geworden war und sein Gesicht eine ungesunde Blässe aufwies. Auch schien er noch reizbarer zu sein.

»Der Teufel soll Sie holen, Kelso! Wie kommen Sie hierher?«

»Ich bin Ihnen gefolgt, Sir, mit einer Nachricht des Gouverneurs.«

»Eine Nachricht? Sie bedeutet vermutlich Krieg!«

»Ja, Sir.«

Der Admiral nahm die Depesche entgegen, die Kelso ihm reichte, aber er blickte flußaufwärts zu der dort liegenden Brigg. »Ist dies nicht ein französisches Schiff?« fragte er.

»Es war eins«, antwortete Kelso. »Sie wurde heute morgen gekapert.«

Watson schnalzte mit der Zunge. »Weiß Gott, Kelso, Sie vergeuden wirklich keine Zeit.« Bewundernd schüttelte er den Kopf und fuhr dann fort: »Aber ich ahne immer noch nicht, wie Sie hierherkommen.«

»Ich nahm den kürzesten Weg.«

»Sie haben also in diesen verdammten Strömungen Ihr Schiff riskiert, und noch dazu vor einer Leeküste?«

»Mein Befehl lautete, Sie einzuholen, Sir.«

»Ich weiß, aber verdammt noch mal –«

»Es war kein großes Risiko«, sagte Kelso. »Ich kenne diese Gewässer gut.«

Watson seufzte. »Ich muß schon sagen, Kelso, Sie sind ein erstaunlicher Dickkopf. Immer haben Sie behauptet, Sie würden die Unternehmung mitmachen, und – bei Gott – hier sind Sie dabei!«

Kelso antwortete nicht, sondern blickte suchend über das Achterdeck. Eyre Coote war da, sein humorloses Gesicht sah in der enormen Hitze noch melancholischer aus, als Kelso es von Madras her in Erinnerung hatte. An der Querreling warteten Drake und Minchin in offensichtlicher Nervosität, von Clive jedoch war nirgends eine Spur zu entdecken.

»Ich habe Gouverneur Drake und Hauptmann Minchin mitgebracht«, sagte Kelso.

»Ich sehe es.«

»Sie waren beide sehr darauf erpicht, Ihnen ihre Aufwartung zu machen.«

»Dann gehe ich wohl besser zu ihnen.«

Als Watson sich abwandte, sagte Kelso: »Ich sehe Oberst Clive nicht, Sir.«

Der Admiral hielt kurz an und sagte knurrig: »Bißchen Fieber. Nichts Schlimmes. Liegt unten.«

Kelso stieg den Niedergang zum Offiziersdeck hinunter und fand Robert Clive in einer winzigen Leutnantskammer. Watson war offensichtlich entschlossen, ihm keine einzige Demütigung zu ersparen. Bei Kelsos Eintritt richtete Clive sich mühsam auf und grinste verlegen. »Kelso! So bist du also doch gekommen!«

»Was fehlt dir?« fragte Kelso.

»Nichts«, antwortete Clive tapfer, »außer diesem verdammten Fieber.«

»Du brauchst frische Luft«, sagte Kelso und stieß die fest geschlossene Stückpforte auf.

»Ich weiß nicht.« Clive sank auf sein Kissen zurück und legte eine Hand über die Augen, da ihn das hereinflutende Sonnenlicht blendete. »Ich fühle mich so schwach, Kelso.«

Kelso war nicht umsonst zehn Jahre lang Kommandant eines Kriegsschiffes gewesen. Er hatte während dieser Zeit eine ganze Menge über Krankenpflege gelernt. Eine Hand legte er auf Clives Stirn, mit der anderen fühlte er dessen Puls. Clive beobachtete ihn gespannt.

»Was hältst du davon, Kelso?«

»Du wirst überleben, denke ich.« Er merkte sofort, daß sein Freund eine ernste Krankheit überstanden hatte, aber das Fieber klang bereits ab. Es war lediglich die Schwäche, die ihn bedrückte, wozu noch die Unterbringung in dieser winzigen Kammer erheblich beitrug.

Sein günstiges Urteil wurde auch sogleich durch Clive selbst bestärkt, der seine Krankheit plötzlich zu vergessen schien, während er sich mit neu erwachendem Eifer nach der militärischen Lage erkundigte. Als er vom Krieg gegen Frankreich hörte, funkelten seine Augen in alter Frische, und der letzte Krankheitsschimmer war verschwunden. Gezielt und abrupt prasselten seine Fragen auf Kelso ein: Welche französichen Schiffe hatte er getroffen? Ein Schiff gekapert? Wie hieß der Kommandant? Wußte dieser bereits von dem Kriegsausbruch? Waren Truppen des Nabob gesichtet worden?

Auf die letzte Frage antwortete Kelso: »Wir hatten einen Feuerwechsel – das war alles.«

»So, sie wollen also kämpfen.«

»Ja«, sagte Kelso, »*sie* wollen kämpfen.«

»Was meinst du damit?« fragte Clive.

»In diesem Augenblick liest Watson die Depesche aus Madras. Unser Ziel ist nicht Kalkutta, sondern Chandernagore.«

»Chandernagore! Natürlich gehen wir dorthin – wenn wir Fort William eingenommen haben.«

»Wir sollen zuerst dorthin und dann direkt nach Madras zurück.«

Clive setzte sich aufrecht, Bestürzung im Gesicht. »Du meinst, wir sollen Kalkutta aussparen? Wir sollen den Nabob mit seinen Eroberungen ungestraft davonkommen lassen?«

»So lautet unsere Order.«

»Zum Teufel damit! Ich werde nicht gehorchen! All diese Vorbereitungen, die Anstrengungen, doch nur, um diesem verdammten Nabob eine gehörige Lektion zu erteilen. Und jetzt sollen wir alles vergessen! Unsere Position in Bengalen ist dann erledigt! Was sollen die Inder von einer Nation halten, die ein gewaltiges Expeditionskorps auf die Beine stellt, achthundert Meilen gegen den Monsun ankreuzt und dann nicht kämpft?«

»Unsere Position in Bengalen wird aber gestärkt, wenn wir die Franzosen in Chandernagore besiegen«, sagte Kelso mit gespielter Gleichgültigkeit.

»Unsere Position!« schrie Clive. »Wir haben keine Position mehr, wenn wir mit eingekniffenem Schwanz nach Madras zurücksegeln, ohne vorher dem Nabob seine Unverschämtheit heimgezahlt zu haben!« Er war so aufgeregt, daß er sich aus der Koje schwang und nun dastand, ein wenig unsicher, und sich gegen die Bordwand stützte.

»Natürlich mußt du auch Watson davon überzeugen«, sagte Kelso.

Clives Schwung war sofort gedämpft. »Dieser verdammte Narr! Seit dem Auslaufen aus Madras habe ich nur Demütigungen von ihm einstecken müssen. Guck dir doch dieses Loch hier an! Ist das denn eine Unterkunft für den Leiter der Expedition?«

»Er ist ein kranker Mann«, sagte Kelso.

»Auch ich bin krank, aber deswegen beleidige ich nicht jeden, der mir über den Weg läuft. Der Kerl mag Admiral sein, aber ich bin nicht sicher, daß er auch ein guter Seemann ist. Sein Onkel ist Erster Seelord bei der Admiralität, und das erklärt meiner Ansicht nach manches.«

»Er ist ein guter Seemann«, erwiderte Kelso.

»So, ist er das? Warum, zum Teufel, hat er dann so lange gebraucht, um achthundert Meilen zurückzulegen? Wieso hat er zwei Schiffe verloren?«

»Er hat sie verloren?« fragte Kelso entsetzt.

»Ich glaube, ja. Die *Cumberland* mit einem anderen verdammten Admiral an Bord fiel zurück und kam dann außer Sicht, als sie vierkant auf Land zu segelte.«

»Das war Pocock«, sagte Kelso zögernd. »Wenn er zu weit nach Lee gekommen ist ... Welches andere Schiff fehlt noch?«

»Die *Marlborough*. Sie verschwand als erste.«

»Die *Marlborough*, natürlich!« Mit einem Mal war es Kelso klar, daß sie das fehlende Schiff war. Er sah sie genau vor sich, der breite Steven und Rumpf, die weit ausladenden Rahen. »Aber sie hatte die meisten Geschütze an Bord«, überlegte er.

Clive nickte. »Wem sagst du das?«

Es klopfte, und Hauptmann Eyre Coote trat ein. Er schien überrascht, Clive auf zu sehen, nahm sich aber zusammen und begrüßte Kelso mit dem Versuch eines Lächelns. »Kapitän Kelso, ich freue mich, Sie zu sehen! Admiral Watson bat mich, Ihnen zu sagen, daß er eine Besprechung abhalten will. Im Hinblick auf die von Ihnen überbrachten Nachrichten müssen wir neue Entscheidungen treffen.«

»Wir!« rief Clive zornig. »Ich hoffe, Sie haben mich dabei mit eingeschlossen!«

Eyre Coote warf ihm einen kalten, mißbilligenden Blick zu. »Wir wußten nicht, daß Sie soweit hergestellt waren, um diese Angelegenheiten mit uns zu besprechen, Oberst.«

»Hergestellt!« knurrt Clive. »Was hat das damit zu tun? Sie bilden sich doch nicht etwa ein, daß ich hier unten liegenbleibe, während ihr oben darüber entscheidet, was mit meinen Truppen geschehen soll?«

Rasch zog er sich an und ging vor Kelso her in die Messe, wo Admiral Watson mit Eyre Coote und den inzwischen gewaschenen und rasierten Drake und Minchin in eisigem Schweigen wartete. Er blickte gereizt auf, als sie eintraten, und sagte bissig: »Na, Clive, Sie scheinen doch nicht so krank zu sein.«

»Urteilen Sie nicht nach dem Schein«, erwiderte Clive und setzte sich vorsichtig an den Tisch. »Ein Gentleman muß auch sein Unvermögen verbergen können.«

Der Admiral grunzte etwas Unverständliches und wandte sich dann an die anderen beiden: »Drake, Sie und Minchin brauchen nicht zu bleiben.«

Der in Mißkredit stehende Gouverneur und sein Truppenkommandeur standen eilig auf und begaben sich dann zögernd zur Tür.

»Natürlich, wenn Sie noch etwas wissen möchten, Admiral, wenn wir irgend etwas tun können . . .«

»Augenblick!« sagte Kelso. »Wenn Sie gestatten, Sir, wäre es nicht ratsam, daß Mr. Drake und Hauptmann Minchin bleiben?«

»Warum, zum Teufel?«

»Nur sie kennen die genaue Situation in Bengalen, und zweifellos werden sich Fragen ergeben.«

»Sie können draußen warten.«

»Wirklich, Kelso!« rief Clive erregt. »Ich stimme mit dem Admiral überein. Dies ist eine militärische Besprechung.«

Kelso wartete ein wenig, bis sich die Aufregung gelegt hatte, und sagte dann: »Also sollte wenigstens Hauptmann Minchin bleiben.«

»Und ich?« schrie Drake. »Wenn Minchin bleibt, muß ich darauf bestehen . . .«

»Wir brauchen keinen von Ihnen«, erklärte Clive.

Kelso wartete gelassen. Er wußte genau, daß er seinen Willen durchsetzen würde, denn Watson entschied sich bestimmt gegen Clive. Drückendes Schweigen lag über den Anwesenden, während das Sonnenlicht auf den Paneelen spielte, das durch die offenen Pforten drang. Endlich bewegte sich Watson ein wenig und sagte: »Gut, ich glaube, Kelso hat recht. Sie bleiben besser hier.«

»Ich protestiere«, rief Clive, bevor er Kelsos warnenden Blick auffing, dann schwieg er verständnislos und nahm wieder Platz.

»Trotzdem werden die beiden Herren bleiben«, sagte Watson in bestimmtem Ton.

Sie setzten sich alle um den Messetisch herum: Watson, Eyre Coote, Clive und Kelso. Drake und Minchin saßen ein paar Schritte hinter den anderen, halb akzeptiert, halb zurückgewiesen. Schließlich entfaltete der Admiral die Depesche, die Kelso überbracht hatte, und sagte: »Sie wissen alle, daß wir uns mit Frankreich im Kriege befinden. Die Nachricht traf in Madras erst nach unserem Auslaufen ein, und Kelso wurde hinter uns hergeschickt. Zum Glück kam er hier zuerst an und – noch mehr Glück – die Franzosen wußten genausowenig vom Krieg wie wir. So gelang es ihm, die Brigg, die Sie weiter flußaufwärts liegen sehen, anzugreifen und zu kapern.«

»Bravo!« schrie Clive. »Kelso führte den ersten Streich!«

»Die Brigg kann für uns von Nutzen sein«, fuhr Watson fort. Unter einer Prisenbesatzung wird sie Truppen und Geschütze an Bord nehmen.«

»Von diesem Schiff hier, hoffe ich«, rief Clive. »Geben Sie uns Platz zum Atmen.«

»Was wird aus der französischen Besatzung?« fragte Eyre Coote.

»Und ihren Offizieren?« fügte Kelso hinzu und blickte bedeutungsvoll zur anderen Seite des Tisches hinüber. »Mr. Drake hat mir erzählt, daß sie sehr freundlich zu ihm waren. Sie gaben ihm Proviant und versprachen ihm auch eine Passage.« In Drakes Augen sah er die Angst aufsteigen, fuhr aber unbeirrt fort: »Ist es nicht so, Mr. Drake?«

Der Gouverneur räusperte sich und murmelte: »Sie waren

freundlich – ja – und verkauften uns etwas Proviant.«

»Und eine Passage nach Chandernagore?«

»O nein! Nichts dergleichen.«

Nachdem Kelso seine Position abgesteckt hatte, schwieg er beharrlich und beteiligte sich nicht mehr an dem Gespräch. Mit ausdruckslosem Gesicht saß er da, als sei der Fall für ihn erledigt, während sowohl Watson als auch Clive ihn mit neugierigen Blikken musterten und die beiden Beschuldigten ängstlich darauf warteten, daß er seine Anklage beende. Aber er schwieg.

Schließlich war es Watson, der das Schweigen brach: »Freundlich oder nicht, wir sind mit ihnen im Kriege. Ich denke, wir sollten sie unter Bewachung hier in Fulta lassen.«

»Ein ausgezeichneter Vorschlag, Sir«, pflichtete Eyre Coote bei.

Der Admiral fuhr fort: »In seiner Depesche unterrichtet uns Pigot von der Situationsänderung in Madras. Er befürchtet offenbar, daß die Franzosen dort angreifen könnten, denn es ist bekannt, daß eine beachtliche französische Flotte bei der Île de France vor Anker liegt. Pigot will daher, daß wir flußaufwärts segeln, Chandernagore angreifen und dann sofort nach Madras zurückkehren.«

»Ohne Kalkutta zurückzuerobern?« fragte Eyre Coote.

»Ja. Ohne Kalkutta zurückzuerobern.«

Wieder herrschte Schweigen, während Eyre Coote die Angelegenheit sorgfältig überdachte. Clive platzte trotz seines Fiebers förmlich vor Ungeduld und vor Begierde zu protestieren, aber irgend etwas – vielleicht Kelsos betonte Zurückhaltung – hielt ihn zunächst davon ab.

»Das ist natürlich enttäuschend«, sagte Watson, »nach diesen langen Vorbereitungen. Aber von höherer Warte aus gesehen könnte Pigot vielleicht recht haben.«

Noch sprach niemand, und schließlich war Watson gezwungen, sich an den Mann zu wenden, den er nicht ausstehen konnte. »Nun, Clive, was sagen Sie dazu?«

»Sagen!« rief Clive empört. »Lediglich, daß es der schmählichste Verrat ist, den ich je erlebt habe. Was wird aus Kalkutta? Was ist mit den armen Menschen, die im Schwarzen Loch qualvoll umgekommen sind? Sollen sie ungerächt bleiben? Was wird aus unseren Faktoreien? Was geschieht mit dem großen Eroberer, diesem Surajah Dowlah, der uns zum Gespött ganz Indiens macht?«

»Ich verstehe durchaus, daß Sie ungehalten sind, Clive«, entgegnete Watson, »aber die Tatsache bleibt bestehen, daß wir unsere Befehle haben, und die lauten: Die Franzosen schlagen und dann sofort nach Madras zurückkehren.«

»Und Surajah Dowlah?«

»Der muß erst mal warten, sechs Monate, vielleicht ein Jahr. Die Rache ist dann um so süßer.«

»Das können Sie nicht machen!« schrie Clive, kreideweiß im Gesicht. »Wenn wir jetzt abrücken, ohne zu kämpfen, ist auch unser letztes Prestige für immer verloren.«

Der Admiral seufzte und fragte: »Was ist Ihre Meinung, Eyre Coote?«

Der junge Hauptmann blickte ernst vor sich auf den Tisch. »Ich weiß nicht, Sir, aber nach diesen Vorbereitungen und dieser elenden Seereise wünschen wir bestimmt alle den Kampf. Ob wir gegen den Nabob oder gegen die Franzosen kämpfen, ist gleichgültig.«

»Bleibt die Frage, ob wir einen oder alle beide bekämpfen«, warf Kelso ein.

Der Admiral griff seinen Einwand auf. »Also, Kelso, was schlagen Sie vor? Ich nehme an, Sie sind derselben Meinung wie Clive.«

Kelso blickte sich einmal an der Tafel um, sah sie einen nach dem anderen an: Eyre Coote, dem seine lange Nase ein feierliches, beinahe klerikales Aussehen verlieh; Clive, der vor Ungeduld förmlich bebte; Watson, der plötzlich alt und müde wirkte, und weiter hinten Drake und Minchin, die voller Angst seine Worte erwarteten. Schließlich begann er: »Ich bin mit Clive vollkommen einig, Sir, vor allem mit seiner Auffassung, daß unser Prestige nach einem Rückzug restlos vernichtet wäre und sich von diesem Schlag niemals mehr erholen könnte. Wenn wir jetzt segeln, ohne den Nabob entscheidend geschlagen zu haben, sind wir außerdem all unsere Besitzungen in Bengalen für immer los.«

»Ja, ja, ich weiß«, sagte Watson, »aber was ist mit unserem Auftrag?«

»Darin bin ich ganz Ihrer Meinung, Sir. Gouverneur Pigot und seine Ratsmitglieder haben Ihnen befohlen, Chandernagore anzugreifen und dann sofort nach Madras zurückzusegeln. Bei der Autorität, die dieser Rat verkörpert, sehe ich keine Möglichkeit, wie irgend jemand – nicht einmal Sie, Sir – seine Befehle mißachten könnte.«

Der Admiral wurde rot im Gesicht. »Das möchte ich doch bezweifeln. Als Admiral des Geschwaders Seiner Majestät stehe ich wohl ebenso hoch im Rang wie Gouverneur Pigot.«

Kelso schüttelte zweifelnd den Kopf. »Normalerweise vielleicht, Sir, aber in diesem besonderen Fall, wo es um die Verteidigung von Kompaniebesitz geht, bin ich der Auffassung, daß er ranghöher ist als Sie.«

»Ranghöher als ich, der Admiral des gesamten Geschwaders! Daß ich nicht lache!«

»Nur in diesem Sonderfall, Sir. Normalerweise, das gebe ich zu, wären Sie nicht gezwungen, seinen Befehlen zu gehorchen.«

»Gezwungen! Der Teufel soll ihn holen!«

»Andererseits«, fuhr Kelso fort, als hätte er Watsons aufsteigenden Ärger nicht bemerkt, »gibt es hier doch gewisse Fakten, von denen Gouverneur Pigot und sein Rat unmöglich Kenntnis haben können, und die es vielleicht nötig machen würden, ihre Befehle – äh – abzuändern.«

Der Admiral schwieg zunächst, dann jedoch fragte er mürrisch: »Und welche Fakten wären das?«

»Einfach die Tatsache, daß wir Chandernagore nicht angreifen können, wenn ein großes feindliches Heer in unserem Rücken steht.«

»Wieso denn? Der Nabob ist doch vollauf mit Kalkutta beschäftigt, denke ich.«

»Nein«, sagte Kelso. »Mr. Drake ist da anderer Ansicht.«

Er spürte Drakes Überraschung, sah ihn aber so zwingend an, daß dieser nicht wagte zu widersprechen.

»Stimmt das, Mr. Drake?«

»Nun, Sir.«

»Mr. Drake ist der Auffassung, daß die Geschütze des Nabob uns während des ganzen Wegs flußaufwärts unter Beschuss nehmen werden. Er hat einige Erfahrung im Hinblick auf deren Feuerkraft und Treffsicherheit«, sagte Kelso.

»Verdammt, Kelso, wir können mit gleicher Münze heimzahlen! Ich schätze den Kampf mit Küstenbatterien zwar nicht sonderlich, aber zumindest werden einige unserer Schiffe durchkommen.«

»Gewiß, sie werden durchkommen, Sir, aber zu welchem Zweck? Um die französischen Schiffe und die Kanonen in Chandernagore anzugreifen.«

»Auch mit denen werden wir fertig!«

»Auch mit einer ungeheuren indischen Armee an unserer

Flanke, Sir? Mr. Drake und Hauptmann Minchin können beide deren Stärke bestätigen. Nach ihrer Ansicht wird die ungeheure Übermacht der Franzosen und Inder zusammen uns in Chandernagore einfach erdrücken, wenn wir nicht zuerst den Nabob schlagen und Fort William einnehmen.« Dann wandte er sich um und starrte mit einem auffordernden Blick den unglückseligen Minchin an. »Ist es nicht so, Hauptmann Minchin?«

»Wie? Ach so – ja –, das stimmt.«

Der Admiral trommelte unentschlossen auf die Tischplatte. »Das ändert die Sachlage!« stieß er endlich hervor.

»Und mir scheint, Sir, obgleich Gouverneur Pigot Ihnen *befohlen* hat, direkt nach Chandernagore –«

»Das genügt!« Watson schlug mit der Faust auf den Tisch. »Es besteht keinerlei Grund für mich, alles zu tun, was Pigot sagt. Wir segeln stromaufwärts und nehmen Kalkutta. Danach können wir über Chandernagore reden.«

6

Am nächsten Tag segelte das Geschwader den Hugli aufwärts nach Kalkutta. Zwar war Admiral Watson entschlossen, den Angriff so rasch wie möglich zu starten, trotzdem ging es nicht ohne weitere hitzige Debatten ab. Den ganzen Morgen über flatterte auf der *Kent* das Signal: ›Kommandanten zur Besprechung zum Flaggschiff‹, dann erneut: ›Kommandanten und Erste Offiziere zur Besprechung aufs Flaggschiff‹. Offiziere und Besatzungen, die genügend mit ihren eigenen Problemen an Bord beschäftigt waren, nahmen die Signale nur noch fluchend und widerwillig zur Kenntnis und hätten sie am liebsten übersehen.

Aber Admiral Watson ließ sich nicht übersehen. War er schon in Madras als äußerst eigensinniger Mann erschienen, so wurde es hier in Bengalen noch zehnmal schlimmer mit ihm. Gereizt durch Hitze und Krankheit, die ihn immer mehr zu plagen schienen, wurde er ständig unberechenbarer und rechthaberischer. Schließlich bestand die einzige Möglichkeit, etwas von ihm zu erreichen, nur noch darin, daß man das genaue Gegenteil vorschlug. Es war typisch für seine Entscheidungen, daß er in der glühendsten Mittagshitze Anker lichten ließ. Anstatt direkt nach Fort William zu segeln, was vernünftig gewesen wäre, ließ er zunächst das nahegelegene, aber völlig unbedeutende Fort Buj Buj angreifen.

Das war aber keineswegs alles. Von eingeborenen Informanten hatten sie erfahren, daß der Nabob eine beträchtliche Streitmacht unter dem Kommando von Manakchand, dem von ihm ernannten Gouverneur Kalkuttas, ausgesandt hatte, die einen eventuellen britischen Angriff abschlagen sollte. Wenn Clives Truppen dieser Streitmacht unter annähernd gleichen Bedingungen entgegentreten sollten, mußten sie an einer Stelle an Land gesetzt werden, wo sie bei der zu erwartenden Begegnung frisch und ausgeruht genug waren, um kämpfen zu können. Sowohl Clive als auch Eyre Coote waren sich hierin einig. Kelso, der das Land gut kannte, sagte aus, daß es für jedes Heer unmöglich sei, mehr als wenige Meilen durch den weglosen, sumpfigen Dschungel zu marschieren. Diese Übereinstimmung der Meinungen brachte Watson so in Wut, daß er darauf bestand, Clive solle mit seinen Truppen bei Maiapur landen, also mehrere Meilen weiter südlich. Von dort aus sollten sie die ganze Nacht über nach Norden marschieren, sollten Geschütze, Munition und sonstige Ausrüstung durch den Dschungel schleppen – Maultiere standen nicht zur Verfügung – und bei Morgengrauen an der vorherbestimmten Angriffsposition sein. Der Gipfel seines Ansinnens bestand darin, daß er Clive die Aufgabe zuwies, Manakchands Truppen den Rückzug abzuschneiden, Angriff und Eroberung des Forts sollte dagegen von den drei Kompanien des 39. Füsilierregimentes unter Führung von Eyre Coote ausgeführt werden.

Clive akzeptierte diese Entscheidung erstaunlich ruhig, obgleich er innerlich vor Wut kochte. Bei der anschließenden Entlassung der Kommandanten auf ihre Schiffe herrschte eine äußerst gespannte Atmosphäre.

In der glühendsten Mittagshitze setzte sich das Geschwader endlich schwerfällig in Bewegung. Der schwache Wind reichte kaum aus, die Segel ein wenig zu blähen. Den unglücklichen Seeleuten brachte er nicht die geringste Erfrischung. Im Schneckentempo fuhren die Schiffe durch den dampfenden Dschungel auf einem Fluß, der geschmolzenem Silber glich. Die gleißende Helligkeit war überall, und selbst die schweißtriefenden, nackten Oberkörper der Seeleute an den Brassen glitzerten im grellen Sonnenlicht.

So langsam kamen sie vorwärts, daß sie erst am späten Nachmittag Maiapur erreichten, und als die Soldaten und Geschütze endlich ausgeschifft waren, herrschte bereits völlige Dunkelheit.

Clive, der selbst während der schlimmsten Hitze des Tages wie ein Besessener gearbeitet hatte, kam noch auf die *Paragon*, bevor er an Land fuhr. Er schien vollkommen erschöpft zu sein. Drei bis vier Stunden lang war er von Schiff zu Schiff und von Schiff an Land gehetzt, trieb die zögernden Sepoys*) in die Boote, überwachte das Ausladen der schweren Geschütze, beantwortete die vielen Fragen der jüngeren Offiziere und paßte auf, daß die gelandeten Truppen ihre richtigen Positionen einnahmen. Als er jetzt zusammen mit Kelso auf dem Achterdeck stand, lehnte er sich schwer atmend an die Reling.

»Endlich sind wir fertig, Roger.«

Kelso warf einen Blick zum Ufer hinüber, zu den Hunderten von Biwakfeuern, die durch die Dunkelheit blinkten, dann sagte er: »Das wird eine harte Nacht für dich, Bob.«

»Brauchst du mir nicht zu sagen.«

»Zehn Meilen durch dichten Dschungel. Du kannst von Glück sagen, wenn du einen einigermaßen gangbaren Weg findest.«

»Wir werden durchkommen.«

»Es wird schon schwierig genug sein, überhaupt Kontakt zu halten – neunhundert Sepoys bei dieser Dunkelheit –«

»Sie sind das Kämpfen im Dschungel gewohnt.«

Kelso ließ ein skeptisches Grunzen hören. »Und die Geschütze? Wie wollt ihr die transportieren?«

»Das weiß ich noch nicht. Wir haben keine Maultiere. Hoffentlich finden wir ein paar Ochsen.«

»Die haben die Dorfbewohner bestimmt versteckt.«

Clive stieß sich von der Reling ab und streckte seine müden Beine. »Wir werden durchkommen«, wiederholte er eigensinnig. »Wenn nötig, ziehen wir die Geschütze selbst.«

Kelso schüttelte den Kopf. »Ich bewundere deinen Mut, Robert. Du hast mehr auf dich genommen, als ich willens wäre zu wagen. Denkst du wirklich, daß ihr bis zur Morgendämmerung Buj Buj erreicht – und dann noch in der Verfassung seid zu kämpfen?«

»Wir werden durchkommen«, wiederholte Clive noch einmal in plötzlich aufflammendem Zorn, »und wenn es nur wäre, weil dieser dickköpfige Esel Watson sich einbildet, ich würde es nicht schaffen. Was meinst du, warum er mich ausgerechnet hier an Land setzen wollte? Bestimmt nicht, um Manakchands Truppen den Rückweg abzuschneiden, denn wenn sie flüchten, dann

*) indische Soldaten unter britischem Kommando

nördlicher Richtung. Nein, Roger, du verstehst diesen Mann nicht. Er hat mich hier abgesetzt, weil er der Meinung ist, daß ich niemals rechtzeitig durchkommen werde.«

Verständnislos sah Kelso ihn an. »Warum sollte er das tun?«

»Warum? Weil Buj Buj ein leichtes Ziel ist. Die Beschießung durch eure Geschütze dürfte genügen. Sollten sich Anzeichen von Widerstand ergeben, dann wird er Eyre Coote mit seinen regulären Truppen hinschicken. Was auch geschieht, Admiral Watson ist fest entschlossen, daß ich an dem Sieg nicht teilhaben soll.«

»Er ist ein kranker Mann.«

»Er wird noch kränker sein, wenn er morgen früh meine Kompanietruppen vor Buj Buj sieht.«

Kelso beugte sich weit über die Heckreling und blickte seinem Freund nach, als dieser an Land gerudert wurde. Dann wandte er den Blick flußabwärts und sah die schwarzen Silhouetten der Kriegsschiffe, Masten und Rahen wie Treppenstufen in den dunklen Nachthimmel ragend. Außer den normalen Schiffsgeräuschen hörte man von Land her die verschiedensten Kommandorufe. Die Lagerfeuer wurden gelöscht und verblaßten allmählich wie Sterne hinter aufziehenden Wolken. Dafür entzündeten die Soldaten jetzt Fackeln, und bald danach sah man die Marschkolonnen im Dschungel verschwinden.

7

Im Schutz der Nacht und gedeckt durch eine jähe Biegung des Flusses nahmen die Schiffe des Geschwaders ihre vorgesehenen Positionen ein. Lediglich die Korvette *Kingfisher* blieb in Sichtweite des Forts, da sie als Signalschiff fungieren sollte. Es war unwahrscheinlich, daß die Wachtposten ihren niedrigen Rumpf und ihre Takelage gegen den dunklen Hintergrund des Dschungels entdeckten. Watson hoffte sehr, daß die ganze Aktion dem Gegner verborgen bliebe, so daß die ersten Breitseiten mit ihrem schrecklichen Getöse völlig unerwartet durch die Nacht heulen und somit die größtmögliche Wirkung erzielen würden.

Kelso bewunderte unwillkürlich die Fähigkeit des Admirals, sich in die Mentalität der Bengalen zu versetzen. Obgleich er noch niemals in diesem Gebiet gewesen war und auch vorher nicht auf Clives Analyse der Eingeborenenpsyche hatte hören wollen, war sein Plan, des Nabobs Heer durch die Überraschung zu demoralisieren, absolut richtig.

Kelso mußte auch unwillkürlich der Disziplin und dem seemännischen Können der Royal Navy Bewunderung zollen, als die riesigen Kriegsschiffe ohne jeden Zwischenfall auf ihre jeweiligen Positionen manövriert wurden. Ein einziges, schlecht geführtes Schiff, ein nervöser Kommandant konnten bei dem dichten Gedränge auf dem engen Fluß ein wahres Chaos verursachen. Doch sie lagen jetzt alle beigedreht genau auf den ihnen zugewiesenen Plätzen, so exakt wie bei einer Flottenparade.

Die Paragon wirkte klein und unbedeutend neben der *Tiger* und der *Kent*, aber Kelso war so stolz auf sein Schiff und auf dessen Kampfwert, daß er sich den größeren Einheiten keineswegs unterlegen fühlte. Was diese gewaltigen Zweidecker auch erreicht haben mochten– und das Prestige der britischen Marine war nie so hoch wie gerade jetzt –, ihm war doch klar, daß sich ihre Aufgabe niemals auch nur annähernd mit den alltäglichen Erfordernissen der britisch-indischen Marine vergleichen ließ. Einzelaktionen waren auch bei der britischen Marine nicht selten, aber für die Kompanieschiffe waren sie tägliche Routine. Im Verband zu segeln, mit Fregatten als Aufklärer und Vorhut, bedeutete für ihn einen Luxus, den noch nicht viele Kompaniekommandanten erlebt hatten.

Er wandte sich um, als Fenton lautlos neben ihn trat. »Alles klar, Mr. Fenton?«

»Alles klar, Sir.«

»Ist Craig zufrieden mit der Position?«

»Ich glaube, er wäre zufriedener, wenn wir noch eine Kabellänge dichter unter Land lägen, aber er will es mit der größtmöglichen Erhöhung versuchen.«

»Die wird er auch nötig haben«, sagte Kelso, während er mit einem prüfenden Blick die Entfernung bis zur Landzunge schätzte, die sie durch ihren dichten Palmenbestand vor dem Fort verbarg. Über die Baumwipfel hinweg das Fort zu beschießen, bedeutete eine hervorragende Übung für die Artilleristen.

»Die *Kent* ist in noch ungünstigerer Position als wir, Sir. Ich sehe keine Möglichkeit, die Geschütze dort aus dem unteren Batteriedeck zum Tragen zu bringen.«

»Das können sie auch nicht«, sagte Kelso, »es sei denn, sie schießen eine Bresche in die Baumreihe.« Angestrengt blickte er zum Flaggschiff hinüber, konnte aber nicht erkennen, ob die unteren Stückpforten geöffnet waren.

»Vielleicht ist dies des Admirals Absicht, Sir«, bemerkte Fenton.

»Die *Kent* hat zwar genügend Feuerkraft, um eine große Bresche in die Baumreihe zu schießen, aber ich glaube nicht, daß Admiral Watson das tun wird. Wenn die Palmen nicht mehr stehen, liegen wir in voller Sicht des Forts, wie auf einem Präsentierteller. Bei Tageslicht könnten die Bengalen uns mühelos abknallen.«

»Wenn sie bis dahin überhaupt noch in der Lage sind zu feuern.«

Kelso warf einen Blick auf das Gewirr von Masten und Rahen, das sich in den Nachthimmel bohrte. Er war so gewohnt, allein zu kämpfen, daß ihn das Gedränge der vielen Schiffe auf engem Raum bedrückte. Wenn eins von ihnen schwer getroffen wurde oder – sogar noch schlimmer – Feuer fing, war ein hohes Maß an seemännischem Können und an Disziplin nötig, um eine Katastrophe zu vermeiden. Watson schien sich seiner Sache sehr sicher zu sein.

»Schade, daß wir keine Mörserboote hier haben, Sir«, sagte Fenton. »Wissen Sie noch, was sie uns bei Gheriah für gute Dienste geleistet haben?«

»Ja.«

Kelso trat an die Reling, und im selben Augenblick flammte auf der *Kent* ein Licht auf.

»Das erste Signal, Sir!« rief der Fähnrich der Wache mit schriller Stimme.

»Mr. Craig, klar zum Feuern!« befahl Kelso.

Auf der gesamten Steuerbordseite hockten die Bedienungsmannschaften um ihre Geschütze herum, die Lunten schwelten. Craig stand halb auf der Treppe zum Achterdeck, von wo aus er sowohl den Kommandanten als auch seine Geschützführer im Auge behalten konnte.

Wieder hörte man den schrillen Ruf des Fähnrichs – unnötig, denn Kelso sah es selbst: »Das zweite Signal, Sir!«

»Zehn Sekunden, Mr. Craig.«

Halblaut zählte Kelso: »Sechs – fünf – vier – drei – zwo – eins . . . *Feuer!*«

Wenn irgendein Schiff später feuerte, so war das bei dem ohrenbetäubenden Lärm der ersten gewaltigen Breitseite bestimmt nicht zu hören. Die Nacht schien zu bersten unter den Blitzen aus hundert Kanonenrohren. Kelso, der lediglich den Donner seiner eigenen Breitseite gewohnt war, hatte das Gefühl, sein Trommelfell platze bei dem unbeschreiblichen Höllenlärm, der jetzt losbrach. Ihn mit einem Orkan zu vergleichen, wäre eine Untertreibung gewesen. Das Ganze war eine donnernde, mörderische Kakophonie, die jeden bis in die Knochen erstarren ließ. Unschwer konnte man sich die Angst und Verwirrung ausmalen, die jetzt im Fort herrschten.

Soweit er feststellen konnte, hatten die Geschütze die Palmwipfel glatt überschossen, obwohl einige Bäume jetzt seltsam verkrüppelt aussahen. Aus dem Donner der Aufschläge und aus zahlreichen Schreien im Fort ging klar hervor, daß die Schüsse getroffen hatten.

»Auswischen, nachladen!« befahl Kelso ruhig. »Die nächste Salve auf Ihr Kommando, Mr. Craig.«

Watson hatte angeordnet, daß alle Schiffe nach der ersten Breitseite fünf Minuten lang Einzelfeuer geben und dann schiffsweise nacheinander im Abstand von zwei Minuten Breitseiten feuern sollten, um der *Kingfisher* Gelegenheit zu geben, die Lage der Einschläge zu signalisieren.

Während des infernalischen Lärms, der die nächsten fünf Minuten füllte, wanderten Kelsos Gedanken von der unmittelbaren Szene zu den dunklen Wäldern jenseits des Forts. Irgendwo dort draußen im glühend heißen Dschungel kämpfte Clive sich vorwärts, um rechtzeitig den Treffpunkt zu erreichen. Mit den schweren Geschützen und seiner unübersichtlichen Truppe hatte er jetzt wohl gerade den gefährlichsten Punkt erreicht: noch zu weit von seinem Ziel entfernt, um anzuhalten, aber bereits zu tief im Dschungel, um umzukehren. Wenn Manakchands Armee, von Kundschaftern gewarnt, ihm einen Hinterhalt legte, dann gab es ein derartiges Gemetzel, daß selbst Clives militärisches Genie keinen Ausweg mehr finden konnte.

Kelso überlegte weiter – wie es ihm öfter in Träumen, seltener in wachem Zustand in den Sinn kam –, was wohl geschah, wenn sein Freund Clive umkam. Sein Tod wäre nicht ganz so schrecklich, wenn er im ehrlichen Kampf fiele. Kelsos Gedanken wanderten weiter, er sah sich selbst die Nachricht in Madras überbringen, einer völlig verstörten und trostbedürftigen Witwe. Mit der Zeit vielleicht, wenn Leid und Trauer nachließen ...

Ärgerlich schritt er über das Achterdeck, voller Abscheu über seine eigenen Gedanken. Wenn Clive bis zum Hellwerden nicht aufgetaucht sein sollte, würde er einen Suchtrupp in den Dschungel führen. Clive mußte gefunden und gerettet werden. Er war sein Freund.

»Was ist denn da unten am zweiten Geschütz los?« rief er. »Mr. Craig, passen Sie gefälligst auf!«

Die Batterien feuerten jetzt unregelmäßig, da jede Bedienung versuchte, ihre Rivalen zu übertreffen, und jede Schiffsbesatzung bemüht war, die übrigen zu schlagen. Blitze zischten aus heißgeschossenen Rohren und erleuchteten den ganzen Fluß. Nur gelegentlich, wenn zufällig eine kurze Feuerpause eingetreten war, hörte man noch die Einschläge jenseits der Bäume. Bisher hatte es keinerlei Feuererwiderung gegeben – der nächtliche Angriff war offensichtlich völlig überraschend gekommen –, und die Schiffe konnten somit das Fort ungestört beschießen.

Dann – so plötzlich wie es angefangen hatte – hörte das Feuern abrupt auf. Eine volle Minute lang herrschte unglaubliche, wohltuende Stille, lediglich aus dem Fort hörte man schwache Rufe und Schreie. Dann sah man durch die Bäume das Aufflackern von Flammen – ein Gebäude hatte Feuer gefangen –, und bald war der gesamte Himmel über dem Fort hell erleuchtet.

»Auswischen! Nachladen!«

Unten auf dem Batteriedeck eilte Craig von Geschütz zu Geschütz, riß mit an den Taljen, um eine störrische Kanone einzufahren, ließ hier ein Wort des Lobes, dort einen Tadel fallen, mitunter duckte er sich, um die Zieleinstellung zu kontrollieren. Adams, dem die Backbordgeschütze unterstanden, blickte sehnsüchtig zur Steuerbordseite hinüber, durch die Lage des Schiffes zur Untätigkeit verdammt.

»Mr. Craig!« rief Kelso zum Deck hinunter.

»Sir?«

»Mr. Adams kann Ihnen helfen.«

»Aye, aye, Sir.«

Mit gekreuzten Armen lehnte der riesige Lillywhite am Großmast und verfolgte finsteren Blicks den Kampf, in den er und seine Marineinfanteristen nicht eingreifen konnten.

Plötzlich und überraschend eröffnete die *Bridgewater* wieder das Feuer. Die kurze Zeitspanne nach dem Abschuß wurde beendet durch das ferne Donnern des Aufschlags, das Krachen einstürzender Mauern und Schreien Verwundeter. Nach wenigen Sekunden erschien auf der *Kingfisher* das Signallicht: Rot – also zu weit. Die Beobachtung wurde erheblich erleichtert durch das lodernde Feuer im Fort. Selbst von Bord der *Paragon* aus sah man die hell erleuchteten Mauern durch die spärlichen Baumlücken.

Alle warteten nun gespannt auf das Feuer des Flaggschiffs, aber nichts geschah. Die Feuerpause von einer Minute mußte längst vorüber sein, und es sah so aus, als habe Watson seinen Plan geändert. Doch dann durchbrach plötzlich ein Donnern die Stille, das gewaltig anschwoll und wieder abbrach, bis auf ein paar planlose Detonationen. Höhnisches Gelächter war von den anderen Schiffen zu hören, und schließlich klang ironischer Beifall auf, als offenbar wurde, daß der *Kent* gelungen war, was Kelso schon die ganze Zeit befürchtet hatte: Eine breite Bresche klaffte in der Baumreihe, so daß die Schiffe jetzt ohne jede Sichtdeckung dalagen. Unmittelbar danach ging auf der *Kingfisher* ein gelbes Licht hoch: zu kurz.

»Ich möchte nicht in der Haut des Artillerieoffiziers drüben stecken«, bemerkte Fenton.

Kelso antwortete nicht. Er war so sehr auf ein gutes Abschneiden der *Paragon* bedacht, daß er am liebsten von Geschütz zu Geschütz gelaufen wäre, um die Zieleinstellung zu überprüfen. Da er aber wußte, daß er in Craig einen hervorragenden Artillerieoffizier hatte, unterließ er es. Sein Vertrauen würde Craig Auftrieb geben und ihn zu noch besseren Leistungen anspornen. Für ihn gab es bestimmt keine wertvollere Belohnung als das Bewußtsein, daß sein Kommandant sich ganz und gar auf ihn verlassen konnte.

»Klar zum Feuern, Mr. Craig?«

»Klar, Sir.«

»Feuern auf mein Kommando.«

Kelso hob die Hand, während er die letzten Sekunden auszählte: »Sieben – sechs – fünf – vier – drei – zwo – eins – Feuer!«

Die Breitseite der *Paragon* war so exakt, wie die der *Kent* unordentlich gewesen war. Dem Donnerschlag nach hätte es ein einziger Schuß aus einer riesigen Kanone gewesen sein können.

»Gut gemacht, Mr. Craig«, sagte Kelso, und bevor er es ganz ausgesprochen hatte, waren schon die Einschläge im Fort zu hören.

Es war schwierig, die Lage der Aufschläge zwischen den Bäumen hindurch zu erkennen, aber es schien so, als flögen zerborstene Mauerteile mit gewaltigen Staubwolken in die Luft.

»Treffer!« schrie jemand. »Sir! Wir haben getroffen!«

»Ruhe!«

Alle warteten gespannt, während auf der *Kingfisher* die Signallampe klargemacht wurde. Dann ging sie hoch: *grün* – Treffer.

»Gut gemacht!« rief Kelso, aber seine Worte gingen in dem allgemeinen Jubel unter.

Er wartete, bis sich die freudige Erregung etwas gelegt hatte, dann rief er noch einmal zum Deck hinunter: »Gut gemacht, Mr. Craig! Sie haben jetzt genau fünfzehn Minuten Zeit zum Auswischen und Nachladen. Machen Sie es genausogut wie eben und erteilen Sie den Schiffen der Royal Navy eine Lektion.«

Die Leute begrüßten seine Worte mit Beifall, und er selbst hatte das Gefühl, als sei das Leben noch nie so schön, der Erfolg noch nie so süß gewesen.

8

Bei Anbruch des Tages waren überhaupt keine schutzbietenden Bäume am Ufer übriggeblieben, und die Kanonen des Forts schossen in unregelmäßigen Abständen mitten zwischen die dicht beieinander liegenden Schiffe. In den Mauern des Forts waren deutlich zwei Breschen zu erkennen. Die *Paragon* hatte nach ihrer ersten, erfolgreichen Breitseite weitere gute Treffer erzielt, und als allmählich auch die schweren Geschütze der Großkampfschiffe sich eingeschossen hatten und deckend im Ziel lagen, begann ein ruhiges und gleichmäßiges Bombardement, das fast die ganze Nacht über anhielt. Inmitten des zusammengestürzten Mauerwerks sah man eingeborene Soldaten hin und her eilen. Augenblicklich waren sie dabei, ein zweites Feldgeschütz in Position zu bringen.

»Jetzt sollen sie mal zeigen, was sie können«, sagte Kelso.

»Bei dieser geringen Entfernung dürften sie eigentlich überhaupt nicht vorbeischießen«, bemerkte Fenton.

Sie beobachteten, wie die indischen Kanoniere mit Munition und Pulver herbeieilten und der Stückmeister die Zieleinstellung überprüfte. Im nächsten Augenblick sahen sie den Mündungsblitz und die Rauchwolke und unmittelbar danach, keine hundert Yards von der *Paragon* entfernt, den Aufschlag, der eine mächtige Wassersäule hochpeitschte. Jetzt schleppten sie auch in die kleinere Bresche ein Geschütz, und eifrig eilten eingeborene Soldaten herbei, als seien sie begierig darauf, die während der Nacht erlittene Bombardierung mit gleicher Münze heimzuzahlen. Das Schweigen der britischen Geschütze schien sie zu ermutigen.

Kelso fragte sich vergeblich, was Watson wohl plane. Vor gut einer Stunde hatte er Feuereinstellung befohlen, wahrscheinlich, um Munition zu sparen; aber statt einen Landungstrupp hinüberzuschicken, tat er nichts. Noch immer lagen die Schiffe, jetzt völlig ungedeckt, in unmittelbarer Reichweite der indischen Kanonen vor Anker, und es wurde heller und immer heller. Wieder fiel ein Schuß, diesmal von dem zuletzt in Stellung gebrachten Geschütz, aber die Kugel ging über die Masten hinweg und schlug drüben auf dem anderen Ufer ein.

»Der erste Schuß lag möglicherweise rein zufällig so gut, Sir«, bemerkte Fenton.

»Vielleicht – wenn sie überhaupt auf uns gezielt haben.«

»Der Aufschlag lag genau in derselben Peilung, Sir.«

»Ich glaube, er galt nicht uns, sondern der *Kent.*«

Noch während Kelso sprach, klatschte stromaufwärts ein weiterer Aufschlag ins Wasser. Die Fontäne stand diesmal unmittelbar neben dem Flaggschiff.

»Das war verdammt dicht, Sir«, sagte Fenton.

»*Zu* dicht.« Obwohl Kelso äußerlich ruhig erschien, platzte er vor Ungeduld. Wenn der Feind sich erst eingeschossen hatte, war es für ihn das reinste Scheibenschießen auf ein stillstehendes Ziel. Wieder heulte ein Geschoß vorbei, diesmal durch die Takelage des Fockmastes der *Kent.* Der nächste Schuß würde möglicherweise seine geliebte *Paragon* treffen.

»Wir müssen weiter stromabwärts gehen, Sir, außer Reichweite«, sagte Fenton.

»Ja.«

In all den Jahren, die er Kommandant war, hatte Kelso niemals freiwillig den Rückzug angetreten. In Hunderten von Seegefechten – meistens gegen erhebliche Übermacht – hatte es sich erwiesen, daß der Angriff bereits neun Zehntel des Sieges bedeutete. Sich jetzt zurückzuziehen, obwohl sie gerade erst einen so großen moralischen Vorteil errungen hatten, schien ihm heller Wahnsinn. Wäre er allein gekommen, um das Fort zu erobern – und die *Paragon* hatte schon oft ähnlich schwierige Aufträge erhalten –, hätte er sofort nach der Beschießung einen Landungstrupp übergesetzt. Seiner Ansicht nach konnten sie in diesem Augenblick, selbst mit einem kleinen Landungstrupp, das Fort ohne Schwertstreich erobern. Aber sie mußten auf Watsons Befehle warten.

Die beiden Geschütze feuerten jetzt gemeinsam, und eine Batterie innerhalb des Forts hatte sich ihnen angeschlossen. Der Fluß war übersät mit den Wassersäulen der Aufschläge. Weiter stromabwärts schrie auf einer Fregatte ein Verwundeter. Die schrillen

Schmerzensschreie des Mannes dauerten an und übertönten sogar das Kampfgetöse, bis ein einzelner Pistolenschuß sie jäh beendete. Kelso trat unruhig zur Reling und stützte sich darauf. Mehr als einmal hatte er schon den Todeskampf eines Menschen auf diese Weise abkürzen müssen, aber immer hatte ihm diese traurige Pflicht Übelkeit verursacht.

»Was werden wir Ihrer Meinung nach tun, Sir?« fragte Fenton.

»Das hängt vom Admiral ab.«

Insgeheim glaubte Kelso allerdings, nur zu genau zu wissen, was Watson tun würde. Er war überzeugt davon, daß dessen jüngere Offiziere genauso dachten wie er und Fenton. Vielleicht schlugen sie ihm gerade in diesem Augenblick das Ausschiffen eines Landungskorps und einen raschen Angriff vor. Aber Watson war ein kranker und eigensinniger Mann. Was sie auch vorschlagen mochten, er würde das Gegenteil davon tun. Wenn sie Angriff wünschten, würde er Rückzug befehlen.

Ein Geschoß schlug jetzt direkt auf der *Kent* ein, grub eine tiefe Furche in das Achterdeck und riß eins der Heckgeschütze über Bord. Im nächsten Augenblick befahl Watson den Rückzug.

Kelsos Gesicht verriet nichts von seinen Gefühlen, als er in ruhigem Ton sagte: »Mr. Fenton, klar zum Ankerlichten. Mr. Adams, lassen Sie Brassen und Fallen besetzen.«

In der umgekehrten Reihenfolge, in der sie ihre Positionen eingenommen hatten, begannen die Schiffe jetzt ohne jede Hektik den Rückzug stromabwärts. Zuerst die Fregatten, dann folgten die *Salisbury* und die *Tiger*. Wieder mußte Kelso die Disziplin und das seemännische Können der Royal Navy bewundern. Trotz der Enge und der wachsenden Genauigkeit des feindlichen Feuers wurde kein einziger übereilter Befehl gegeben. Langsam und systematisch drehte ein Schiff nach dem anderen ab, segelte in die Strommitte und dann weiter flußabwärts außer Reichweite der indischen Geschütze.

Als die *Paragon* an die Reihe kam, mußte Kelso sich zur Ruhe zwingen. Normalerweise war er der phlegmatischste aller Kommandanten, aber jetzt, da die Blicke der britischen Marine auf ihm ruhten, fühlte er, daß seine Berufsehre auf dem Spiel stand, und nahm sich mit aller Gewalt zusammen.

Aber seine Befürchtungen waren unnötig. Der Anker war auf, Mars- und Untersegel fielen herab und füllten sich genau in dem Augenblick, als der Bug in den Strom drehte. Ihr Klüverbaum schwang auf das riesige Heck der *Kent* zu, aber es blieb noch genügend Abstand, als die *Paragon* daran vorbeischwang und dann in die Flußmitte steuerte.

Sie segelten eine Meile stromabwärts und ankerten an einer Stelle, wo die Ufer sandig und frei von Deckung bietendem Bewuchs waren. Auf dem Weg dorthin waren sie ständig aus dem Schilf und hohen Gras mit Gewehrfeuer belegt worden, und gelegentlich sahen sie Bewaffnete durch das Dickicht huschen. Entweder hatte der Fortkommandant einen Trupp seiner Leute zu ihrer Verfolgung ausgesandt, oder sie hatten bereits Teile von Manakchands Armee vor sich.

Kelso mußte ständig an Clive denken. Die Sonne stieg jetzt über die Bäume, aber auch hier, eine gute Meile südlich des Forts, sah man noch nichts von den britischen Truppen. Fast schien es ihm, als habe Clive recht gehabt mit seiner Behauptung, Watson habe ihm absichtlich diese Aufgabe zugeteilt, da ihm klar war, daß Clive es nicht schaffen konnte, rechtzeitig beim Fort einzutreffen.

»Signal vom Flaggschiff, Sir«, sagte Fenton.

»Ja, ich sehe es!« Der Signalfähnrich brauchte ihm die Bedeutung nicht zuzurufen. Allmählich kannte er dieses Signal nur zu gut: ›Kommandanten zur Besprechung aufs Flaggschiff‹.

Auf dem Hauptdeck der *Kent* waren die drei Kompanien der 39er Füsiliere mit voller Ausrüstung angetreten. Watson stand mit Eyre Coote und den Kommandanten der anderen Schiffe unten in der Admiralsmesse und war anscheinend außerordentlich schlechter Laune.

»Verdammt noch mal, Kelso! Wo, zum Teufel, stecken Sie? Konnten Sie mein Signal nicht erkennen?«

»Doch, ich erkannte es sehr gut, Sir. Ich erinnere mich, daß Sie es schon öfter gesetzt haben.«

Watson starrte ihn mißtrauisch an, und einer der jüngeren Kommandanten kicherte, aber Kelsos ausdrucksloses Gesicht ließ keinerlei Schlüsse zu.

»Da auch Sie nun endlich hier sind«, sagte Watson ungnädig, »können wir ja mit unserer Besprechung anfangen. Als erstes werde ich Eyre Coote mit seinen Truppen an Land schicken.«

»Um das Fort anzugreifen?«

»Natürlich. Da von Clive nichts zu sehen ist, müssen wir uns mit dem begnügen, was wir haben.«

»Wo ist Clive?« fragte einer der Kommandanten scheinheilig und spielte dem Admiral damit das Stichwort zu.

»Gott weiß wo!« sagte Watson. »Zum Glück habe ich ihm nicht unsere regulären Truppen anvertraut.«

»Sollte er nicht bei Hellwerden auf Position sein?« fragte derselbe kriecherische Kommandant. »Es gibt aber noch keinerlei Anzeichen von ihm.«

»Er wird hier sein«, sagte Kelso bestimmt.

Alle blickten ihn an, überrascht von seiner Zuversicht und Kühnheit.

»Was heißt das, er wird hier sein?« fragte Watson. »Was wissen Sie darüber?«

»Nur, was Oberst Clive mir gesagt hat, Sir. Und er sagte, er würde hier sein.«

»Sie denken, das genügt? Ich soll meine Pläne verschieben, nur weil Ihr Freund Clive *gesagt* hat, er würde hier sein?«

»Nicht verschieben, Sir. Bis Sie Ihre Pläne gemacht und die Truppen an Land gesetzt haben, ist es Mittag.«

»Das denken *Sie*!« Watsons gelbliches Gesicht wurde vor Ärger noch blasser, und er musterte Kelso mit bösen Blicken. In dem verängstigten Schweigen, das diesen Worten folgte, hörte man lediglich das schwere Atmen des Admirals. Das Geräusch schien den ganzen Raum zu füllen. »Das werden wir sehen«, sagte er schließlich. »Mr. Jackson, lassen Sie den Kutter aussetzen. Eyre Coote, Sie können mit dem Ausschiffen Ihrer Leute beginnen.«

»Jawohl, Sir.«

Man hörte ein nervöses Hüsteln, und Major Kilpatrick, der sich von den Entbehrungen in Fulta erholt zu haben schien, hob die Hand und sagte: »Bitte, Sir.«

»Ja?«

»Sollte ich nicht besser mit Hauptmann Coote zusammen an Land gehen?«

»Nein, das sollten Sie nicht.«

»Aber meine Position als dienstältester Heeresoffizier, Sir . . .«

»Ich pfeife auf Ihre Position, Major Kilpatrick! Wollen Sie mir Vorschriften machen? Sie sind noch immer ein kranker Mann. Sie bleiben an Bord.«

»Jawohl, Sir.«

Die Kommandanten blickten sich unruhig um. Sie wollten gern auf ihre Schiffe zurückkehren, fürchteten aber, den Zorn des Admirals zu erregen. Schließlich schlug Kapitän Swan, Kommandant der *Tiger*, vor: »Wenn wir nicht mehr gebraucht werden,

Sir –«

»Was?« Watson starrte ihn an, als sähe er ihn zum ersten Mal. »Und was haben Sie zu tun, das so eilig ist?«

»Äh, nichts, Sir – das heißt, ich möchte mich selbst davon überzeugen, ob alles bereit ist bei mir an Bord.«

»Wofür bereit?«

»Nun, für den Angriff, Sir.«

»Und was wollen Sie angreifen?«

Swan war kein junger Mann mehr. Er war im Dienst ergraut und schon seit zehn Jahren oder länger Kommandant. Hätte er über dieselben guten Beziehungen verfügt wie Watson, wäre er jetzt wohl ebenfalls Admiral gewesen. Ein wenig steif antwortete er: »Das Fort, Sir. Ich vermute, wir werden das Fort wieder beschießen.«

»Dann vermuten Sie falsch. Wir bleiben hier – wenigstens zunächst. Aber da Sie so begierig sind zu helfen, Kapitän Swan, so schlage ich vor, daß Sie ein Truppenkontingent, sagen wir hundert Mann, zu Eyre Cootes Unterstützung an Land schicken.«

»Jawohl, Sir.«

»Sie alle, *Gentlemen*: Jeder von Ihnen stellt hundert Mann von seinem Schiff zur Verfügung.«

Finster blickte er in die Runde und wartete auf ihre Einwände. Als niemand sich zum Wort meldete, entließ er sie gereizt und ungnädig.

Während sie dankbar zur Tür eilten, froh, der Besprechung endlich entronnen zu sein, gelang es Kelso, Gleichgültigkeit zur Schau zu stellen. Er wußte genau, daß Watson ihn nicht vergessen hatte. Er blieb am Tisch stehen, über die dort ausgebreitete Karte gebeugt. Endlich mußte er sich aufrichten und heuchelte Erstaunen, als er Watsons auf ihn gerichteten Blick bemerkte.

»Kelso! Was, zum Teufel, wollen Sie noch?«

»Ihre Erlaubnis, von Bord gehen zu dürfen, Sir.«

Der Admiral musterte ihn eingehend. »Ist das alles, was Sie wollen?«

»Ja, ich möchte auf mein Schiff zurückkehren, Sir.«

Aus Watsons Gesicht glaubte Kelso genau abzulesen, was dieser beabsichtigte – nämlich herauszufinden, was Kelso wirklich wollte –, und dann das Gegenteil davon anzuordnen. Also sagte er: »Mit Ihrer Erlaubnis, Sir«, und ging zur Tür.

»Augenblick!«

Zögernd blieb Kelso stehen. »Sir?«

»Sie möchten nicht, daß Ihre Leute sich an diesen Landkämpfen beteiligen?«

»Nein, Sir.« Die Antwort klang überzeugend.

»Und ich dachte, Sie seien so ein Draufgänger! Ich habe geglaubt, daß Sie auf jeden Fall an Land mitkämpfen wollten.«

Kelso hob die Schultern. »Es ist nicht unser Kampf, Sir.«

»Was, zum Teufel, meinen Sie damit – nicht Ihr Kampf?«

»Ich bin Offizier der Kompanie.«

»Und ist dies nicht gerade ein Krieg der Kompanie? Großer Gott, Kelso, wollen Sie damit sagen, daß Sie an der Rückeroberung Kalkuttas nicht interessiert sind? Ist denn nicht die Bestrafung Surajah Dowlahs eine Angelegenheit der Kompanie? Und was ist mit Ihrem Freund Clive, der irgendwo verirrt im Dschungel feststeckt?«

»Kalkutta«, sagte Kelso, »das sehe ich ein. Aber dies ist nicht Kalkutta, und Surajah Dowlah sitzt nicht in Buj Buj. Und was Clive betrifft: Ich habe ja schon gesagt, er wird durchkommen. Es wäre eine Anmaßung von mir, ihn suchen zu wollen.«

Watsons Gesicht rötete sich allmählich vor Ärger. »Eine Anmaßung, sagen Sie? Sie meinen, ich sollte Sie nicht losschicken?«

»Nein, Sir – bei allem Respekt.«

In boshaftem Ton antwortete Watson: »Dann werde ich Sie erst recht schicken, Kelso. Ich erteile Ihnen hiermit den Befehl, sofort mit fünfzig Mann von Ihrem Schiff an Land zu gehen und die Suche nach Ihrem Freund Clive aufzunehmen. Das wird Ihnen zeigen, wieviel ich mich um Ihren Respekt oder Ihre Meinung schere.«

Kelso sagte nichts, vermochte aber, beleidigte Würde zu heucheln.

»Ich sehe, Sie antworten nicht«, sagte der Admiral. »Ist es klar, was ich Ihnen befohlen habe?«

»Jawohl, Sir, völlig klar. Ich soll mit fünfzig meiner Leute an Land gehen und die Suche nach Oberst Clive aufnehmen.«

9

Obwohl die Sonne noch niedrig stand, war die Hitze doch schon so intensiv, daß sie das Vorwärtskommen im Dschungel beschwerlich, ja sogar qualvoll machte. Bevor der Trupp zehn Minuten marschiert war, stolperten die Seeleute, blind vor Schweiß, in

Schlammlöcher oder verwickelten sich im verfilzten Dorngestrüpp. Kelso machte sich klar, wie schwierig eine Verteidigung in diesem Gelände sein würde. Aber unerbittlich trieb er seine Leute landeinwärts, weg vom Fluß, denn trotz Watsons Skepsis war er der Ansicht, daß Clive nicht mehr weit entfernt sein konnte. Wären Clive und seine Marschkolonne unbelastet gewesen, so hätten sie bestimmt während der Dunkelheit die zehn Meilen von Maiapur bis zum Fort zurückgelegt. Da sie jedoch die schweren Kanonen ziehen mußten, hatten sie wohl nur die Hälfte geschafft. Aber Clive war schließlich kein gewöhnlicher Truppenführer. Wie dicht der Dschungel auch sein mochte, er hatte bestimmt das Äußerste aus seinen Leuten herausgeholt und noch ein paar Meilen mehr geschafft. Falls sich nicht irgendein Unglücksfall ereignet hatte, konnten seine Truppen schon in unmittelbarer Nähe sein.

Verbissen arbeitete Kelso sich vorwärts, im vollen Bewußtsein der Gefahr, aber er war entschlossen, um jeden Preis Robert Clive zu finden und notfalls zu befreien. Er erkannte nicht, daß Clives Sicherheit bei ihm zur fixen Idee geworden war, zu einer Besessenheit, die seinem Unterbewußtsein entsprang. Manakchands Streitkräfte mußten seiner Ansicht nach irgendwo in der Gegend sein. Auch wenn die Soldaten, die vom Ufer aus die Schiffe beschossen hatten, nicht zu dieser Armee gehörten, so mußte doch mit beträchtlichen Truppenkontingenten gerechnet werden. Eine kleine Gruppe von fünfzig Seeleuten, unerfahren im Landkampf, war für Tausende eingeborener Soldaten kein ernstzunehmender Gegner.

Nach einer Stunde, in der sie nicht mehr als eine Meile zurückgelegt hatten, erreichten sie ein Stückchen trockenen Bodens. Kelso ließ halten und Posten aufziehen, dann erlaubte er den Leuten, sich auszuruhen. Als sie erschöpft zu Boden sanken, ging er zurück zu Hauptmann Lillywhite, dessen Marinesoldaten Flanken- und Rückendeckung übernommen hatten.

»Noch keinerlei Anzeichen von ihnen, Sir?«

»Nein.«

»Oder von diesen verdammten Eingeborenen?«

»Da vorn ist zwar alles ruhig«, sagte Kelso, »dennoch würde ich meinen letzten Sovereign*) verwetten, daß sie nicht weit sind.«

Lillywhite streckte sich in seiner vollen Länge, um die unbequeme Uniform ein wenig zu lockern. Besorgt fragte er dann: »Sie

*) alte britische Goldmünze (20 Shilling)

werden doch nicht umkehren, Sir?«

»Ich habe nicht die Absicht.«

»Wir müssen weiter, Sir, dann werden wir endlich auf diese braunen Teufel stoßen. Es wäre ein Jammer, so weit herzukommen und dann den Kampf zu verpassen.«

»Wir suchen nach Oberst Clive«, bemerkte Kelso trocken.

»Wie? Ach so, ja. Aber ist es nicht möglich, daß wir beide treffen?«

Kelso nickte. »Vielleicht haben Sie recht.« Einen Augenblick stand er still, mit einer Hand an einen Baum gestützt, und lauschte intensiv in den Dschungel mit seiner Unzahl von Geräuschen. Hunderte von Ochsenfröschen quakten in mißtönendem Chor, Tausende von Insekten summten in der feuchten Luft. Wie in der Schlacht gefällt, so lagen die Seeleute und Marinesoldaten im Schatten der Bäume.

Plötzlich wurde die friedliche Szene jäh gestört. Aus dem dichten Wald unmittellbar vor ihnen kam Gewehrfeuer. Man hörte Schreie und Rufe und weiteres Schießen in unregelmäßigen Abständen. Als Kelso, zusammen mit Lillywhite, an die Spitze des Zuges eilte, sagte er im Laufen: »Es scheint, daß Sie Ihren Kampf doch noch bekommen.«

Beflügelt von der erregenden Aussicht auf das bevorstehende Gefecht, schob sich der Trupp jetzt rascher durch den Dschungel. Vorn hackten Kelso und Lillywhite mit ihren Säbeln einen Pfad frei, während Padstow, für den Kämpfen genauso unentbehrlich war wie Trinken, mit seinem Buschmesser wertvolle Hilfe leistete. So bewegte sich die Kolonne in einer Mischung aus Schritt und Trab auf das immer stärker werdende Gewehrfeuer zu.

Der Kampflärm schwoll noch an, als sie ein ausgetrocknetes Flußbett erreichten, und während sie dieses entlangrannten, sahen sie vor sich, vereinzelten Schatten gleich, die ersten Eingeborenensoldaten. Sie hatten einen offenen Platz – einen ausgetrockneten See, so schien es – umzingelt, und aus der unregelmäßigen Feuererwiderung war zu schließen, daß sie die Briten völlig überrascht hatten. Clives Truppen besaßen Hunderte von Gewehren und auch Feldgeschütze; mit ihrer Bewaffnung waren sie dem großen Heerhaufen, über den Manakchand angeblich verfügen sollte, zumindest ebenbürtig. Aber außer ein paar vereinzelten, undisziplinierten Schüssen kam keine Antwort aus dem trockenen See.

Zunächst hatte Kelso keine Möglichkeit, die Stärke des Gegners zu schätzen. Ein paar hundert Mann sah er, die von einer Stellung zur anderen huschten, aber stets im Schutz der Bäume blieben. Während er sie noch aus einer Entfernung von einigen hundert Yards beobachtete, bemerkte er, daß frische Truppen herangeführt wurden, darunter auch Kavallerie. Noch immer kam nur ein halbherziges Abwehrfeuer aus dem See.

Er konnte sich nicht vorstellen, was Clive zugestoßen sein mochte. Einmal glaubte er, dessen laute Kommandostimme zu hören, die sogar den Kampfeslärm übertönte, aber unter den britischen Truppen schien völlige Verwirrung, ja sogar Panik zu herrschen. Ein entschlossener Angriff der Inder zu diesem Zeitpunkt hätte die Vernichtung der gesamten Streitmacht bedeutet.

Aber der Angriff unterblieb, zumindest im Augenblick. Die Eingeborenen huschten zwar wacker von Deckung zu Deckung im dichten Unterholz, stritten sich sogar von Zeit zu Zeit um die günstigsten Plätze, ein Angriff über das offene Gelände hinweg schien jedoch nicht nach ihrem Geschmack zu sein. Die Pferde der Kavalleristen stiegen unruhig und wieherten aufgeregt bei dem ungewohnten Lärm; sie trugen erheblich zu der Verwirrung bei, die schlimmer und schlimmer wurde, je mehr Truppen herangeführt wurden. Allmählich war klar, daß Manakchand angreifen mußte, und wäre es auch nur, um die entsetzliche Verstopfung unter den Bäumen aufzulösen.

Kelso sah, daß ein Ablenkungsmanöver dringend nötig war.

Er wandte sich an den neben ihm kauernden Lillywhite, dessen Kopf mit dem aggressiven Bart von einem Busch kaum verdeckt wurde. »Fertig, Mr. Lillywhite?«

»Wir greifen an, Sir?«

»Ja, dies ist der günstigste Augenblick.«

Der riesige Offizier grinste, während er seinen Degen zog. »Wir kriegen sie wunderbar von hinten zu fassen, Sir, ohne daß sie wissen, was los ist.« Es machte ihm offensichtlich nicht das Geringste aus, mit fünfzig Seeleuten und Marinesoldaten eine ganze indische Armee anzugreifen.

Kelso richtete sich auf den Knien auf und zog blank. Zu seiner Rechten grinste Padstow erwartungsvoll. Überall hinter und neben ihm warteten geduckt Männer mit ihren Musketen, Säbeln und Entermessern gespannt auf das erlösende Signal. Drüben unter den Bäumen bereiteten sich die Inder anscheinend ebenfalls zum Angriff vor.

Kelso richtete sich zur vollen Größe auf und schwang den Degen hoch über dem Kopf. Dann rief er, so laut er konnte: *»Angriff!«*

Im selben Augenblick sprangen die Männer auf, Dutzende kräftiger Stimmen wiederholten den Ruf, dann brachen sie geräuschvoll durch die Büsche.

Die entsetzten Inder wurden vollkommen überrumpelt. Schon beim ersten Ansturm der britischen Seeleute mit ihren hackenden Säbeln und Entermessern und der Marineinfanteristen mit ihren Musketen fielen eine ganze Anzahl von ihnen. Bei den übrigen breitete sich Panik aus. Die Kavallerie, ohnehin schon in halber Auflösung, wurde völlig überrannt. Einige Reiter stürzten, die anderen, deren Pferde sich vor der drohenden Gefahr instinktiv herumwarfen, prallten auf die hinter ihnen befindlichen, die noch nicht wußten, was vorn los war. Es entstand eine allgemeine, würdelose Rangelei unter den Bäumen und im dichten Unterholz, und eine Zeitlang schienen die eingeborenen Soldaten nur gegeneinander zu kämpfen. Der lärmende Angriff der britischen Seeleute verstärkte die Panik immer mehr. Die unglückseligen Inder, die so zuversichtlich in Massen rund um den See aufmarschiert waren, wurden nicht nur durch das Feuer in Flanke und Rücken überrascht, sondern auch durch das wirbelnde Durcheinander ihrer eigenen Kavallerie. Viele flüchteten, bis ihre Offiziere schreiend und mit gezückten Säbeln dazwischenfuhren. Eine ganze Anzahl der Geflüchteten fiel den hämmernden Hufen der verängstigten Pferde zum Opfer.

Vom See her war noch immer nur vereinzeltes Gewehrfeuer zu hören.

Kelso fragte sich, wie lange die Eingeborenenarmee sich von lächerlichen fünfzig Mann noch terrorisieren lassen würde. Sicher würden sie, sobald der erste Schreck verflogen war und sie die kümmerliche Stärke ihrer Angreifer feststellten, kehrtmachen und diese vernichten. Seine einzige Hoffnung war, daß Clives Streitkräfte sich rechtzeitig fangen und ihnen zu Hilfe kommen konnten.

Im Augenblick gab es jedoch noch keinerlei Anzeichen für ein Versteifen des Widerstandes der Inder. Ohne auch nur den Versuch zu machen, die Stärke der Angreifer festzustellen, schien die gesamte indische Armee nur einen einzigen Gedanken zu haben: Flucht! Die Kavallerie, die sich nicht wieder formiert hatte, raste in voller Panik davon. Unerreichbar für den Rückruf ihres Kommandeurs verschwand sie im Dschungel. Die übrigen Soldaten, die ebenfalls nichts anderes im Sinn hatten als Flucht, wurden einerseits behindert durch die Reiter, andererseits waren sie völlig eingekeilt in ihren Reihen. Kelso, der auf sie zurannte, hatte das Gefühl, daß es nicht mehr lange dauern konnte, bis sie sich zwangsläufig stellen mußten.

Mit gezücktem Degen schlug er wie wild auf die Gegner ein und bahnte sich einen Weg zum See. Er wollte auf alle Fälle zu Clives Truppen durchstoßen, bevor die Inder kehrtmachten und sich gegen ihn wandten. Schon versuchten einige besonders Beherzte, ihre flüchtenden Kameraden aufzuhalten und um sich zu scharen. Sie wurden jedoch nicht gerade ermutigt durch den Anblick des bärtigen, rotberockten Lillywhite, der ihnen wohl wie ein schrecklicher Kriegsgott erscheinen mußte, noch durch Padstows furchterregende Kriegsschreie, die er von Zeit zu Zeit ausstieß.

Aber noch waren die Inder in gewaltiger Überzahl, und allmählich gewannen sie auch wieder ein wenig Kampfmoral zurück. Mehr und mehr von ihnen wandten sich – angetrieben von ihren Offizieren und mutigeren Kameraden – den Angreifern entgegen, und ihre Angst verwandelte sich in Wut, als sie die geringe Gegnerzahl erkannten.

Kelso versuchte noch immer verzweifelt, zum See durchzustoßen, und war auch bereits bis zu dessen Rand vorgedrungen, als er von eingeborenen Truppen völlig eingeschlossen wurde. So dichtgedrängt waren deren Reihen, daß ihnen gar nichts anderes übrig blieb, als stehenzubleiben und zu kämpfen. Kelsos Lage war jetzt äußerst gefährlich, denn bis auf Padstow, der noch verbissen an seiner Seite focht, war er vollkommen vom Rest seiner Leute abgeschnitten.

Verzweifelt stand er nun Rücken an Rücken mit Padstow, der sein Entermesser wirbeln ließ, wobei er noch immer Schreie ausstieß, die das Blut in den Adern gerinnen ließen. Sie waren umzingelt von vierzig oder fünfzig Eingeborenen, alle mit Säbel oder Dolch bewaffnet und anscheinend eifrig darauf bedacht, jemand anderem die Ehre des Gnadenstoßes zukommen zu lassen.

Kelso merkte, daß seine letzte Stunde gekommen war, verspürte jedoch weder Angst noch Bedauern, sondern lediglich die wilde Freude am Kampf.

»Zum See!« rief er Padstow zu. »Wir schlagen uns zum See durch!«

Aber er wußte gleichzeitig, daß es hoffnungslos war, und fühlte auch, daß die Eingeborenen seine Absicht durchschauten. Wütend warf er sich nach vorn, sein Ausfall wurde aber sofort von einem Dutzend wilder Säbelstöße pariert. Er versuchte es noch einmal und spürte, daß er an Boden verlor. Schweiß strömte ihm in die Augen, nur noch verschwommen nahm er rundherum die bösen Gesichter der Gegner wahr.

Dann – wie vom Himmel gesandt – ertönte der Donner eines Kanonenschusses vom See her.

10

In ein paar Minuten war alles vorüber. Als die britischen Geschütze jetzt aufbrüllten, der Dschungel ringsherum vom Hagel der Geschosse zerfetzt wurde, da war es auch mit dem letzten Kampfgeist in Manakchands Armee vorbei. Die eingeborenen Soldaten, die noch vor einem Augenblick entschlossen waren, die überhebliche kleine Schar der Angreifer zu vernichten, hielten an und blickten angstvoll zum See. Wieder donnerten die Geschütze, und beißende Rauchschwaden zogen durch Büsche, Unterholz und durch die dichtgedrängten Reihen der eingeborenen Truppen. Eine riesige Palme war am unteren Ende des Stammes durchschossen worden und stürzte mit gewaltigem Getöse auf die kleineren Bäume. Die englischen Soldaten feuerten jetzt diszipliniert in geschlossenen Salven, und eine große Anzahl Bengalen fiel getroffen zu Boden. Das entsetzliche Schreien eines Schwerverwundeten brachte die noch nicht ganz überwundene Panik erneut zum Ausbruch.

Vergessen waren die britischen Seeleute, vergessen ihre eigenen Offiziere, die ohnehin nun willens schienen, sich ebenfalls abzusetzen. Schließlich raste alles in wilder Flucht von dannen.

Schulter an Schulter mit Padstow beobachtete Kelso das Gedrängel der Tausende brauner Leiber im Dschungel. Zu erschöpft, die Verfolgung aufzunehmen, war er auch nicht mehr imstande, vor den englischen Kugeln Deckung zu suchen, die jetzt wie Hagel durch Bäume und Büsche fegten. Sein Rock war aufgerissen, er hatte eine seiner Epauletten verloren, die rechte Hand und der rechte Unterarm waren von Blut gerötet.

Endlich richtete sich Kelso auf und ging die paar Schritte zum Rand des Sees, die er sich vorhin vergeblich zu erkämpfen versucht hatte. Er trat unter den Bäumen hervor ins Freie, ohne der Kugeln zu achten, die ihm um die Ohren pfiffen. Dann schritt er, den Degen hoch erhoben, auf das trockene Bett des Sees hinaus.

Später war Kelso nicht mehr imstande zu sagen, wie lange er dort im Kugelhagel gestanden und dem Kanonendonner gelauscht hatte. Nur verschwommen nahm er die angetretenen britischen Truppen wahr, die Linien der Sepoys dahinter und in der Mitte die Geschütze mit ihrer Bedienung. Wenn sie auch alle von Manakchands Überfall überrascht worden waren, so hatten sie sich doch unter Clives Führung rasch wieder gefangen und zur Abwehr formiert.

Kelso hörte ein lautes Kommando, das die Linien entlang wiederholt wurde; zögernd stellten die Soldaten das Feuer ein. In der Stille vernahm er hinter sich Lillywhites Stimme, der seine Leute sammelte, und vor sich den vertrauten Ruf: »Roger, mein lieber Roger!«

Stolpernd rannte Clive über den von trockenen Schollen bedeckten Seeboden auf ihn zu, und schon während des Laufens drückte er sein Erstaunen und seine Freude über Kelsos Eintreffen aus, so daß er völlig atemlos ankam. Dann ergriff er Kelso bei den Schultern und schüttelte ihn liebevoll.

»Mein lieber Roger! Wie bist du hierhergekommen? Wie hast du uns gefunden? Wie weit ist es noch bis zum Fort?«

»Zwei Meilen – möglicherweise auch weniger.«

Clive seufzte bedauernd. »Ich habe gesagt, wir würden es schaffen. Nun, viel fehlt nicht mehr.«

»Seid ihr die Nacht über marschiert?«

»Ja, die ganze Nacht. Fünfzehn Stunden mit den schweren Geschützen, von der Stelle aus, wo uns Watson an Land gesetzt hat.«

»Er wird überrascht sein, daß ihr so weit gekommen seid.«

»Hoffentlich. Wenn wir nicht zu Anfang einen Umweg gemacht hätten, wären wir jetzt vorm Fort.«

Kelso warf einen Blick auf Clives Truppen, die noch immer in der glühenden Sonne gefechtsbereit angetreten waren. Ihre Linie reichte fast über den ganzen See, bewegungslos stehend das hintere Glied, das mittlere kniend und das vorderste liegend. Die Bedienungsmannschaften kauerten hinter ihren Geschützen.

Clive bemerkte Kelsos Blick und rief: »Major Hilary, lassen Sie rühren!«

»Jawohl, Sir.«

Clive grinste ein wenig verlegen, als er sich Kelso wieder zuwandte. »Ich glaube nicht, daß wir ein zweites Mal überrumpelt werden.«

»Was war denn los?« fragte Kelso.

»Wir waren völlig erschöpft«, erklärte Clive, »am Ende unserer Kräfte. Darum ließ ich hier haltmachen. Wären wir bis zum Fort gekommen, hätten wir in dieser Verfassung bestimmt nicht kämpfen können.«

»Und Manakchand überraschte euch?«

»Ich habe zwei Patrouillen vorausgeschickt, sie sind noch nicht zurück. Gott weiß, was ihnen passiert ist. Auf jeden Fall müssen sie an Manakchand vorbeigestoßen sein.«

»Und ihr wurdet überrumpelt?«

»Wir haben geschlafen«, antwortete Clive, »geschlafen, und unsere Gewehre standen zusammengestellt sechzig Schritte entfernt. Nicht einmal die Geschütze waren geladen. Es war mein Fehler«, fügte er reumütig hinzu. »Ich kann mir nicht ausdenken, was passiert wäre, wenn du uns nicht zu Hilfe gekommen wärst.«

»Manakchand ist weg«, sagte Kelso. »Er wird sich ins Fort zurückziehen. Wann könnt ihr weitermarschieren?«

»In vier Stunden«, sagte Clive. »Ich kann meinen Leuten nicht zumuten, jetzt gleich weiterzugehen. Manakchand muß warten.«

»Manakchand ja, aber Watson nicht.«

Müde rieb sich Clive die Augen. »Verdammt, den hatte ich ganz vergessen. Er wird jetzt versuchen, das Fort ohne mich zu nehmen.«

»Er hat Eyre Coote mit drei Kompanien des 39. Infanterieregiments und mit hundert Seeleuten von jedem der britischen Schiffe an Land gesetzt.«

»Zum Teufel! Eyre Coote ist also jetzt schon beim Fort?«

»Vielleicht, obgleich ich das nicht glaube. Er ist regulärer Offizier und hält sich genau an die Vorschriften, und die sagen ihm nichts darüber, wie man sich mit drei Kompanien Soldaten und neunhundert Seeleuten durch eine Meile undurchdringlichen Dschungels arbeitet.

»Aber er wird durchkommen.«

»Das schon, aber er wird auch merken, daß seine Leute in diesem Zustand nicht in der Lage sind zu kämpfen.«

Clives Müdigkeit schien wie weggeblasen. Aufgeregt rief er: »Dann haben wir also noch eine Chance?«

»Ja, sogar eine große – wenn ihr in vier Stunden aufbrecht.«

»Vier Stunden! Mein Lieber, wir brechen in zwei Stunden auf!«

Bei dem Gedanken an den bevorstehenden Kampf, nur eine oder zwei Meilen entfernt, und an die andere britische Marschkolonne, die bereits dorthin unterwegs war, fand Clive keine Ruhe. Ungeduldig schritt er im Lager hin und her, trotz der ungeheuren Anstrengungen der vergangenen Nacht. Er überprüfte Waffen, Munition und Ausrüstung, befragte die Offiziere über ihre Leute, über die Anzahl der Gefallenen und der Verwundeten, bis den völlig übermüdeten Offizieren im Stehen und mitten in der Befragung die Augen zufielen. Die Mannschaften lagen längst in tiefem Schlaf. Schließlich wandte Clive sich voller Ungeduld an Kelso.

»Wie lange, glaubst du, wird Eyre Coote brauchen?«

»Zwei Stunden zumindest.«

»Aber du sagtest doch, daß sie nur eine Meile vom Fort entfernt sind?«

»Ja, aber eine Meile dichten Dschungels. Den habe ich heute morgen selbst kennengelernt, mit nur fünfzig Mann und ohne Geschütze. Ich beneide Eyre Coote nicht um seine Aufgabe.«

»Hätte Watson ihn nicht dichter beim Fort absetzen können?«

»Ja, das hätte er, aber er tat es nicht.«

Clive nickte und sagte grimmig: »Der Mann ist verrückt.«

»Er ist krank«, entgegnete Kelso. »Er hätte niemals an dieser Unternehmung teilnehmen dürfen.«

»Warum, zum Teufel, ist er dann mitgekommen? Wären wir nicht viel besser dran ohne ihn? Das Geschwader hätte auch der dienstälteste Kommandant führen können.«

»Möglich. Aber Watson ist Patriot. Er glaubt ernsthaft, ohne ihn würde die Unternehmung fehlschlagen.«

Clive lachte verächtlich. »Der aufgeblasene Narr!«

»Aufgeblasen«, gab Kelso zu, »überheblich, dünkelhaft – aber trotzdem ein Patriot.«

Clive schlug gereizt nach den Schmeißfliegen, die seinen Kopf umschwirrten, dann blickte er Kelso mit gerunzelter Stirn und vor Übermüdung rotgeränderten Augen böse an. »Verdammt noch mal, Roger, du hast doch unter den Launen dieses Mannes genauso gelitten wie ich. Wieso ergreifst du jetzt seine Partei?«

»Ich möchte fair sein«, sagte Kelso.

Selbst hier im Schatten der Bäume war es erstickend heiß. Lilywhite und die übrigen Leute von der *Paragon* lagen unruhig auf dem flachen Boden. Außer den Fliegen schwirrten in der feuchten Luft Millionen von beißenden und stechenden Insekten, und über dem normalen Dschungeldunst von verfaulender Vegetation lag der starke, süßliche Leichengeruch. Außerhalb der Bäume lagen in der grausamen Sonne Clives Leute wie Tote.

»Wie lange haben sie sich jetzt ausgeruht?« fragte Clive. »Meinst du nicht, daß sie allmählich weitermarschieren können?«

»Wenn du sie jetzt aufbrechen läßt, verlierst du die Hälfte, bevor sie das Fort erreichen.«

»Wie lange hatten sie Ruhe?«

»Eine Stunde – sogar noch weniger«, grinste Kelso. »Ich glaube, ich habe noch nie einen Truppenkommandeur erlebt, der so ungeduldig war wie du.«

»Du wärst auch ungeduldig«, erwiderte Clive, »wenn dein Ruf auf dem Spiel stünde.«

»Mag sein, aber ich bin immer noch der Ansicht, daß du rechtzeitig zum Kampf kommst.«

»Das sagst du so«, entgegnete Clive gereizt, »aber ich sehe es nicht ein. Eyre Cootes Truppen sind frisch und haben nur eine einzige Meile vor sich.«

Aber eine Meile im Dschungel«, sagte Kelso. »Ich habe ihn selbst gesehen, als wir vorbeikamen: dichter, verfilzter Baumbestand vorn am Strand, dann ein Dutzend Wasserarme, einige davon hundert Yards breit, dazwischen Sümpfe. Ich könnte mir vorstellen, daß Eyre Cootes Meile sich als zehnmal so lang erweisen wird.«

»Du magst recht haben«, gab Clive zu, »aber ist unsere eigene Lage denn so viel besser?«

»Das ist sie wohl. Hast du einmal darüber nachgedacht, warum Manakchand gerade hier gewartet hat, um euch aufzulauern?«

»Das war lediglich unser Pech.«

»Nein, es war mehr als das. Du sagtest, daß ihr gestern abend von eurem Weg abgekommen seid?«

»Ja, zu Anfang. Später fanden wir dann ein Dorf, und die Einwohner zeigten uns diesen Pfad.«

»Und der Pfad führte hier zu diesem See?«

»Ja, zuletzt. Trotzdem war es schwierig genug, mehr als tausend Mann, von den Geschützen und der sonstigen Ausrüstung ganz zu schweigen, bei Nacht über diesen schmalen Dschungelpfad zu führen.«

»Und als ihr hier völlig erschöpft ankamt, erwartete euch Manakchand?«

»Das vermute ich, obgleich er ja nicht wissen konnte, daß wir kamen.«

»Mir scheint aber, daß er es doch wußte.«

»Aber wie? Hatte er Spione im Dschungel? Können diese elenden Dorfbewohner vorausgelaufen sein, um ihn zu warnen?«

»Durchaus möglich. Aber wenn sie das taten, müssen sie gewußt haben, wo sie ihn finden würden.«

Clive rieb sich Gesicht und Augen und blinzelte dann mit müdem Blick. »Paß auf, Roger. Ich merke, daß du mir etwas beweisen willst, aber ich bin zu müde, um Rätsel zu raten. Wenn du etwas zu sagen hast, so sag es bitte.«

Kelso blieb völlig gelassen. »Gut«, antwortete er. »Wenn du dich hinsetzt, werde ich es dir erklären.«

»Kannst du es mir denn nicht im Stehen sagen?«

»Es wäre aber besser, wenn du dich ausruhst.«

Clive versuchte noch weiter über diesen Punkt zu argumentieren, aber als Kelso ihn am Arm ergriff, sank er endlich, wenn auch zögernd und widerstrebend, in eine sitzende Stellung. Sein Rükken fand einen Baum als Lehne, und bevor er es selbst merkte, fielen ihm die Augen zu. »Was wolltest du mir ... denn sagen?« fragte er mit schwerer Zunge.

»Nur«, antwortete Kelso, »daß Manakchand genau wußte, wann ihr hier durchkommen würdet, weil es keinen anderen Pfad in nord-südlicher Richtung durch den Dschungel gibt.«

»Unsinn!« murmelte Clive schläfrig.

»Genau hier entlang muß ein Pfad führen – parallel zum Flußufer, aber eine Meile landeinwärts.«

»Warum, in Teufels Namen?«

»Um die Überschwemmungen der Regenzeit zu vermeiden. Wenn der Fluß über seine Ufer steigt, bedeckt er den halben Dschungel.«

»Vielleicht, aber ich sehe nicht ein –«

»Wenn dies der einzige Pfad ist, dann muß er auch irgendwohin führen. Er beginnt bei Maiapur. Was glaubst du, wo er endet?«

Clives Kopf war vornübergesunken, aber er murmelte noch im Halbschlaf: »Gib mir keine Rätsel auf.«

»Nun, er endet beim Fort Buj Buj«, erklärte Kelso, obwohl er merkte, daß er nur noch mit sich selbst sprach. »Wir werden denselben Weg einschlagen, den Manakchand mit seiner Armee benutzt hat, und ich wette, daß wir in einer Stunde beim Fort sind.«

11

Sie waren noch etwa eine halbe Meile vom Fort entfernt und befanden sich auf einem breiten, gut ausgetretenen Pfad, als sie vor sich Kanonendonner hörten. Zuerst glaubten sie, Eyre Coote habe sie doch noch geschlagen, aber als sie im grünen Halbdunkel unter den Bäumen stillstanden und lauschten, erkannten sie deutlich die Salven der Schiffsgeschütze und die Antwort der Kanonen des Forts.

»Sie greifen an«, sagte Clive mit düsterer Miene. »Eyre Cootes Leute greifen das Fort an.«

»Und Watsons Kanonen feuern über ihre Köpfe hinweg?« entgegnete Kelso. »Wenn sie das tun, sind sie verdammte Narren.«

»Warum läßt Watson dann feuern?«

Kelso hob die Schultern und ließ sie wieder fallen. »Vielleicht gerade deswegen, weil Eyre Coote *noch nicht* angekommen ist.«

Clive wandte sich ruhelos um und musterte ungeduldig die endlose Marschkolonne seiner Leute, dazwischen die Geschütze mit ihren Bedienungsmannschaften, die den Dschungelpfad bedeckten, soweit das Auge reichte. Die Männer waren von dem langen Nachtmarsch noch immer völlig übermüdet. Doch nur ganz wenige waren beiseite gegangen, um ein wenig in dem kühlen Gras auszuruhen, wurden aber sofort von den zornigen Sergeanten wieder hochgetrieben. Die Truppen würden Buj Buj in tadelloser Marschordnung erreichen.

»Schon so nah«, murrty Clive. »Aber wir könnten genauso gut hundert Meilen entfernt sein. Das Fort wird genommen, bevor wir dort eintreffen.«

»Möchtest du darauf eine Wette eingehen?« fragte Kelso und zog eine Guinee*) aus der Tasche.

»Scher dich zum Teufel mit deinen Wetten, Roger!« rief Clive wütend. »Ich kann mich nicht erinnern, jemals auch nur eine einzige gegen dich gewonnen zu haben.«

»Auch diese würdest du nicht gewinnen, Bob«, sagte Kelso, »denn wenn mich nicht alles täuscht, kommen dort gerade die ersten von Eyre Cootes Truppen auf die Lichtung.«

Es stimmte. Weiter vorn, kaum erkennbar vor dem dunkelgrünen Hintergrund der Bäume, erschienen nach und nach kleine Gruppen ziemlich zerlumpt aussehender Soldaten. Es handelte

*) Goldmünze, 21 Shilling

sich unverkennbar um Briten, und man merkte ihnen an, daß sie sehr müde waren. Sie kämpften sich mühsam aus dem verfilzten Unterholz und hielten dann mit ungläubigem Staunen an, als sie sich zum ersten Mal an diesem Tag auf ebenem und festem Untergrund fanden, frei von all den bisherigen Hindernissen. Die meisten waren so erschöpft, daß sie sich nur mit hängenden Schultern auf ihre Musketen stützten, während andere wieder in den Dschungel zurückgingen, um ihren Kameraden die gute Nachricht mitzuteilen. Mehrere Minuten waren schon verstrichen, bis einer die ruhenden Truppen zu ihrer Linken bemerkte.

Einen Augenblick schien völlige Verwirrung zu herrschen. Die Soldaten suchten instinktiv nach Deckung oder liefen zu ihren Offizieren, die nun ebenfalls ins Freie traten, um die unbekannten Streitkräfte in Augenschein zu nehmen.

»Um Gottes willen!« rief Clive. »Die halten uns für Bengalis!«

»Du hast sie überrascht, Bob«, lachte Kelso. »Sie haben dich frühestens morgen erwartet.«

»Davon bin ich überzeugt«, erwiderte Clive. »Das wird diesem Narren Watson zeigen, daß Kompaniesoldaten marschieren können. Bevor dieser Tag zu Ende geht, werden wir ihm beweisen, daß sie auch kämpfen können.«

»Wenn Eyre Cootes Bataillon einwilligt.«

Ärgerlich blickte Clive ihn von der Seite an. »Was meinst du damit – einwilligt?«

»Nach den wenigen zu urteilen, sind sie kaum in der Lage zu kämpfen. Sie haben sich seit dem frühen Morgen durch den Dschungel gequält. Wir wissen nicht, wieviele überhaupt durchgekommen sind, und ob sie es geschafft haben, die Geschütze mitzubringen.«

»Verdammt, Kelso, war Eyre Cootes Aufgabe denn schwieriger als meine? Haben sie nicht die ganze Nacht über Ruhe gehabt, während wir uns bereits durch den Dschungel arbeiteten?«

»Das stimmt.«

»Und wenn ich im Stande bin zu kämpfen, müßte Eyre Coote es doch erst recht sein.«

Kelso lächelte. »Eyre Coote ist ein Offizier des Königs, gewohnt, sich nach bestimmten Regeln zu richten. Eine dieser Regeln – davon bin ich überzeugt – lautet: Niemals angreifen, wenn die Truppen erschöpft sind.«

»Glaubst du an diese Regeln?«

»Nein, aber ich bin, genau wie du, kein Offizier des Königs.«

»Angreifen!« schrie Clive und schlug in voller Überzeugung mit der Faust in die offene Hand, »das ist die einzige Art, Schlachten zu gewinnen. Keine Schlacht wurde jemals durch Vorsicht gewonnen.«

»Mir brauchst du das nicht zu sagen«, bemerkte Kelso lächelnd. »Eyre Coote ist es, den du überzeugen mußt.«

Noch während er sprach, tauchte die unverkennbare Gestalt des Infanteriekommandeurs auf dem Pfad vor ihnen auf, erkennbar auch an seinem watschelnden Gang. Er war allein, und als er näherkam, sahen sie seine lange Nase, die wie auf Halbmast aus seinem melancholischen Gesicht hing. Er salutierte vorschriftsmäßig, machte aber keinen Versuch zu lächeln.

»Oberst Clive«, sagte er. »Sie sind also doch schon hier!«

»Ja.«

»Sie sind erstaunlich rasch durchgekommen.«

»Ich habe gesagt, ich würde rechtzeitig zur Stelle sein.«

Traurigen Blickes musterte Eyre Coote die wohlgeordneten Linien der Kompanietruppen und der Sepoys sowie die Feldgeschütze, die deutlich zwischen den Soldaten zu erkennen waren. »Und Ihre Streitkräfte sind alle heil durchgekommen, Sir?«

»Ja, klar zum Angriff.«

»Ja – aber ich fürchte . . .« Unglücklich blickte er sich um. »Wir hatten es sehr schwer, durchzukommen.«

»Aber Sie sind hier. Dieser Pfad führt direkt zum Fort, in einer halben Stunde werden wir dort sein. Wenn Watsons Kanonen endlich schweigen, können wir das Fort bis zum Abend genommen haben.«

»Ich fürchte, das geht nicht.«

»Zum Teufel, was meinen Sie? Wir haben schon Manakchands Heer in die Flucht geschlagen, wenigstens –« Clive besaß den Anstand, ein wenig zu erröten – »mit Kelsos Hilfe, heißt das. Nach einem moralischen Sieg wie diesem und nach der Bombardierung durch Watsons Kanonen wird es ein Spaziergang werden.«

Eyre Coote blickte pfadaufwärts, wo seine Leute noch immer vereinzelt aus dem Dschungel stolperten. Hundert waren es jetzt wohl, vielleicht auch ein paar mehr, aber noch immer konnte nicht die Rede sein von drei Kompanien und acht- bis neunhundert Seeleuten. Bedrückt äußerte Eyre Coote: »Leider hatten wir einige Schwierigkeiten.«

»Schwierigkeiten?«

»Unsere Geschütze stecken fest. Da war ein Morast – zu groß, um ihn zu umgehen –, und kein Weg führte hinüber. Der Boden war fest genug, die Männer zu tragen, aber die Geschütze sanken bis über die Achsen ein.«

»Also haben Sie die Kanonen zurückgelassen?«

»Ja, mit hundert Mann. Die sollen sie herüberziehen, Zoll um Zoll. Das kann den ganzen Tag dauern.«

»O Gott! Und wo ist der Rest Ihrer Leute?«

»Da war kein Pfad, wie ich schon sagte – nirgends gab es einen Weg. So habe ich die Leute in drei Gruppen aufgeteilt.«

»Und Ihre ist die erste?«

»Das nehme ich an.«

»Die anderen sind vielleicht schon durch«, sagte Kelso tröstend. »Wir werden sie dann weiter oben treffen.«

»Aber meine Geschütze?«

»Die müssen Sie zurücklassen und später irgendwann holen«, entgegnete Clive.

»Das kann ich nicht!«

»Gut, dann bleiben Sie hier und überlassen das Kämpfen uns«, sagte Clive. »Ich will Buj Buj heute abend einnehmen!«

»Nein!« Linkisch trat der junge Hauptmann auf Clive zu und breitete die Arme aus, als wolle er ihn aufhalten.

»Ich muß Ihnen sagen, Oberst ... Es ist mir ein wenig peinlich ... Sie verstehen, ich hatte nichts damit zu tun.« Unglücklich hielt er inne, fuhr dann aber fort: »Die Wahrheit ist, Admiral Watson machte seine Pläne und bestand darauf, daß *ich* das Fort einnehme.«

Zornesröte stieg Clive ins Gesicht. »Zum Teufel mit ihm! Sie allein?«

»Nicht unbedingt, obwohl er es sicherlich so geplant hat. Sehen Sie, er dachte – wir alle dachten –, daß Sie niemals rechtzeitig eintreffen könnten.«

»Nun, wir haben Sie also enttäuscht.«

»Ja – wenigstens –, bitte mißverstehen Sie mich nicht, Oberst. Von meiner Seite liegt nichts Persönliches darin. Ich bin Offizier im Dienst und befolge meine Order.«

»Und die lautet, Buj Buj um jeden Preis *vor* mir einzunehmen?«

»Nun, nicht ganz, aber zumindest, den Angriff auf Buj Buj anzuführen.«

»Himmel!« rief Clive. »Vergessen Sie denn ganz, daß *ich* die Landstreitkräfte befehlige?«

»Ich gehorche nur meinen Befehlen.«

Kelso unterbrach Clives gereizte Bemerkungen und die kalten, ziemlich widerwilligen Entgegnungen Cootes mit der ruhigen Frage: »Wie lange wird es dauern, bis Sie das Fort erreichen können, Hauptmann?«

Eyre Coote räusperte sich und blickte den Pfad entlang, wo seine Leute weiterhin vereinzelt aus dem Dschungel kamen. Zweihundert mochten es jetzt sein, die völlig erschöpft im Gras der Lichtung lagen, während von den Geschützen noch immer nichts zu sehen war. »Heute abend kann ich dort sein«, sagte Eyre Coote, und um Clives drohenden Einwand gleich im Keim zu ersticken, fügte er rasch hinzu: »Mit meiner gesamten Streitmacht, das verspreche ich, und ich hoffe, auch mit den Geschützen.«

»Können wir uns darauf verlassen?« fragte Kelso.

Eyre Coote blickte ihn eisig an: »Es ist nicht meine Art, Sir, Versprechungen zu machen, die ich nicht halten kann.«

»Was soll das alles?« fragte Clive gereizt. »Angenommen, Eyre Coote vollbringt wirklich diese erstaunliche Leistung, soll ich dann etwa bis zum Abend warten? Das habe ich keineswegs vor.«

»Ich weiß nicht«, warf Kelso ein. »Es würde immerhin bedeuten, daß deine Leute noch ausruhen könnten. Sie sind jetzt kaum in der Verfassung, ein stark befestigtes und gut verteidigtes Fort anzugreifen.«

»Gut verteidigt! Haben es nicht unsere Geschütze die halbe Nacht behämmert? Hast du nicht selbst gesagt, daß bereits Breschen im Wall sind? Wenn wir jetzt sofort weitergehen und Manakchand überraschen, bevor er sich von seinem Schrecken erholen kann, dann bedarf es nur eines einzigen entschlossenen Angriffs, und das Fort gehört uns.«

Kelso hob zweifelnd die Schultern. »Du magst recht haben, aber wenn du ein paar Stunden wartest, gehst du desto sicherer. Deine Leute wären frisch, und Eyre Coote – nun – du würdest ihm ein unangenehmes Gespräch mit dem Admiral ersparen.«

Kelso wußte nur zu gut, daß Clive selten einem Appell an seine Großmut widerstehen konnte. So hob Clive denn auch jetzt sofort eine Hand als Zeichen des Einverständnisses, obwohl ihm völlig klar war, daß es Eyre Coote im umgekehrten Fall vollkommen gleichgültig gewesen wäre, ob er Clive Unannehmlichkeiten bereitete oder nicht. »Gut«, sagte er, »wir gehen jetzt weiter und halten kurz vor Buj Buj. Dort bleiben wir, bis Eyre Coote zu uns stößt. Am Abend greifen wir dann gemeinsam an.« Er wandte sich ab, wirbelte aber noch einmal herum und stieß gereizt hervor: »Und sagen Sie Ihren Truppen gefälligst, sie sollen sich bewegen. Dies ist eine militärische Unternehmung, kein Sonntagsspaziergang im Park.«

Eyre Cootes linkische Gestalt schien sich zu straffen. Ärgerlich konterte er: »Meine Männer werden sich wie Soldaten benehmen, Sir, das versichere ich Ihnen. Und meine Kommandeure wie gut ausgebildete Offiziere.« Höhnisch fügte er hinzu: »Ich habe gesagt, daß wir bis zum Abend beim Fort sein würden, aber ich kann Ihnen versichern, kein geschulter Offizier des Königs würde Truppen zum Angriff führen, die total erschöpft sind.«

»Tun Sie mir einen Gefallen!« rief Clive wütend. »Hören Sie endlich auf mit dem Gerede! Was soll diese Zeitvergeudung? Wir marschieren jetzt weiter, ohne diese gut ausgebildeten Soldaten und die geschulten Offiziere des Königs, und nehmen das Fort allein.«

Dann schritt er an die Spitze seiner Kolonne, rief seine Unterführer, und nach ein paar Minuten marschierten die Kompanietruppen, die zweifellos gemerkt hatten, was sich hier abspielte, voller Stolz den Pfad entlang nach Buj Buj. Hinter ihnen her schallte Eyre Cootes klagende Stimme: »Das läuft nicht so, wie der Admiral es geplant hat. Der Admiral wird sehr ungehalten sein!«

12

Als sie sich dem Fort näherten, feuerten die Geschütze noch immer, aber mit Unterbrechungen, so daß jede neue Breitseite wie ein Schock die große Stille des Dschungels jäh zerriß. Der Pfad wurde breiter und breiter und war gut ausgetreten. Bald zeigten sich auch die ersten Anzeichen von Zivilisation. Eingeborenenhütten tauchten auf, neben ihnen kleine Felder, auf denen Reis und Mais reifte. Die Hütten wurden zahlreicher, während zugleich der Baumbestand abnahm. Bald danach hörte der Dschungel ganz auf, und sie näherten sich den Außenbezirken einer Siedlung.

Keinerlei Einwohner ließen sich sehen, als sie die einzige Straße entlangmarschierten. Hühner rannten gackernd davon, ein paar magere Mischlingsköter kläfften sie aus sicherer Entfernung an, die Menschen jedoch blieben unsichtbar.

Clive ließ halten und Posten aufstellen, dann ging er zusammen mit Kelso zum anderen Ende des Ortes.

»Die Kanonen haben aufgehört zu schießen«, bemerkte Clive, während sie zwischen den verlassenen Hütten gingen. »Vielleicht weiß Watson, daß wir kommen.«

»Vielleicht.«

Clive betrachtete ihn neugierig. »Das klingt nicht sehr hoffnungsvoll.«

»Hoffnung können wir haben, wenn wir wissen, was Watson vorhat.«

»Was sollte er anderes vorhaben?«

»Er kann verhindern, daß Buj Buj von Kompanietruppen erobert wird.«

»Aber wie? Wie sollte er das verhindern?«

Kelso hob die Schultern. »Ich wüßte ein Dutzend Möglichkeiten.«

Schweigend ging Clive ein paar Schritte weiter, dann brach er in ein beruhigendes Lachen aus. »Ich kann mir nicht vorstellen, daß selbst Watson so etwas tun würde. Der Erfolg der Expedition ist doch für ihn genauso wichtig wie für uns. Das Fort muß erobert werden.«

»Durch seinen eigenen Mann Eyre Coote.«

»Verdammt, Eyre Coote ist aber nicht hier.«

»Das ist es ja, was mich beunruhigt.«

Außerhalb des Dorfes lagen weitere bebaute Felder, und ein Streifen sumpfigen Geländes erstreckte sich hinunter zum Fluß. Der Boden, jetzt ausgetrocknet, war mit mannshohem Gras und Unkraut bedeckt. Darüber, jenseits des Vorlandes, hingen wie Willkommensflaggen die Marssegel des britischen Geschwaders.

»Wir sind hier!« rief Clive bewegt. »Endlich sind wir hier!« Wie um seine Bewegung zu verbergen, fuhr er mit der Hand über die Augen. »Ich hätte kaum gedacht, daß ich mich jemals über Watsons Anwesenheit freuen würde.« Mit unerfahrenem Blick betrachtete er die Masten und Rahen der Schiffe und sagte: »Die *Paragon* sehe ich nicht.«

»Doch, dort ist sie«, erwiderte Kelso. »Genau in der richtigen Position.«

»Und da ist das Fort!« schrie Clive und deutete nach links.

Hinter den Feldern stand eine Reihe von Bäumen, und darüber zeichneten sich die mit Zinnen versehenen Mauern des Forts klar gegen den blauen Himmel ab.

Beide starrten einige Minuten lang schweigend die Mauern an und die beiden tiefen Breschen, an deren Ausbesserung Hunderte von Eingeborenen trotz der glühenden Hitze fieberhaft arbeiteten. Einen niedrigen Wall aus Trümmergestein hatten sie in der kleineren Bresche bereits aufgeschichtet, während die größere noch offen und einladend vor ihnen lag. Eine Geschützbatterie war dort aufgefahren, dahinter lagerte eine dichtgedrängte Menge eingeborener Soldaten.

»Wir sind gerade noch rechtzeitig gekommen«, bemerkte Clive schließlich. »In ein paar Stunden hätten sie sicherlich den größten Teil des Schadens repariert.«

»Es wird zehn Jahre dauern, bis sie diese gewaltigen Mauern wieder aufgebaut haben«, sagte Kelso. »Aber sie könnten natürlich provisorische Hindernisse errichten, das gebe ich zu.«

»Wir greifen sofort an.«

»In der größten Hitze und ohne vorher auszuruhen?«

»Wir greifen jetzt an.« Wenn Clive einmal einen Plan gefaßt hatte, dann gab es für ihn keinerlei Zweifel mehr. In diplomatischen Fragen konnte er schwankend oder auch zornig werden, aber bei der Lösung militärischer Probleme blieb er ruhig und selbstsicher. »Ich rufe meine Offiziere zusammen.«

Kelso wandte sich ab und blickte nach rechts zum Fluß hinüber. Die Schiffe lagen aufgereiht auf ihren Positionen, zweifellos eben außerhalb der Reichweite der indischen Batterien. Ihre Mastspitzen vermittelten den Eindruck von Köpfen, die über das hohe Gras hinwegspähten, und da sicherlich in jedem Topp ein Ausguckposten saß, war Clives scharlachrotes Jackett bestimmt schon ausgemacht und gemeldet worden. Kelso war gespannt darauf, was Watson unternehmen würde.

Die Kompanieoffiziere kamen erschöpft die Straße herunter, nur Hauptmann Lillywhite, für den das Gefecht am Morgen lediglich eine stimulierende Wirkung gehabt hatte, war voller Kampfgeist. Die anderen schleppten sich mühsam durch den Staub und machten den Eindruck, als könnten sie kaum das Ende des Dorfes erreichen, geschweige denn zum Angriff antreten. Aber für Clive bestand nicht der geringste Zweifel daran, und Kelso sah wieder einmal, wie Clives bloße Gegenwart seine Offiziere und Soldaten belebte und ihnen grenzenlose Ausdauer einflößte. Als sie sich dem Uferstreifen näherten, auf dem er stand, beschleunigte sich ihr Schritt, ihr Rücken straffte sich, und sie warteten beinahe gierig auf seine Befehle. In einigen knappen Sätzen erklärte Clive seinen Plan: Ein Zug englischer Soldaten, verstärkt durch Lillywhites Marineinfanteristen, sollte die Hauptbresche angreifen; ein weiterer Zug, zusammen mit Kelsos Seeleuten, hatte einen Ablenkungsangriff auf die zweite Bresche auszuführen; eine Kompanie Sepoys sollte Deckungsfeuer geben und das Gros bereitstehen für den Hauptangriff.

»Alles verstanden, Gentlemen?«

Sie bejahten eifrig und schienen es kaum abwarten zu können, mit dem Angriff zu beginnen.

»Gut. Bringen Sie Ihre Leute in Stellung.«

Innerhalb kürzester Zeit waren die Truppen aufmarschiert und angriffsbereit. Am Ende der Baumreihe warteten Clive und Lillywhite mit dem Gros, auf der anderen Seite standen Kelso und Major Hilary mit fünfzig der besten britischen Soldaten. Dahinter, durch Büsche gedeckt, verbargen sich hundertfünfzig Sepoys.

Kelso blickte hinüber zum Fort und traute seinen Augen nicht. Es schien unglaublich, aber die indischen Verteidiger hatten offensichtlich noch immer keine Ahnung von der Nähe des starken gegnerischen Truppenkontingentes. Sie arbeiteten weiter ohne rechte Begeisterung zwischen Schutt und Staub. Ihre Posten waren deutlich auszumachen, sie lehnten sich im spärlichen Schatten gegen die Mauer, und ihre Aufmerksamkeit, sofern man davon überhaupt sprechen konnte, schien nur auf den Fluß gerichtet zu sein. Wieder einmal sah es so aus, als solle Clives guter Stern auch über diesem Kampf stehen. Ein plötzlicher Angriff zum jetzigen Zeitpunkt mußte für den Feind völlig überraschend kommen.

Kelso zog seinen Degen und wartete sprungbereit. Er wollte als erster aus der Deckung der Bäume hervorstürmen, einmal, um ein gutes Beispiel zu geben, zum anderen, um die Männer bei ihrem Angriff über den offenen Raum hinweg im Auge zu behalten. Mit etwas Glück mußten sie fast bis zum Fort kommen, ohne daß der Gegner einen einzigen Schuß abfeuern konnte. Dann aber würden sie auf die Verteidiger treffen, die dort zweifellos warteten, und für diesen Kampf mußten sie ihre Kräfte schonen. Wenn sie vom raschen Lauf zu atemlos und erschöpft waren, konnten sie nicht mehr kämpfen. Kelso schob einen Finger zwischen Hals und Kragen und wischte sich mit dem Taschentuch die schweißnasse Stirn. Ein Jammer, dachte er, daß es so heiß ist.

Während er über den ausgedörrten Erdboden blickte, kam ihm der Garten der Residenz in Madras in den Sinn und der Blick über den trockenen, staubigen Paradeplatz. Er sah Margaret Clive vor sich, so kühl, so begehrenswert, so unerreichbar. Von ihr schweiften seine Gedanken zu ihrem Mann und zu der Rolle, die er in dem bevorstehenden Kampf zu spielen gedachte. Zwar handelte es sich nur um einen einfachen Angriff, aber jeder Waffengang bedeutete schließlich ein Risiko, besonders für den Kommandeur der angreifenden Streitkräfte. Wenn Robert Clive fiel...

»Eine Pest, dieses Warten!« sagte Hilary neben ihm und auch Padstows Bemerkung war in der allgemeinen Stille deutlich zu hören: »Wenn es nicht bald losgeht, krepieren wir vorher an Sonnenstich.«

Alle spürten die Spannung. Männer, die vorher noch wie Statuen stillgestanden hatten, wurden langsam unruhig und begannen miteinander zu flüstern.

»Ruhe!«

Seitlich der Truppe tauchte ein turbanbedeckter Kopf auf und verschwand sofort wieder hinter einem Busch.

Die Verteidiger im Fort schienen zu spüren, daß sie doch nicht so sicher waren, wie sie geglaubt hatten. Ein Mann – ein Offizier? – trat ins Freie, und sofort sah man, daß die Posten sich zusammenrissen und strammstanden. Die Inder in der Bresche hörten auf zu arbeiten und starrten zum Fluß hinunter.

Kelso spürte, daß irgend etwas nicht stimmte, daß sie das Überraschungsmoment eingebüßt hatten. »Padstow!« flüsterte er. »Trauen Sie sich zu, auf diesen Baum zu klettern?«

»Wie ein Affe, Sir.«

»Dann steigen Sie hinauf – aber vorsichtig –, und sehen Sie, was dort beim Fluß los ist.«

Ein Dutzend hilfreicher Hände hoben den protestierenden Padstow am Baumstamm in die Höhe, dann stieg er allein zu den oberen Ästen hinauf.

»Was sehen Sie?«

»Weiß noch nicht recht, Sir. Das sieht aus wie Boote, ein Landungstrupp von den Schiffen.«

Das war es also! Watson hatte sie gesehen und beschlossen, selbst einzugreifen. Ein, zwei Boote mit ein paar Dutzend Soldaten würden genügen, die Armee des Nabob zu alarmieren und einen Überraschungsangriff unmöglich zu machen.

»Verdammt, was machen sie?« rief Major Hilary aus. »Wissen die denn nicht, daß sie unsere Chancen verderben?«

Kelso antwortete nicht. Wie er Clive kannte, würde der trotzdem den Befehl zum Angriff geben. Ein paar hundert Männer mehr würden vermutlich fallen, aber das militärische Ziel würde er auf alle Fälle erreichen.

Aber er hatte nicht mit Watsons Verbissenheit gerechnet. Der Landungstrupp war nur der erste Teil seines Planes. Der zweite kam unmittelbar danach, als die Kompanietruppen gerade begannen, in das offene Gelände vorzurücken.

Mit einem ungeheuren Donnerschlag nahm das Geschwader wieder seine Beschießung auf. Breitseite folgte auf Breitseite, und die Mauer, die Breschen und der Raum unmittelbar davor waren bald narbenübersät von den Einschlägen, die Freund wie Feind gleichermaßen den Zutritt verwehrten.

13

Kelso lag im struppigen Gras auf dem Rücken, in einem Zustand zwischen Wachen und Schlafen. Die Hände hinter dem Kopf verschränkt, sah er über sich den klaren, sternübersäten Himmel, die Bäume und dahinter die jetzt verschwommenen Umrisse des Forts.

Er vermochte nicht zu sagen, wie lange er so gelegen hatte, beunruhigt sowohl über Watsons Torheit als auch wegen des bevorstehenden Angriffs in der Dämmerung. Als die Abgesandten des Admirals mit dem klaren Befehl zu ihnen gestoßen waren, die Erstürmung des Forts zu verschieben, wurde diese Maßnahme damit begründet, daß der Aufschub notwendig sei, um schwere Verluste zu vermeiden. Wenn erst Eyre Coote und seine gut ausgebildeten Truppen einträfen, würde ihnen allen ein harter Kampf erspart. Es schien durchaus möglich, daß Watson selbst daran glaubte, aber in Wirklichkeit wurde ihre Aufgabe durch die Einbuße des Überraschungsmoments erheblich erschwert, denn die Inder würden sich nun konsequent auf die Abwehr vorbereiten.

Kelso wurde mit einem Ruck hellwach, als er in der Ferne Rufe hörte. Er richtete sich auf und lauschte. Bald stellte er fest, daß der Lärm aus dem Dorf kam. Betrunkene! Johlende Soldaten! Englische Wortfetzen waren zu verstehen, dazu Gesang und Gelächter. Irgend jemand mußte einen Schnapsvorrat in den Eingeborenenhütten entdeckt haben. Heute nacht waren sie betrunken und glücklich, beim Morgengrauen jedoch mußten sie angreifen. Wenn sie am Leben blieben, würden sie schlimme Stunden, an einen Baum gebunden, verbringen, während ein kräftiger Sergant ihnen die Haut vom Rücken peitschte. Kelso war nicht gerade zartbesaitet, aber er fühlte eine gewisse Dankbarkeit dafür, daß diese grausame Bestrafung bei der Bombaymarine nicht gerade häufig war.

Er döste wieder ein und dachte dabei an Eyre Coote, der kurz vor Sonnenuntergang mit seiner Truppe und sogar mit den Geschützen bei ihnen eingetroffen war, genau wie er versprochen hatte. Er war staubig und erschöpft, hatte aber nicht eher geruht, bis seine Leute versorgt und verpflegt waren und er sich korrekt bei Clive und durch Boten auch bei Watson zur Stelle gemeldet hatte. Kelso konnte nicht umhin, den jungen Mann zu mögen, trotz seiner Humorlosigkeit; er war froh, daß Eyre Coote beim Angriff nicht fehlen würde.

Ein neues Geräusch, diesmal viel näher, ließ Kelso aufspringen. Er glaubte, eine Bewegung hinter sich in den Büschen gehört zu haben. Clives Truppen waren dort und in den Feldern daneben. Sobald Clive den Angriff abgeblasen hatte, waren sie wie tot zu Boden gesunken. Kelsos Problem bestand darin, wie er sie eine Stunde vor Anbruch der Dämmerung wach kriegen sollte und bereit zum Angriff.

Im Augenblick beunruhigte ihn jedoch eine andere, unmittelbare Gefahr. Er glaubte, eine Bewegung in den Büschen gehört zu haben, und war so schnell auf den Beinen gewesen, daß er noch einen Schatten sah, der sich lautlos in Richtung des Dorfes entfernte. Kelso war das Kämpfen an Land nicht gewohnt, und er konnte niemals die Gleichgültigkeit verstehen, mit der die Soldaten die Gefahren der Nacht hinnahmen. Am Ende eines langen Tagesmarsches warfen sie sich bedenkenlos aufs Feld oder unter eine Hecke, ohne an gegnerische Marodeure zu denken. Selbst Clive schien ihm nicht frei hiervon, wie sich erst letzte Nacht gezeigt hatte, als er seinen Truppen gestattete zu schlafen, ohne vorher Posten aufzustellen.

Kelso zog den Degen und schritt leise zu den Büschen. Er konnte nicht so rasch gehen, wie er wollte, da er seine Aufmerksamkeit auf die Schläfer am Boden richten mußte. Aus demselben Grund konnte er auch nicht in die Richtung blicken, in der der Schatten verschwunden war. Als er endlich zu den Büschen kam, die am Rande eines Entwässerungsgrabens standen, fand er dort den Boden bedeckt mit schlafenden Männern. Unentschlossen blieb er stehen und starrte in die Dunkelheit.

Ein schwaches Geräusch neben ihm ließ ihn mit gezücktem Degen herumfahren, und erst als der Mann näherkam, erkannte er ihn als einen seiner eigenen Seeleute.

»Sind Sie das, Sir – Kapitän Kelso?«

»Ja.«

»Stimmt etwas nicht, Sir?«

»Ich glaubte, hier jemanden gehört zu haben.«

»Ich habe nichts gehört, Sir – das heißt, wenn nicht –«

»Wenn nicht was?«

»Padstow war ja hier, Sir.«

»Padstow?«

»Ja, Sir, vor ein paar Minuten.«

»Ging er zum Dorf hinüber?«

»Ja, Sir, zum Dorf. Ich dachte, es wäre auf Ihren Befehl, Sir.«

Wütend stieß Kelso den Degen in die Scheide, dann sagte er: »Nein. Er ging ohne meine Erlaubnis.«

Einen Augenblick stand Kelso unschlüssig und überlegte, ob er einen der Männer wecken und hinter Padstow herschicken sollte, verwarf dann aber diesen Gedanken. Die Leute brauchten dringend ihren Schlaf, um sich nach den Anstrengungen des Tages zu erholen und um für den bevorstehenden Angriff frisch zu sein. Warum sollte er einen von ihnen jetzt stören, nur weil der Steward des Kommandanten eine Schwäche für die Flasche hatte? Denn er zweifelte keinen Augenblick daran, daß dies der Grund von Padstows Verschwinden war. Unwiderstehlich angezogen vom Lärm des Saufgelages, hatte er sich in der Dunkelheit davongeschlichen. In einer Stunde etwa würde er zurückkehren, sternhagelvoll, schwankend und wie ein Wilder um sich schlagend. Kelso war fest entschlossen, diesmal ein Exempel zu statuieren.

»Wann werden Sie abgelöst?« fragte er den Posten.

»Ich weiß nicht, Sir. Ich glaube, in einer Stunde.«

»Gut. Wenn Padstow zurückkommt, sagen Sie ihm, er soll sich sofort bei mir melden. Sie wissen, wo ich schlafe. Wenn er Schwierigkeiten macht, rufen Sie mich.«

»Aye, aye, Sir.«

»Wenn er bis zu Ihrer Ablösung noch nicht zurück ist, geben Sie den Befehl an Ihren Nachfolger weiter.« Ärgerlich ging er an seinen Schlafplatz beim Baumstamm zurück. Major Hilary, der neben ihm schlief, bewegte sich knurrend, wachte aber nicht auf.

Kelso legte sich wieder hin und lauschte auf die Geräusche drüben im Dorf. Sie waren jetzt lauter, vermutlich war Padstows Anwesenheit bereits zu spüren. Das Gelächter, die Hurrarufe und das Geschrei wirkten makaber in der sonst stillen Nacht. Die Soldaten des Nabob lauschten sicherlich ebenfalls und fragten sich wohl verwundert, was das für Menschen sein mußten, die in der Nacht vor der Schlacht ein fröhliches Saufgelage veranstalteten. Es war durchaus möglich, daß dadurch ihre ohnehin recht schwache Kampfmoral einen weiteren Stoß erhielt. Bei dieser tröstlichen Aussicht legte sich Kelsos Ärger etwas, aber dennoch war er entschlossen, wachzubleiben und auf Padstows Rückkehr zu warten. Einen Augenblick nur schloß er die Augen – und war sofort eingeschlafen.

Etwa eine Stunde später erwachte er, weil ihn jemand am Arm schüttelte. Blitzschnell kam er hoch, und als er ein blutbeflecktes Gesicht über sich sah, nahm er an, es handle sich um einen feindlichen Angriff. Er stieß den neben ihm Knienden zur Seite und sprang auf. Erst als er völlig wach wurde, merkte er, daß alles ruhig und friedlich war, und daß der Mann, der ihn in gekränktem Ton anredete, englisch sprach.

»Verzeihung, Sir, aber ich hatte Befehl, Sie zu rufen.«

»Natürlich. Tut mir leid. Im ersten Augenblick glaubte ich, Sie seien ein Inder.« Er half dem Mann auf und fragte: »Was ist mit Ihrem Gesicht passiert?«

»Es war – ich hatte einen Unfall, Sir.«

Kelso fröstelte in der kühlen Nachtluft. Er verschränkte die Arme über der Brust und warf einen Blick über die stillen Felder. Es war so ruhig, daß er das schwere Atmen der dreißig Yards entfernten Männer hörte, die dort hinter der Hecke schliefen. Ein Hund im Dorf bellte halbherzig und schwieg dann wieder. Aber das Geräusch genügte, um ihm alles wieder ins Gedächtnis zu rufen.

Das Dorf! Vom Gelage war nichts mehr zu hören.

»Sind Sie der Posten, mit dem ich vorhin gesprochen habe?« fragte er.

»Nein, Sir. Ich bin die Ablösung.«

»Hat man Ihnen meinen Befehl weitergegeben?«

»Ja, Sir.«

»Und haben Sie ihn gesehen – Padstow, meine ich?«

Der Posten betastete seine blutende Nase und erwiderte zögernd: »O ja, ich habe ihn gesehen, Sir.«

»Er ist also zurück. Haben Sie mich deswegen geweckt?«

»Ja, Sir. Tut mir leid, wenn das falsch war, aber so wurde mir der Befehl übergeben.«

»Das war vollkommen richtig, ich wollte geweckt werden. Wo ist Padstow jetzt?«

Nach einem kurzen Zögern antwortete der Mann: »Er muß irgendwo hier in der Nähe sein, Sir – glaube ich. Vielleicht macht er einen Spaziergang, um einen klaren Kopf zu bekommen.«

»Er war also betrunken?«

»O nein, Sir, so würde ich es nicht bezeichnen. Ein bißchen angeheitert vielleicht.«

»War er allein?«

»Nein, Sir. Ein anderer Seemann war bei ihm, ein gewisser Strahan von einem der britischen Schiffe.«

Kelso wartete ein wenig, damit sich sein Zorn etwas legen konnte. Padstow hatte die Peitsche verdient. Sich zu einem solchen Zeitpunkt von der Truppe zu entfernen, sich zu betrinken – denn er zweifelte keinen Augenblick daran, daß Padstow sternhagelvoll war, trotz der Verneinung dieser Frage durch den Posten – und eine Störung des ganzen Lagers zu riskieren, das waren Vergehen, die nur durch Auspeitschen geahndet werden konnten. Und noch immer wußte er nicht, wo Padstow sich jetzt herumtrieb. »Dieser ›Unfall‹ mit Ihrem Gesicht«, fragte er, »hat Padstow den verursacht?«

Der Posten trat unbehaglich von einem Fuß auf den anderen. »Nun, Sir, in gewisser Weise ja – er und dieser Strahan. Aber es war dunkel, Sir, und sie konnten wohl nicht recht sehen, was sie da machten.«

»Danach sind sie zusammen weggegangen?«

»Ja, Sir. Tut mir leid. Ich habe versucht, sie davon abzuhalten.«

»Sind sie ins Dorf zurückgegangen?«

»Nein, Sir, sie gingen nach vorn, dort hinüber.«

Scharf fragte Kelso: »Zum Fort?«

»Ja, Sir. Sie sagten, als ich sie aufhalten wollte –«

»Ja?«

»Sie haben Spaß gemacht, glaube ich, Sir. Sie sprachen davon, daß sie das Fort erobern wollten.«

Kelso stand wohl eine halbe Minute lang schweigend da, während sein Gehirn fieberhaft arbeitete. Betrunken oder nüchtern, er kannte Padstow nur zu gut. Wenn er gesagt hatte, er wolle das Fort erobern, dann würde er das auch unter allen Umständen versuchen. Mit genügend Alkohol im Bauch würde er fröhlichen Herzens eine derartige Situation herbeiführen. Wenn gar noch ein Kamerad dabei war, gab es für ihn nur völlige Siegesgewißheit.

»Wie lange sind sie schon unterwegs?« fragte er.

»Fünf Minuten, Sir – vielleicht auch weniger.«

»All right. Jetzt hören Sie einmal gut zu.« Er ergriff den Posten beim Arm. »Ich gehe hinter den beiden her, und zwar allein, weil ich sie aufhalten muß, bevor sie das Fort erreichen. Ist das klar?«

»Sir, Sie denken doch nicht wirklich –«

»Wecken Sie Major Hilary, er lag dort drüben neben mir. Melden Sie ihm, was vorgefallen ist, und sagen Sie, ich ließe darum bitten, daß er so viele Leute um sich sammelt, wie er in der Eile alarmieren kann, und mir zum Fort folgt.«

Ohne eine Antwort abzuwarten, rannte Kelso zu der Baumreihe und weiter über das kahle, steinige Gelände dahinter. Der Mond war inzwischen aufgegangen, so daß er die nähergelegenen Felsbrocken und Büsche gut erkennen konnte, auch die Mauern und Zinnen des Forts hoben sich deutlich vom Nachthimmel ab. Von den beiden wagemutigen Seeleuten jedoch fehlte jede Spur.

Nach ein paar Minuten blieb Kelso stehen und lauschte. Wenn sie in der Nähe waren, mußte er sie eigentlich hören. Ihr Schweigen nach dem nächtlichen Gegröle war ein untrüglicher Beweis für den Ernst ihrer Absicht. Sie waren entschlossen, das Fort zu erobern, und glaubten offenbar fest an ihren Erfolg.

Angestrengt horchte und blickte Kelso in die Nacht hinaus. Ein losgetretener Stein, ein unterdrückter Fluch: irgend etwas, dessen war er sicher, würde ihre Anwesenheit verraten. Aber nichts war zu sehen oder zu hören. Die Stille war so vollkommen, daß er das Gleiten einer Schlange auf dem rauhen Untergrund zu seinen Füßen hörte. Schließlich setzte er seinen Weg in der eingeschlagenen Richtung fort.

Er ging jetzt langsamer und versuchte, jedes Geräusch zu vermeiden. Die ungeheuren Mauern lagen unmittelbar vor ihm, er mußte bereits in Hörweite der Posten sein. Aber kein Anruf erfolgte. Die erste Bresche lag genau voraus.

Er sah die aufgestapelten Felsblöcke und das Mauerwerk, die breite, zackige Lücke darüber und dahinter die Wände eines Gebäudes im Inneren des Forts, wohl das Zeughaus. Ein Eingang war nicht zu entdecken, obgleich er glaubte, ein Murmeln aus dieser Richtung zu hören. Einen Augenblick lang stand er unschlüssig still. Er überlegte, ob er nicht lieber umkehren und die beiden unter den Bäumen suchen sollte. Es war durchaus möglich, daß sie dort irgendwo lagen und ihren Rausch ausschliefen.

Schon war er im Begriff zurückzuschleichen, als ein fallender

Stein seine Aufmerksamkeit erregte, der die Behelfsmauer herunterrutschte, unten gegen die Felsbrocken prallte und dann vor seinen Füßen landete. Das Geräusch war nicht sehr laut, wurde aber durch die Stille und die herrschende Spannung vervielfacht, so daß es jeden aufmerksamen Posten warnen mußte.

Er lauschte angespannt in der Erwartung, einen Schuß oder den scharfen Anruf eines Postens zu hören. Aber nichts geschah, und bald vernahm er ein leises Kratzen oder Schaben, das von oben aus der Mauer kam.

Er schlich näher, jedes Geräusch auf dem losen Geröll vermeidend. Irgend jemand kletterte dort aufwärts. Eine Wolke verdeckte vorübergehend den Mond, aber er hatte vorher noch den flüchtigen Eindruck, als sähe er zwei Männer über sich im Gestein. Erst als der Mond wieder voll hervortrat, stellte er mit Sicherheit fest, daß dort oben die Seeleute Padstow und Strahan in der Wand hingen.

Sie kletterten in dem flüchtig aufgehäuften Wall von Steinen und Mauerwerk aufwärts, mit dem die Inder am Tage die Bresche zu schließen versucht hatten. Padstow war vorn. Nach Piratenart hielt er sein Entermesser zwischen den Zähnen und hatte schon fast den obersten Rand erreicht, gut dreißig Fuß über dem Erdboden. Strahan hatte etwa die Hälfte der Strecke zurückgelegt. Trotz ihrer Trunkenheit waren sie erstaunlich leise.

Zornig starrte Kelso zu ihnen hinauf. Sie waren zu nahe am Feind, um sie zu rufen, und zu weit entfernt, um sie zu fassen. Aber er mußte es versuchen. Also stieß er den Degen in die Scheide und begann zu klettern.

Die Kanonen des Geschwaders hatten gute Arbeit geleistet und den Wall gehörig zerstört. Beim Klettern fühlte er Steine, halbe Ziegel und Staub, das war alles, was von der einst so massiven Festungsmauer übriggeblieben war. Der Aufstieg war nicht einfach, denn aus Rücksicht auf die Wachtposten mußte er jeden einzelnen Tritt auf Festigkeit prüfen, um ein Abbröckeln des losen Gesteins zu vermeiden. Er konnte sich keine Verschnaufpause leisten, und bald hörte er Strahans Keuchen dicht über sich. Einmal kam eine kleine Lawine aus Staub und Steinen direkt auf ihn herabgerieselt.

Wütend kletterte er weiter. Es ging ihm mehr darum, seinen widerspenstigen Steward einzuholen, als einen gefährlichen Zusammenstoß mit den Soldaten des Nabob zu vermeiden.

Dann – völlig unerwartet – war er oben. Suchend schaute er

sich nach den beiden Seeleuten um, und da sie wie vom Erdboden verschwunden waren, kroch er vorsichtig weiter vor, bis er in den Festungshof hinunterblicken konnte.

Zuerst sah er nur einen vom Mondlicht beschienenen Streifen und ein paar indische Soldaten, die dort zusammenhockten und redeten. Die Mauern warfen breite Schatten, und er nahm an, daß die Hauptwache sich dort befand. Als seine Augen sich an die Dunkelheit gewöhnt hatten, konnte er die zweite Bresche und die dort postierten Geschütze erkennen, daneben mehrere hundert – vielleicht auch tausend – Bengalen. Von Padstow und Strahan dagegen entdeckte er nicht das Geringste.

Er sah sie auch nicht eher, als bis ein entsetzlicher Schrei, der das Blut in den Adern gerinnen ließ, die stille Szene zerriß. Man konnte sich kaum vorstellen, daß er aus einer menschlichen Kehle kam. Das war Padstows Kriegsruf. Die beiden Seeleute waren auf der im Schatten liegenden Innenseite der Mauer bis zur Hälfte heruntergeklettert, ohne gesehen zu werden. Nun sprangen sie mit gezückten Entermessern mitten zwischen die nichtsahnenden Inder.

Die Wirkung war erstaunlich. Bevor die unglückseligen Bengalen sich bewegen oder auch nur aufspringen konnten, waren sie tot oder schwer verwundet, so ungestüm war der überraschende Angriff. In ein paar Minuten war alles vorüber. Die Wachmannschaften lagen tot oder sterbend am Boden, und die beiden Sieger blickten sich suchend nach etwas Neuem um, das sie angreifen konnten. Sie brauchten nicht lange zu suchen. Ihre wilden Schreie hatten das ganze Fort geweckt, und obgleich nur einige Verteidiger – höchstens hundert – wußten, was vorging, war dennoch klar, daß ihr Doppeltriumph nur sehr kurzlebig sein würde.

Indische Soldaten quollen aus dem Schatten hervor, einige banden sich noch den Turban um, andere fingerten an ihren alten Steinschloßgewehren herum, alle aber erschienen seltsam zögernd und unentschlossen.

»Das Fort ist mein!« brüllte Strahan und schwang sein Entermesser.

»Ergebt euch, ihr Halunken, oder ihr werdet niedergemacht!« schrie Padstow.

Offensichtlich fiel es den Indern schwer zu glauben, daß sie lediglich von zwei Männern angegriffen wurden. Sie drängten vorwärts, ängstlich darauf bedacht, zusammenzubleiben und offensichtlich bereit zu sofortiger Flucht. Von der Mauer aus beobachtete Kelso dieses unglaubliche Schauspiel. Zumindest im Augenblick hielten diese beiden Idioten eine ganze indische Besatzung in Schach

Aber das konnte nicht lange dauern. Mehr und mehr Truppen kamen aus dem Hintergrund. Kommandorufe waren zu hören. Die vorderen Reihen wurden durch die nachfolgenden zwangsläufig gegen die Engländer gedrängt.

Da war keine Zeit zu verlieren.

Kelso zog die Pistole und feuerte. Er hoffte, der Schuß würde sowohl Hilary und seinen Leuten ein Zeichen geben als auch zu der Verwirrung der Inder beitragen. Er wartete das Ergebnis jedoch nicht ab, sondern rannte mit gezogenem Degen über die schräge Fläche aus losem Gestein und stand im nächsten Augenblick neben den beiden Seeleuten.

Strahan, der anscheinend noch immer sehr betrunken war, schien ihn nicht zu bemerken, aber Padstow wandte ihm sein strahlendes Gesicht zu und rief: »Gott segne mich, es ist der Captain! Jetzt paßt auf, ihr Heiden!«

Damit stürmte er allein in die dichter werdende Menge der Verteidiger hinein, und mit ein paar gewaltigen Hieben hatte er im Nu eine ansehnliche Gasse freigeschlagen.

»Folgen Sie mir, Sir!« rief er. »Zu dritt erobern wir das Fort im Nu.«

Kelso sah ein, daß ihre einzige Chance im Fechten bestand. Also stürzte er sich mit wirbelndem Degen in das Kampfgetümmel, Strahan durch sein Ungestüm mit sich reißend. Alle Zweifel und Bedenken waren vergessen, sie kämpften jetzt ums nackte Überleben.

Es war ihr Glück, daß sie alle drei zusammenblieben, denn jeder allein wäre wahrscheinlich rasch erledigt worden. So aber, Seite an Seite, mit zischenden Säbeln fechtend und eine Serie grausiger Flüche auf den Lippen, stellten sie in der Enge des Forts ein nicht unbeträchtliches Problem für die Verteidiger dar.

Diese waren auch keineswegs zum Gegenangriff entschlossen. Nur die vordersten Reihen erkannten, daß sie lediglich drei Engländer vor sich hatten, waren aber schon zu demoralisiert, um die selbstverständliche Maxime zu beherzigen, daß die Übermacht gewinnt.

Tatsächlich drangen die drei Angreifer weiter und weiter vor, und die hinteren Reihen mußten annehmen, daß eine größere Anzahl feindlicher Truppen eingedrungen sei. Verwirrung führt zu

Zweifel und Zweifel zu Panik, so daß die Schlacht bereits gewonnen war, als Major Hilary mit etwa fünfzig Soldaten durch die große Bresche stürmte.

Kelso, der mehr unter der Ermüdung seines Armes litt als unter den paar unbedeutenden Stichen, die er erhalten hatte, merkte plötzlich, daß er genauso laut schrie wie Padstow und ebenso greulich fluchte wie Strahan.

Die Inder waren jetzt in voller Flucht, ließen Dolche und Musketen fallen und kämpften nur noch untereinander, um möglichst rasch zu entkommen. Ihre Kanonen standen verlassen da, umgeben von einer Anzahl Toter und Verwundeter.

Unter Kelsos Kommando nahmen die Briten die Verfolgung auf, feuerten, wenn sie ein Ziel vor sich hatten, konnten jedoch im allgemeinen den flüchtigen Schatten kaum schnell genug zu den Außenbezirken des Forts folgen.

In einer Stunde war alles vorbei. Das Nordtor stand offen, als sie dort ankamen, und die letzten von Manakchands Armee sah man in kleinen Gruppen im Dschungel verschwinden. Admiral Watson erfuhr von dem Sieg, als die britische Flagge über dem Fort aufstieg.

14

Es war offensichtlich, daß Watson sich über die Rolle, die die Kompanietruppen bei der Eroberung von Buj Buj gespielt hatten, erheblich ärgerte. Kelso spürte es, als er an Bord der *Kent* kam. Mit kühler Höflichkeit wurde er begrüßt, und beim Betreten der Messe bemerkte er sofort die Feindseligkeit in Watsons Blick.

»Nun, Kelso«, begann der Admiral, »vermutlich sind Sie der Meinung, daß ich Ihnen jetzt gratulieren sollte? Sie denken wohl, weil das Fort genommen wurde, spielte es keine Rolle mehr, daß meine Befehle mißachtet wurden?«

»Es war kein Mißachten Ihrer Befehle, Sir«, antwortete Kelso. »Sondern eine Situation war entstanden, die unsere gesamte Position gefährden konnte. Ich mußte rasch handeln und so, wie ich es für richtig hielt.«

»Wäre diese Situation überhaupt entstanden, wenn sich nicht einer Ihrer verdammten Seeleute betrunken hätte?«

»Nein, Sir, das muß ich zugeben.«

»Dann hoffe ich, daß er erhalten wird, was er verdient, und

zwar eine Kostprobe der Marinedisziplin.«

»Wir haben unseren eigenen Strafkodex in der Kompanie«, sagte Kelso steif.

Des Admirals verächtliches »Pff!« war etwa das vulgärste an Beleidigung, was er sich in seiner Position gestattete.

»Auf jeden Fall«, rief Clive ungeduldig dazwischen, »wurde das Fort erobert, und was die Disziplin angeht: Einer Ihrer eigenen Seeleute war ja auch dabei, genauso betrunken wie Kelsos Mann.«

»Was? Wer hat Ihnen das erzählt?« fragte Watson. »Hat nicht Kelsos Steward versucht, das Fort allein zu erobern?«

»Nicht ganz allein. Er hatte einen Ihrer Leute bei sich, einen Seemann namens Strahan.«

Watsons Offiziere hatten es offensichtlich für das beste gehalten, dem Admiral diesen Teil der Meldung vorzuenthalten, denn als er sich ihnen jetzt zuwandte, rückten sie unruhig hin und her und blickten geflissentlich zur Seite. Watson starrte sie lange schweigend an, mit einem Blick, der ihnen für die nächste Zukunft nichts Gutes verhieß. Gereizt fuhr er dann fort: »Ich habe weder die Zeit noch die Absicht, eine Untersuchung anzuberaumen. Ich muß es Ihnen und Ihrem Gewissen überlassen, die Angelegenheit zu regeln. Was wir jetzt besprechen wollen, ist die Art und Weise, wie wir gegen Fort William vorgehen.«

»Meiner Meinung nach«, sagte Clive, »wird das noch einfacher sein als bei Buj Buj. Des Nabobs Streitkräfte sind so demoralisiert, daß sie wahrscheinlich noch immer auf der Flucht sind. Wenn wir uns beeilen, können wir sowohl Fort William als auch Kalkutta ohne Schwertstreich erobern.«

»Das ist *Ihre* Meinung«, sagte der Admiral.

»Und meine«, fügte Kelso hinzu. »Wir sollten sofort nach Kalkutta segeln, bevor der Nabob Zeit hat, seine Truppen neu zu formieren.«

»Und was ist, wenn er Fort William unter allen Umständen halten will?«

»Dann können wir immer noch neue Entscheidungen treffen«, sagte Clive. »Wichtig ist jetzt nur, daß wir schnell nach Kalkutta kommen.«

»Das Schlimme bei Ihnen ist, Clive«, sagte der Admiral, »daß Sie immer zu ungestüm sind! O ja! Denken Sie nur nicht, ich hätte nicht gehört, was Ihnen im Dschungel passiert ist – alles in tiefem Schlaf, und keine Wachen aufgestellt! Sie können Gott danken, daß es die Truppen des Nabob sind, die jetzt davonlaufen, und nicht Ihre.«

Clive wurde rot. »Niemand hier wird jemals den Tag erleben, an dem ich vor den Truppen des Nabob davonlaufe«, sagte er ärgerlich.

»Trotzdem«, konterte Watson, »sollten wir uns nicht länger auf Ihren Glücksstern verlassen. Diesmal wollen wir sichergehen.«

»Und wie das?« fragte Clive verächtlich. »Indem Sie ein leeres Fort beschießen?«

»Zumindest werden wir uns auf eine Beschießung einstellen«, sagte Watson, »während Sie und Ihre tapferen Kompanietruppen von Land her anrücken.« Dann warf er Kelso einen scheelen Blick zu. »Und Sie, Kelso, scheinen ja mit besonderer Begabung Forts zu erobern. Wie wäre es, wenn Sie eine Abteilung Ihrer Leute nähmen und Ihr Glück auch bei Fort William versuchten?«

Am nächsten Morgen gingen sie ankerauf und am zweiten Januar sichteten sie die Mauern von Fort William und die ausgedehnten Vororte von Kalkutta, die weiß und verlassen in der glühendheißen Sonne lagen. Vom Feind war nicht das geringste Zeichen zu entdecken, aber Watson bestand darauf, Clive gut drei Meilen vor dem Fort an Land zu setzen.

Am späten Vormittag wurden vierhundert Sepoys sowie fünfzig Seeleute und Marineinfanteristen von der *Paragon* ausgeschifft. Es war Mittag, als sie endlich ihren Vormarsch über die Dschungelpfade aufnehmen konnten. Sie hatten Glück und fanden den Weg verhältnismäßig leicht. Der Dschungel war hier von gut ausgetretenen Wegen durchzogen, und bereits am frühen Nachmittag kamen sie aus dem Schatten der Bäume in das gleißende Sonnenlicht. Sie befanden sich auf einem Hügel, weniger als eine Meile vom Fort entfernt, und Clive, der die Hand vor die Augen hielt und hinüberspähte, sagte: »Wir sind gut vorangekommen, Roger, bestimmt schneller, als Watson vermutet. Er wird überrascht sein.«

Kelso, der ebenfalls angestrengt zum Fort hinüberblickte, antwortete unerwartet ärgerlich: »Ich fürchte, das wird er nicht.«

»Was meinst du damit?«

»Ich glaube, Watson ist es, der *uns* überrascht hat.«

Er zeigte hinüber zu dem Gelände vor dem Fort, wo Scharen roter Flecke zu sehen waren, die sich von der Küste zu den offenen Toren und auf den Wällen entlang bewegten. Während Clive und

Kelso ihre Abteilung durch den Dschungel führten, hatte Watson Eyre Coote an Land geschickt, um das verlassene Fort in Besitz zu nehmen.

Clive verschlug es vor Wut die Sprache. Sein normalerweise frisches Gesicht wurde kreideweiß, als er mit geballten Fäusten die Szene des Verrats musterte.

Er war so zornig, daß er die ihm unterstellten Truppen völlig vergaß; Kelso mußte sie antreten lassen und über das ausgedörrte, unwirtliche Gelände führen.

Als sie näherkamen, war deutlich zu erkennen, daß Eyre Coote das Fort durch seine Leute gut gesichert hatte. Posten standen auf den Wällen, unten am Strand bei den Booten und vor allem in den offenen Toren. Als Clive hineinstürzen wollte, formierten sie sich zu einem Sperriegel, und der wachhabende Sergeant trat vor die Front.

»Was soll das heißen, zum Teufel?« fragte Clive wütend. »Schicken Sie diese Leute weg!«

»Bedaure, Sir, aber es darf niemand hinein. Befehl des Admirals.«

»Des Admirals! Wissen Sie, wer ich bin?«

»Nein, Sir – das heißt, ja, Sir. Aber es macht keinen Unterschied. Ich habe meine Befehle, Sir.«

Einen Augenblick schien es, als wolle Clive den Degen ziehen, aber Kelso trat rasch dazwischen und fragte: »Wie lautet Ihr Befehl, Sergeant?«

»Daß das Fort vom 39. Infanterieregiment erobert werden mußte, daß Hauptmann Eyre Coote Gouverneur ist und daß keine Kompaniesoldaten – auch keine Offiziere, Sir, bitte um Verzeihung – Erlaubnis zum Betreten des Forts haben.«

Clive wandte sich um und ging wieder ein paar Schritte den Weg zurück, den er gekommen war, um den schlimmsten Ärger herunterzuschlucken. Als er zurückkam, bebte er zwar noch am ganzen Körper, aber er hatte seine Stimme soweit unter Kontrolle, daß er den Sergeanten vom Ernst seiner Absicht überzeugen konnte.

Mit erzwungener Ruhe sagte er: »Ich verstehe, Sergeant, daß Sie Ihren Befehlen gehorchen müssen. Aber diese Befehle sind illegal, und wenn Sie Wert auf Ihren Rang und Ihre Sicherheit legen, dann rate ich Ihnen, sie so schnell wie möglich zu vergessen.« Dann fuhr er sehr betont fort: »Ich, Oberst Clive, habe das Oberkommando über die gesamten Landstreitkräfte. Ich beabsichtige, das Fort jetzt zu betreten und meine Position als Gouverneur einzunehmen. Ich würde das lieber friedlich tun, denn weder ich noch meine Leute haben den geringsten Streit mit Ihrem Regiment. Aber ich warne Sie – wenn Sie mich daran hindern, werde ich kämpfen. Meine Streitkräfte sind stärker als Ihre. Wenn wir angreifen, werden Sie und Ihre Wache als erste getötet. Jetzt überlegen Sie rasch, Sergeant, wie Sie sich verhalten wollen.«

15

Die Sonne stand noch im Zenit, als Kelso die kurze Strecke von der *Paragon* zur *Kent* hinübergerudert wurde. Es gab kein Entrinnen vor der grauenhaften Hitze. Über einem Fluß wie aus flüssigem Feuer lag die Luft schwer und erstickend, als käme sie aus einem Hochofen. Selbst das Dollbord war klebrig von schmelzender Farbe. Bei einer solchen Temperatur mußte man jedem Menschen ein gereiztes Aufbrausen verzeihen – selbst einem gesunden. Watson dagegen war krank, das rief sich Kelso ins Gedächtnis, als seine Gig am Fallreep der *Kent* anlegte. Was der Admiral auch durch seinen Starrsinn, seine Borniertheit, ja sogar Bosheit begangen haben mochte, niemand konnte ihn verurteilen, ohne seine Krankheit in Betracht zu ziehen.

Dennoch hatte Kelso das Gefühl, daß die Zeit reif war, diesem Treiben einen Riegel vorzuschieben. Seiner Meinung nach war der Feldzug mit der Rückeroberung des Forts und der Wiedereinnahme von Kalkutta keineswegs beendet, sondern fing jetzt erst an. Nach der Demütigung bei Buj Buj und der feigen Preisgabe von Fort William würde der Nabob bestimmt etwas unternehmen, um seinen verletzten Stolz aufzurichten. Erst würde er damit beginnen, seine Truppen zusammenzuziehen. Eine Armee von Zehntausenden war eine ständige Bedrohung für die britischen Streitkräfte. Äußerste Wachsamkeit und ein vereinigtes Kommando waren erforderlich. Für den Erfolg der Expedition, ja sogar für die Sicherheit aller Kompanieangehörigen war es unerläßlich, daß Clives Autorität sofort und ohne jede Einschränkung wiederhergestellt wurde.

Schweren Herzens stieg Kelso das Fallreep hinauf. Trotz der vielen Fehler Watsons hatte er Verständnis für ihn, und er hoffte, daß sein Vorhaben nicht gar zu unangenehm sein würde.

Er fand den Admiral auf dem Achterdeck.

»Also, *Sie* hat er geschickt, Kelso«, knurrte Watson. »Hatte nicht den Mut, selbst zu kommen und mir gegenüberzutreten.«

»Mit Respekt, Sir, ich glaube nicht, daß irgend jemand behaupten kann, es fehle Oberst Clive an Mut. Er hat mich auch nicht geschickt, sondern ich komme aus eigenem Antrieb.«

Der Admiral, der das Fort beobachtet hatte, ließ das Glas sinken und blickte Kelso finster an. »Er hat Sie nicht geschickt? Was, zum Teufel, wollen Sie dann hier?«

»Mit Ihnen sprechen, Sir, und um Ihr Verständnis bitten.«

»Für Clive? Denken Sie, ich werde diesem Laffen gestatten, sich über meine Befehle hinwegzusetzen?«

»Dann bitte ich Sie, Ihre Befehle zu überprüfen, Sir.«

»Und warum sollte ich das? Nennen Sie mir einen einzigen plausiblen Grund, warum ich meine Entscheidung ändern sollte.«

»Weil sie ungerecht ist, Sir, und voreingenommen.«

»Den Teufel ist sie! Sie täten gut daran, Ihre Zunge im Zaum zu halten, junger Mann, sonst lasse ich Sie wegen Insubordination festnehmen, Sie *und* Ihren Freund Clive.«

»Ich habe nicht die Absicht, unhöflich zu sein«, erwiderte Kelso. »Aber ich mache Sie darauf aufmerksam, daß Ihre Entscheidung, Eyre Coote als Gouverneur einzusetzen, nicht Ihrem gesunden Urteilsvermögen entsprungen ist, sondern vielmehr Ihrer Abneigung gegen Oberst Clive.«

»Was die Gründe angeht«, sagte der Admiral, »so sind es meine eigenen, und ich bin dafür nicht jedem unverschämten Kommandanten einer Kompaniefregatte verantwortlich.«

»Dann sind Sie Ihrem Gewissen verantwortlich.«

»Mein Gewissen ist rein! Eyre Coote hat mehr Berechtigung für diese Position als Clive.«

»Ein unerfahrener Hauptmann soll einem kampferprobten Oberst vorgesetzt werden?«

»Zum Teufel mit Ihrem Oberst!« schrie der Admiral wütend. »Er ist ein verdammter Amateur, der einen Haufen unausgebildeter Eingeborener befehligt, nichts weiter! Der jüngste Leutnant des 39. Infanterieregiments ist dienstälter als Ihr Freund, der sogenannte Oberst Clive.«

Kelso war bisher ruhig und betont respektvoll geblieben, aber jetzt verengten sich seine Augen zu Schlitzen, und sein kräftiges Kinn schob sich vor. »Und meinen Sie, daß irgendein junger Leutnant oder auch Eyre Coote selbst die Fähigkeit und den Mut gehabt hätte, die Eroberung von Arcot zu planen und auszuführen? Glauben Sie, daß irgend jemand anderer als Clive die Siege in der Carnatic gewonnen hätte?«

Der Admiral winkte ungeduldig ab. »Oh, diese Siege, diese Siege! Wie kommt es, daß niemand jemals von Clive sprechen kann, ohne Arcot, Trichinoply oder Fort St. David zu erwähnen? Die Siege ereigneten sich – wann? Vor fünf Jahren? Und was waren sie in Wirklichkeit? Scharmützel zwischen einem Pöbelhaufen englischer Abenteurer und einem noch größeren Pöbelhaufen indischer Bauernlümmel.«

»Zumindest haben sie unsere Position in Indien gefestigt.«

»Eine Kompanie regulärer Truppen, geführt von einem erfahrenen Offizier«, sagte der Admiral sarkastisch, »hätte dasselbe erreicht wie Clive, wahrscheinlich sogar mehr.«

Kelso wandte sich ab. Weniger als eine Viertelstunde entfernt lag das Fort, klar erkennbar im grellen Sonnenlicht. Die Situation war jetzt umgekehrt: Kompanietruppen und Sepoys hielten die Mauern und Brustwehren besetzt und standen Wache an den Toren. Draußen auf dem kahlen Gelände neben den Reisfeldern standen die rotröckigen Soldaten der 39er und warteten.

»Es ist klar«, sagte Kelso schließlich, »daß wir uns nie über die Verdienste von Oberst Clive einigen werden, aber lassen Sie ihm wenigstens höflicherweise seinen Titel – Gouverneur von Fort St. David – und geben Sie zu, Sir, daß nur Oberst Clive, was Sie auch über ihn denken oder sagen, und nur *er* zum Befehlshaber aller Landtruppen für diese Unternehmung ernannt wurde und zwar vom gesamten Rat in Madras.«

»Und vergessen *Sie* nicht, Sir«, erwiderte der Admiral, »daß derselbe Rat mir den gesamten Oberbefehl übertragen hat und daß derjenige, der sich mir widersetzt, ob Sie es sind oder Ihr Freund Clive, sich der legalen Regierung Indiens widersetzt.«

In scharfem Ton sagte Kelso: »Das ist Unsinn, Admiral, wie Sie selbst genau wissen.«

»Was?«

»Die Einnahme eines Forts durch Landstreitkräfte ist Clives Vorrecht. Wenn Sie versuchen, ihn zu übergehen, dann verstoßen Sie gegen das Gesetz. *Ihr* guter Ruf, *Ihr* Ansehen ist es, die Schaden erleiden werden.«

Admiral Watson war so wütend, daß er sich an der Reling festhalten mußte. Seine ohnehin graue Gesichtsfarbe war Leichenblässe gewichen, und er atmete schwer wie ein Mensch in äußerster Not. »Das werden wir sehen, Kelso!« rief er. »Das werden wir sehen! Ihren tapferen Freund übergehen! Ich weiß etwas Besseres. Ich habe ihm bis ein Uhr Zeit gegeben, das Fort zu räumen. Wenn er nicht in genau fünf Minuten mit seinem Sauhaufen draußen ist, werde ich mit allen Steuerbordgeschützen auf ihn feuern. Was sagen Sie jetzt?«

»Daß Sie mir leid tun«, antwortete Kelso ruhig. »Nur ein sehr kranker Mann kann ein solches Ultimatum stellen und erwarten, daß es eingehalten wird.«

Watson starrte ihn mit einer seltsamen Mischung aus Ungläubigkeit und Unsicherheit an. »Sie meinen, er wird sich trotzdem widersetzen – selbst wenn ich feure?«

»Offensichtlich verstehen Sie Oberst Clive nicht, Sir.«

»Der Teufel soll den Kerl holen! Wenn die Hälfte seiner Leute getötet wird, trifft *ihn* die Schuld. Ich habe ihn rechtzeitig gewarnt.«

»Sie haben ihn gewarnt«, pflichtete Kelso bei.

»Nun denn, in fünf Minuten – weniger als fünf Minuten – wäre er besser draußen, sonst, bei Gott, schieße ich ihn raus!« Um den Ernst seiner Worte unter Beweis zu stellen, stampfte er nach vorn zur Querreling und rief hinunter zu seinem Artillerieoffizier: »Mr. Crowther!«

»Sir?«

»Lassen Sie die Steuerbordgeschütze ausfahren, klar zum Feuern. Lassen Sie auf das Fort richten.«

»Auf das Fort, Sir? Aber da sind britische Truppen drin: Oberst Clive und seine Leute –«

»Das weiß ich, Mr. Crowther. Wollen Sie mir erzählen, was ich tun soll?«

»Nein, Sir, natürlich nicht, Sir. Nur –«

»Dann tun Sie, was Ihnen befohlen wird, Mr. Crowther. Lassen Sie laden und Ziel auffassen. Feuern auf mein Kommando.«

Kelso stand ruhig an der Reling, während die Bootsmannspfeifen schrillten und die Geschützbedienungen an Deck stürzten. Er konnte noch immer nicht glauben, daß Watson seine Drohung wahr machen wollte. Die Schiffsjungen rannten mit Pulver herbei, Haufen von Munition lagen gestapelt bei jeder Kanone.

Watson starrte mit grimmiger Miene zum Fort hinüber.

Wenn Kelso jedoch auf ein Einlenken in letzter Minute gehofft hatte, so sah er sich getäuscht. Die Zeit verstrich, und Clive war noch immer im Fort. Selbst wenn er jetzt seinen Truppen befohlen hätte zu rennen, so schnell sie konnten, hätten sie es nicht mehr rechtzeitig geschafft.

»Fertig, Mr. Crowther?« fragte Watson mit zusammengebissenen Zähnen.

»Fertig, Sir.«

Kelso kam rasch nach vorn zu Watson. »Sie wollen doch diese Drohung nicht wahrmachen?«

»Es ist keine Drohung, Kelso, es ist ein Versprechen. Ihr Freund Clive ist gewarnt.«

»Wenn Sie tatsächlich Feuerbefehl geben, dann ist das Mord!«

»Nein, es ist die Bestrafung für grobe Disziplinlosigkeit.«

»Das können Sie nicht tun, Admiral.«

»Ich kann nicht? Nun, das werden wir sehen.« Watson zog die Uhr und hielt sie Kelso vor die Nase. »Sehen Sie genau hin, Kelso, noch dreißig Sekunden.«

Kelso sagte nachdrücklich: »Tun Sie es nicht Admiral. Ich warne Sie.«

Kelsos Haltung und der entschlossene Klang seiner Stimme ließen Watson zögern. Er nahm die Hand mit der Uhr herunter und starrte Kelso an. »Was, zum Teufel, meinen Sie damit – mich warnen?«

»Werfen Sie einen Blick hinüber zu meinem Schiff, Admiral, zur *Paragon.*«

Watson blickte hinüber zur Fregatte, die in ganz geringer Entfernung neben der *Kent* lag. Langsam sagte er dann: »Auch Sie haben Ihre Steuerbordgeschütze ausgefahren? Wieso? Auf wessen Befehl?«

»Auf meinen Befehl, Admiral.«

»Sie unverschämter Mensch! Kein Kommandant in meinem Geschwader läßt die Geschütze ohne meinen ausdrücklichen Befehl ausfahren.«

»Aber ich gehöre nicht zu Ihrem Geschwader, Admiral – nicht, wenn Sie Kompanietruppen angreifen. Die *Paragon* ist ein Kompanieschiff, und meine Pflicht ist es, Leben und Eigentum der Kompanie zu schützen.«

Der Admiral kniff bösartig die Augen zusammen. »Also das ist Ihre Ausrede! Und was, bitte schön, wollen Sie tun?«

»Im selben Augenblick, in dem Ihre Geschütze auf das Fort feuern, feuern meine Geschütze auf Ihr Schiff.«

»Das werden Sie nicht wagen!« Des Admirals Stimme steigerte sich fast zu einem Schrei. »Das wagen Sie nicht!«

»Ich würde es an Ihrer Stelle nicht darauf ankommen lassen,

Admiral. Auf diese geringe Entfernung können meine Geschützführer bestimmt nicht vorbeischießen. Die erste Breitseite würde Ihre *Kent* versenken.«

»Das werden Sie nicht wagen!«

»Tut mir leid, Admiral, aber Sie lassen mir keine andere Wahl. Was Sie auch jetzt von mir denken mögen, eins ist sicher: Später, wenn Sie wieder gesund sind, werden Sie mir dafür dankbar sein, daß ich Sie vor diesem Mord bewahrt habe.«

»Ich lasse meine Backbordgeschütze ausfahren«, rief der Admiral wütend, »und all meine Schiffe auf Sie feuern!«

»Das können Sie tun«, sagte Kelso. »Die *Paragon* würde vermutlich versenkt werden, aber vorher hätte sie bestimmt die *Kent* versenkt.«

Der Admiral hielt sich jetzt krampfhaft an der Reling fest. »Ich kann es einfach nicht glauben«, schrie er. »Ich kann es nicht glauben, daß Sie es wagen, mir in dieser Weise zu trotzen!«

»Ich kann es selbst kaum glauben«, sagte Kelso mit dem Anflug eines Lächelns, »und seien Sie versichert, Sir, ich tue es nicht gern.«

»Verflucht sollen Sie sein für Ihre Unbotmäßigkeit –«, fing der Admiral an, doch plötzlich brach er ab und griff sich ans Herz.

Kelso fing ihn auf, bevor er an Deck sank. »Faßt mit an!« rief er. »Quartermeister, lassen Sie Dr. Ives holen – rasch!«

»Aye, aye, Sir.«

Nach ein paar Minuten trugen die Seeleute unter Anleitung des Arztes den schweren Watson hinunter in seine Kajüte. Einer von ihnen stolperte auf der obersten Treppenstufe. Kelso rannte eilends hinzu und rief: »Vorsicht! Um Gottes willen, seid vorsichtig! Wollt ihr den Admiral umbringen?«

Er wartete, bis sie unter Deck verschwunden waren, dann stieg er ruhig in sein Boot und fuhr zur *Paragon* zurück. Der schwer errungene Erfolg hinterließ jedoch einen bitteren Nachgeschmack.

16

Obwohl die Truppen des Nabob Fort William kampflos aufgegeben hatten, waren sie doch lange genug dortgewesen, um ihre Wut an allem, was europäisch war, auszulassen, sowohl im Fort wie auch in der einstmals blühenden Stadt Kalkutta. Nicht ein einziges Gebäude war unbeschädigt geblieben, kein einziger Gegenstand von Wert war den Plünderern entgangen. Die Warenlager hatten sie bis auf den Grund niedergebrannt, alle Kirchen geschändet. Beim Gang durch die tote Stadt empfand Kelso stärker denn je, daß Surajah Dowlah zur Rechenschaft gezogen werden mußte. Solange der Nabob an der Regierung blieb, war die britische Position in Bengalen aufs äußerste gefährdet, besonders dadurch, daß er immer mit französischer Unterstützung rechnen konnte. Kehrte Watsons Expedition jetzt nach Madras zurück – und das Auslaufen konnte nicht mehr lange hinausgeschoben werden –, so würde der Nabob sofort erneut zuschlagen. Allein oder mit französischer Hilfe konnte er Kalkutta wiedererobern, die Verteidiger niedermachen und die unglücklichen Überlebenden ins Meer jagen. Surajah Dowlah mußte *jetzt* entscheidend geschlagen werden.

Es war leichter, diesen Entschluß zu fassen, als ihn auszuführen. Wären die britischen Befehlshaber wenigstens zu Besprechungen miteinander bereit gewesen, so hätte man einen gemeinsamen Plan ausarbeiten können, aber Clive war noch immer so wütend und Watson so krank, daß während der ersten Tage in Kalkutta keiner von beiden den anderen sehen wollte. Kelso war sich der Tatsache bewußt, daß er Clive beeinflussen konnte, Watson jedoch war völlig unberechenbar. Er hatte sich zwar von seinem Schock genügend erholt, um an Land zu gehen und formal vom Fort Besitz zu ergreifen, aber als es darum ging, der Kompanie die Oberhoheit zu übertragen, hatte er gestreikt. Fast eine volle Woche blieb er auf seinem Flaggschiff, empfing niemanden und gab seine Teilnahme am Geschehen nur durch gelegentliche, meist unverständliche Befehle zu erkennen, die er an Land schickte. Unter anderem bestand er darauf, Drake wieder als Gouverneur einzusetzen.

Wäre Clive nicht durch sein Schmollen abgelenkt gewesen, so hätte er sich diesem Ansinnen auf jeden Fall empört widersetzt. Drake war ganz eindeutig die ungeeignetste Persönlichkeit für diesen Posten, verachtet sowohl von den Kompanieleuten als auch von der Armee, so daß nur ein derart starrsinniger Mann wie Watson Drakes Wiedereinsetzung verlangen konnte. Clive hatte zwar unbeschränkte Vollmachten vom Rat in Madras erhalten, dennoch würde es vermutlich zu neuen, unschönen Auseinandersetzungen kommen.

Für Kelso war das Wissen um Drakes beabsichtigten Verrat in Fulta ein Vorteil, der sich vielleicht noch einmal als Trumpfkarte erweisen würde. Niemand, nicht einmal Watson, konnte schließlich diese schmähliche Tat ignorieren. Andererseits wußte Kelso aber auch, daß er keinerlei Beweise in der Hand hatte. Aussage würde gegen Aussage stehen. Somit hielt er es im Augenblick für besser, Drake vorübergehend im Amt zu belassen.

Die Tage vergingen, langsam erwachte die Stadt wieder zu neuem Leben. Mit der Zeit wurden Watson und Clive zwar nicht gerade Freunde, aber doch soweit miteinander ausgesöhnt, daß sie sich zu gemeinsamen Beratungen zusammenfanden. Nachrichten sickerten durch, daß der Nabob ein ungeheures Heer zusammengezogen habe. Mir Jaffir, einen erheblich fähigeren Offizier als Manakchand, hatte er zum Befehlshaber ernannt und von Murshidabad aus nach Süden in Marsch gesetzt, um die kümmerlichen Streitkräfte der Engländer zu vernichten. Jetzt war Watson gezwungen zu handeln. Um den Hauptangriff Mir Jaffirs hinauszuzögern, hatte er ihm eine Kampfgruppe unter Major Kilpatrick entgegengeschickt. Dieser hatte die Folgen der Entbehrungen bei Fulta überraschend gut überwunden und war wieder im Vollbesitz seiner Kräfte. Sofort unternahm er einen ungestümen Angriff auf das Versorgungszentrum des Nabobs in Hugli, dreißig Meilen flußaufwärts. Nach einer heftigen Beschießung gelang es ihm, die Festung zu stürmen und die Verteidiger in die Flucht zu schlagen.

Clive und Watson in Kalkutta atmeten erleichtert auf, froh über diesen Zeitgewinn.

Vierzehn Tage später war die Bedrohung wieder akut. Eine ungeheure Armee, so hieß es, marschiere auf Kalkutta zu, und Anfang Februar entschloß sich Clive, mit Watsons Billigung den größten Teil seiner Streitkräfte auf die weiten, offenen Ebenen vor der Stadt zu verlegen.

Kelso hörte die willkommene Neuigkeit, als er Clive in dessen Hauptquartier im Fort besuchte. Das geschäftige Treiben schwitzender Soldaten, schnauzender Unteroffiziere, die gestapelten Vorräte, all dies erinnerte ihn derartig an die Auslaufvorbereitungen in Madras, daß er unwillkürlich an Margaret dachte und an den schattigen Platz im Residenzgarten, an dem sie tagelang gesessen und voller Mißbilligung die Vorbereitungen zum Aufbruch der Expedition beobachtet hatte. Was tat sie wohl jetzt? Was mochte sie gerade denken?

So vertieft war er in seine Überlegungen, daß er die drei Marineoffiziere nicht sah, die über den Exerzierplatz auf ihn zukamen.

Daher blickte er überrascht auf, als sie genau vor ihm anhielten.

»Kapitän Kelso?«

»Ja?«

»Kapitän Charlesworth, Sir, wenn Sie gestatten.«

Kelso sah den jungen Offizier – er war Kommandant einer der englischen Fregatten – und die beiden Leutnants, die hinter ihm strammstanden, fragend an: »Was kann ich für Sie tun, Kapitän?«

Der junge Mann hüstelte verlegen und sagte dann unsicher: »Befehl des Admirals, Sir – wir sind hier, um Sie zu eskortieren.«

»Das sehe ich.«

»Wenn Sie mir bitte Ihren Degen geben wollen, Kapitän.«

Erstaunt blickte Kelso auf. »Meinen Degen! Sie meinen . . .«

»Sie stehen unter Arrest.«

Zwar hatte Kelso während der ersten Tage in Kalkutta so etwas erwartet, war dann aber durch Watsons langes Schweigen wieder selbstsicherer geworden, so daß der jetzige Schock desto stärker war. »Wissen Sie, was man mir vorwirft?« fragte er schließlich.

»Nein, Kapitän.«

»Aber ich muß es wissen! Ich verlange, daß man es mir mitteilt!«

»Tut mir leid, Kapitän. Der Befehl des Admirals lautet, Sie zu verhaften und auf das Flaggschiff zu bringen. Zweifellos wird der Admiral Ihnen dort die Anklage verlesen.«

Kelso zog den Degen und überreichte ihn Kapitän Charlesworth. »Also, je eher ich den Admiral sehe, desto besser ist es«, sagte er.

Sie schritten über den Paradeplatz und durch das Tor, wo Ochsenkarren mit Vorräten und Ausrüstung beladen wurden, dann weiter den Pfad zum Fluß hinunter. Ein Boot wartete dort auf sie, und ein paar Minuten später stürmte Kelso das Fallreep zur *Kent* hinauf. Er war so wütend, daß er keine Sekunde auf seine Eskorte wartete. Der arme Charlesworth mußte hinter ihm herrennen, um den Gefangenen ordnungsgemäß anmelden zu können. An der Messetür wandte sich der junge Kapitän um und fragte verlegen: »Kapitän Kelso?«

»Ja?«

»Mit Verlaub, ich möchte Ihnen helfen. Der Admiral ist sehr schlechter Laune – seien Sie vorsichtig, reizen Sie ihn nicht.«

Der junge Offizier sprach so ernst und eindringlich und offensichtlich in der besten Absicht, daß Kelso unwillkürlich lächeln mußte. »All right«, sagte er schließlich, »ich werde ruhig bleiben, wie Sie vorschlagen – und ich danke Ihnen!«

Watson stand mit hinter dem Rücken verschränkten Händen am Kopfende der Messetafel und musterte den eintretenden Kelso finster; gleichzeitig befahl er den begleitenden Offizieren in barschem Ton, draußenzubleiben.

Lange Zeit herrschte Schweigen zwischen ihnen, man hörte deutlich das Trappeln von Füßen über ihren Köpfen sowie das rhythmische Knarren von Holz. Kelso stand ruhig und in unbeteiligter Haltung, die aber nicht als ungehörig beurteilt werden konnte. Er wartete darauf, daß der Admiral anfing.

Watson, so schien es, wartete ebenfalls. Mit hängenden Schultern und vorgebeugtem Kopf stand er da und starrte Kelso müde, aber grollerfüllt an. Schließlich fragte er: »Nun, Kelso?«

»Wie man mir sagte, stehe ich unter Arrest, Sir?«

»Überrascht Sie das?«

»Meiner Meinung nach wäre das vor drei Wochen naheliegender gewesen.«

»Warum sollte ich mich einen Deut um Ihre Meinung scheren?«

»Es wäre in jeder Beziehung besser gewesen.«

»Was heißt das – in jeder Beziehung?«

»Vor drei Wochen«, sagte Kelso, »hätten Sie jeden Grund gehabt, mich zu verhaften. Ich hatte Ihnen getrotzt – wenn auch in der allerbesten Absicht –, und Sie waren durchaus berechtigt, mich zu bestrafen.«

»Das geben Sie also immerhin zu?«

»Ich kann es kaum abstreiten.«

Verblüfft blickte der Admiral ihn an. »Und sind Sie denn jetzt weniger schuldig?«

»Natürlich nicht. Ich bin schuldig, ob Sie mich jetzt oder in einem Jahr bestrafen.«

»Schön, daß Sie das zugeben, Kelso. Aber ich werde Sie nicht ohne eine Kriegsgerichtsverhandlung bestrafen.«

»Ein Kriegsgericht!« sagte Kelso. »Wollen Sie wirklich Zeit mit einer Kriegsgerichtsverhandlung vergeuden?«

»So halten wir es in des Königs Marine.«

»Aber jetzt – diese Zeitvergeudung! Vergessen Sie, daß des Nabobs Heer vor Kalkutta steht und jeden Tag hiersein kann?«

»Für eine Kriegsgerichtsverhandlung ist immer Zeit.«

Kelso schwieg einen Augenblick und sagte dann: »Das war der

Grund, weswegen ich eine Verhaftung gleich nach unserer Ankunft hier für besser gehalten hätte. Jetzt müssen wir doch mit aller Kraft Abwehrmaßnahmen treffen, wenn wir Kalkutta – und uns selbst – retten wollen. Glauben Sie, daß Sie zu dieser Zeit ein halbes Dutzend Offiziere entbehren können? Glauben Sie, daß Sie *mich* entbehren können?«

Watson antwortete nicht sofort, und aus seiner Miene konnte Kelso keinerlei Schlüsse darüber ziehen, was er dachte. Seine buschigen Augenbrauen wölbten sich mächtig vor, und seine Lippen waren fest zusammengekniffen. Jeden Augenblick wird die Explosion erfolgen, dachte Kelso.

Aber völlig unerwartet sagte Watson ruhig: »Sie sind ein kühler Rechner, Kelso, darüber besteht kein Zweifel. Ihnen ist wohl klar, daß ich Sie für Ihre Tat erschießen lassen kann?«

»Das ist mir klar, Sir, und es tut mir leid, daß ich Ihnen so eine schwere Entscheidung aufgebürdet habe.«

»Es ist nicht meine Entscheidung. Das Kriegsgericht wird –«

»Das meine ich ja – die Entscheidung, ob ich vor ein Kriegsgericht gestellt werde oder nicht, können nur *Sie* fällen.«

»Und?«

»Können Sie es sich leisten, in der augenblicklichen Situation einen erfahrenen Kommandanten zu verlieren?«

»Ganz bestimmt!«

»Mit Respekt, Sir, einen Kommandanten, der eine lebenswichtige Rolle bei der Verteidigung Kalkuttas spielen könnte?«

»Wieso? Was können Sie für eine Rolle spielen, die meine eigenen Offiziere nicht spielen könnten?«

»Ich könnte beispielsweise die Annäherung des Nabob mit seinen Truppen auskundschaften und Sie frühzeitig warnen.«

Watson betrachtete ihn interessiert. »Und wie wollen Sie das bewerkstelligen?«

»Indem ich mit der *Paragon* stromaufwärts fahre.«

Watson streckte sich und ließ ein verächtliches Lachen hören. »Ist das alles, was Sie können?«

»Könnte das etwa eins Ihrer Schiffe schaffen?«

»Nein, das könnten sie nicht, und auch die *Paragon* kann es nicht. Ich nehme an, Sie haben noch nie etwas von Baranpur gehört?«

»Aber sicher habe ich davon gehört, Sir. Deswegen sagte ich ja, daß nur die *Paragon* durchkommen könnte.«

»Hab' eine meiner eigenen Fregatten vor ein paar Tagen hingeschickt. Kam ohne Fockmast und mit einem riesigen Loch im Vorschiff zurück. Nichts und niemand kann durch diese Enge, mit den Kanonen hoch oben auf den Klippen. Jedes Schiff, das unten durchsegeln will, ist eine Zielscheibe.«

»*Ich* käme durch, Sir.«

Watson schlug ungeduldig mit der Faust auf den Tisch. »Zum Teufel, Kelso! Auch wenn ich einen Augenblick geglaubt habe, Sie könnten es vielleicht doch – wieso nehmen Sie an, daß diese verdammten Bengalis Ihr Schiff nicht in die Luft jagen werden, wie sie es mit meinem beinahe getan hätten?«

»Weil ich die bengalischen Kanoniere *vorher* erledigen werde, Sir.«

»Sie wollen das Fort erobern?«

»So ähnlich, Sir. Auf alle Fälle würde ich die Geschütze unbrauchbar machen.«

Pompös sagte der Admiral: »Mein lieber Kelso, kennen Sie die Struktur des Forts? Ist Ihnen bekannt, daß es auf einer dreihundert Fuß hohen Klippe errichtet ist, genau über dem Fluß?«

»Das ist mir bekannt, Sir.«

»Und trotzdem glauben Sie, es zu schaffen?«

»Ich würde es zumindest versuchen.«

»Kelso, Sie wissen nicht, was das bedeutet! Es wäre Mord – Selbstmord.«

»Besser als ein Kriegsgericht, Sir«, sagte Kelso grinsend.

Plötzlich fing der Admiral an zu lachen. Er schlug sich mit der rechten Hand auf den Oberschenkel und hörte nicht mehr auf zu lachen. »Kelso, Sie sind ein seltsamer Vogel. Aber Sie haben Mut, das muß man Ihnen lassen! Sie haben Mut.«

»Danke, Sir.«

»Nehmen Sie Ihre *Paragon*, sehen Sie zu, was Sie machen können. Wenn Sie mir frühzeitig die Bewegungen des Nabob melden, wollen wir das Kriegsgericht vergessen – wollen wir alles vergessen, was gewesen ist.«

Kelso nahm seinen Hut und ging zur Tür. Dort wandte er sich um und sagte: »Ich möchte es einmal aussprechen, Sir . . .« Er zögerte. »Es tut mir leid, was ich damals vor dem Fort tun mußte.«

Der Admiral schüttelte den Kopf. »Das ist jetzt vorbei. Sie hatten natürlich unrecht, obgleich es eine vertrackte Situation war.« Er blickte Kelso listig an und fragte: »Hätten Sie wirklich auf mich gefeuert, Kelso?«

»Ich muß mit einer Gegenfrage antworten, Sir«, sagte Kelso. »Hätten Sie wirklich auf Oberst Clive gefeuert?«

17

Es war völlig dunkel, als Kelso spürte, wie das Boot weich auf sandigen Grund aufsetzte. Bald mußte der Mond aufgehen. Der zweite Kutter mit Lillywhite und seinen Marineinfanteristen kam rasch näher. Mit umwickelten Riemen bog er ohne das geringste Geräusch um einen Felsen in die kleine Bucht. Bewundernswert diszipliniert traten die vierzig Mann und zwei Offiziere schweigend auf dem sandigen Ufer an. Dann setzten sie sich lautlos in Bewegung: Kelso mit Padstow, Carter, dem Bootsmann, und einem Dutzend Seeleuten vorn, Lillywhite mit seinem Zug Rotjakken folgte. Im nächsten Augenblick waren sie in einer langen Reihe hintereinander im Dschungel verschwunden, ohne daß auch nur einer ein Wort gesprochen hätte.

Das Vorwärtskommen gestaltete sich in dem dichten Gewucher von lianenumschlungenen Bäumen und Büschen zunächst äußerst schwierig. Ohne Padstows Machete hätten sie kaum Fortschritte gemacht. Sie fragten sich, ob die Posten im Fort etwa schliefen. Denn hier im Dschungel klangen die wiederholten Schläge mit den Entermessern und das Zerhacken von Unterholz wie Signaltrommeln. Aber vom Feind war nichts zu sehen und zu hören. Dschungel und Dunkelheit hüllte den Trupp ein.

Schließlich begannen sie zu steigen. Bald wich der dichte Bewuchs zurück und eröffnete den Blick auf felsiges Gelände mit vereinzelten dünneren Bäumen. Plötzlich standen sie vor einer tiefen Schlucht und verbrachten eine enttäuschende halbe Stunde mit vergeblichem Suchen, bis einer der Seeleute eine schmale Hängebrücke aus geflochtenen Lianen entdeckte, auf der sie die Schlucht überquerten. Sie stiegen jetzt fast geräuschlos bergan – bis auf das heftige Keuchen der Männer und ein gelegentliches Kratzen der Stiefel auf kahlem Fels.

Es war kurz vor Mitternacht, als sie endlich in Schußweite vom Fort eintrafen. Kelso, der sie gerade einen steilen Hang aus losem Gestein und Schieferplatten hinaufführte, bemerkte einen quadratischen Turm, der unmittelbar vor ihnen aufstieg. Ein paar weitere Schritte brachten ihn auf ein mondbeschienenes Plateau; nun lag das Fort nur einen Steinwurf entfernt vor ihnen. In diesem Augenblick eröffneten die Verteidiger das Feuer.

Während sich Kelso blitzschnell zu Boden warf, dachte er unwillkürlich und voller Mißbilligung, welch großartige Chance der indische Kommandeur vertan hatte. Gewarnt, wie er zweifellos war – ihre Annäherung mußte trotz aller Vorsicht in der stillen Nacht deutlich zu hören gewesen sein –, hätte er das Feuer zurückhalten müssen, bis die gesamte Gruppe der Angreifer auf dem Plateau erschienen war. Dann hätte eine wohlgezielte Salve verheerende Verluste verursacht. So aber waren die ersten, ziemlich unordentlichen Schüsse abgefeuert worden, als lediglich Kelso, Padstow und ein oder zwei Seeleute auf dem Plateau standen.

Kelso wartete, bis Lillywhite eiligst neben ihn gekrochen kam. »Sie müssen uns gehört haben, Sir«, flüsterte er keuchend. »Sie haben uns erwartet.«

»Ja.«

»Jetzt können wir es nicht mehr schaffen, Sir.«

»Wir müssen es schaffen.« Kelso hob vorsichtig den Kopf, bis er das Fort deutlich vor sich sah. Die Inder feuerten noch immer aus ihren Schießscharten, obwohl das nur als Abschreckung gedacht sein konnte, denn sie sahen bestimmt keinen einzigen Engländer. Aus den zahlreichen Blitzen des Mündungsfeuers schloß Kelso auf etwa hundert oder mehr Schützen. Ein Frontalangriff über das offene Plateau kam somit nicht in Frage.

»Was werden wir tun, Sir?« fragte Lillywhite. Kelso wurde voller Unbehagen klar, daß für den jüngeren Offizier nicht der geringste Zweifel daran bestand, daß nur er, Kelso, die Antwort wisse. Ein gut verteidigtes Fort mit alarmierter und abwehrbereiter Besatzung, auf einem Felsen errichtet, der auf drei Seiten sehr steil und auf der vierten dreihundert Fuß senkrecht zum Fluß abfiel: In Lillywhites einfachem Gemüt war jeder Angriff darauf unmöglich – außer für seinen Kommandanten.

»Sagen Sie Ihren Leuten, sie sollen die Inder in Atem halten. Ich versuche es über die Flanken.«

Es war nur eine vage Hoffnung, und er merkte schon nach ein paar Schritten, daß seine Annäherung von den anderen Landseiten her genauso schwierig war wie auf ihrer Seite. Er konnte höchstens die Hälfte seiner Leute über das offene Plateau bringen – und dann mußten sie noch die Mauern erklettern.

»Auf diese Weise geht es nicht, Sir«, flüsterte Padstow heiser.

»Ruhe!«

Nur eine Spur leiser fragte Padstow: »Soll ich einen Blick auf die andere Seite werfen, Sir?«

»Ich kann die andere Seite von hier aus einsehen«, antwortete Kelso. »Jetzt halten Sie den Mund!«

»Aye, aye, Sir. Ich dachte nur, wir würden es auf allen vier Seiten versuchen.«

Noch während Padstow sprach, kam Kelso plötzlich der erlösende Einfall: *alle vier Seiten* – die vierte Seite! Die Wasserseite!

Sofort kroch er zurück, sammelte Carter und die Seeleute und bedeutete Lillywhite, mit seinen Marinesoldaten die Verteidiger abzulenken.

Ein Glück, dachte Kelso, als sie an den senkrechten Absturz kamen, daß der Mond jetzt schien und der Himmel nahezu wolkenlos war. Vorsichtig hielt er sich an einem flachwurzelnden Busch fest, der jeden Augenblick nachzugeben drohte, beugte sich über die Kante und spähte hinab in die Tiefe. Unendlich weit unten erblickte er den Fluß.

Deutlich erkannte er die reißende Strömung, die durch die Enge schoß, aber die Felsen und Büsche auf der gegenüberliegenden Seite lagen im Mondschatten und waren kaum auszumachen. Aus dem Wasser stieg senkrecht die gewaltige Felswand, gekrönt vom Fort. Er sah das Mündungsfeuer der Verteidiger, sie mußten dicht gedrängt auf der Südseite stehen, wo es unaufhörlich aufblitzte. Auch die Nord- und Westseite waren zweifellos besetzt, dort würden Verteidiger stehen, um jeden Angriff abzuschlagen. Die steile Wasserseite jedoch war sicherlich unbewacht.

Er wandte sich an Carter, der neben ihn gekrochen war, und sagte so laut, daß auch dessen Leute es hören konnten: »Ich suche einen Weg auf dieser Seite, Mr. Carter, und brauche ein paar Freiwillige.«

»Von dieser Seite, Sir? Aber – Entschuldigung, Sir – da gibt's keinen Weg.«

»An der Wand entlang.«

Der Bootsmann antwortete nicht, statt dessen robbte er weiter nach vorn und blickte hinunter in die schwindelnde Tiefe. Dann kroch er wieder zurück und sagte schaudernd: »Es ist entsetzlich steil und tief, Sir.«

»Ja, das ist es«, antwortete Kelso. »Deswegen können wir auch sicher sein, daß hier keine Verteidiger stehen. Wir brauchen nur hinüberzuklettern, bis wir einen Zugang finden.«

Carter schüttelte zweifelnd den Kopf. »Verzeihung, Sir, aber das ist zu gefährlich.«

»Nicht, wenn wir es langsam angehen und kühlen Kopf behalten.«

»Aber wir sind keine Kletterer, Sir, wir verstehen nichts von

Felskletterei.«

»Unsinn«, sagte Kelso. »Ihr seid alle Kletterer, seid Topsgasten gewesen und habt in der Takelage gearbeitet. Dies hier ist nicht schwieriger, als die Bramsegel zu bergen.«

»Ein bißchen einfacher, wenn Sie mich fragen«, sagte jemand im Hintergrund. »Hier ist wenigstens kein Seegang, der Fels steht still.«

»Aye«, ließ sich ein weiterer Sprecher vernehmen. »Und wenn der Kommandant zuerst geht!«

»Ich gehe zuerst«, versprach Kelso.

»Dann gehe ich mit, Sir«, antwortete eine wackere Stimme, und andere fielen rasch ein: »Ich auch! Ich auch!«

»Ich denke, wir gehen am besten alle«, sagte Carter. »Schließlich wollen wir ja das Fort einnehmen.«

Padstow hielt ihn am Kragen fest, und Kelso schwang sich angeseilt über die Kante. Einen Augenblick hing er frei in der Luft, während seine Füße nach einem Halt suchten. Unglücklicherweise war der Fels an dieser Stelle stark überhängend, so daß er sich grimmig an kleine Vorsprünge oder Vertiefungen klammern mußte, als Padstow ihn schließlich losließ. Sein Körper war in einem Winkel von fünfundvierzig Grad nach außen gestreckt.

»Alles klar, Sir?« kam Padstows besorgte Stimme von oben.

»Alles klar, nur etwas ungewohnt – wie in den Püttings*).«

Er glaubte, es ihnen schmackhafter zu machen, wenn er das Ganze mit Segelexerzieren an Bord verglich. Sie würden sich dann sicherer fühlen. Er hatte die volle Wahrheit gesprochen, sie waren alle schon Toppgasten gewesen. So gefährlich dies Unternehmen auch sein mochte, schien es ihm doch kaum schwieriger, als bei Sturm ein Bramsegel festzumachen. Seine einzige Befürchtung war, daß die Oberfläche des Felsens zu glatt sein könnte, um den nötigen Halt zu bieten.

Langsam und vorsichtig begann er sich zu bewegen. Es war gar nicht so schwer, denn die anfangs konkave Oberfläche neigte sich allmählich, wurde gerade und dann sogar ein wenig konvex. Er lag jetzt mit dem Bauch am Fels an, griff Hand um Hand, Fuß um Fuß weiter und hatte schon etwa zwanzig Yards zurückgelegt, als er hinter sich einen Schreckensschrei hörte. Er hielt sofort an und blickte zurück in der Erwartung, einen Körper durch die Luft flie-

*) Püttings: Teile der Wanten, die auf Mars und Saling führen. Sie werden mit dem Rücken nach unten durchstiegen. (d. Ü.)

gen zu sehen. Aber er sah nichts, statt dessen hörte er unterdrückte Flüche, dann einige leise Beifallsrufe und erleichtertes Aufatmen. Irgendeiner der Seeleute war wohl abgerutscht, von den anderen gehalten und wieder in Sicherheit gebracht worden.

Unbeirrt setzte Kelso seine mühsame und anstrengende Kletterei fort. Arme und Beine taten ihm weh, und noch immer war er ziemlich weit vom Fort entfernt. Seine Finger waren völlig taub, und er fragte sich besorgt, wie lange er sich wohl noch festhalten konnte.

Aber er mußte sich festhalten, genauso wie all die anderen, die ihm folgten. Sie mußten sich anklammern, denn ein Abrutschen, ein Moment des Nachlassens der Anspannung führte in den sicheren Tod.

Mit einer verzweifelten Anstrengung schaffte er es, weitere dreißig Yards zu traversieren, bis seine schmerzenden Arme und Finger ihn zur Pause zwangen. Völlig erschöpft lehnte er das Gesicht gegen die Felswand und hielt sich lediglich fest. Weit unten sah er den schäumenden Fluß. Verzweifelt sagte er sich: Du mußt weiter! Du mußt weiter! Aber er wagte nicht, den Griff seiner Hand zu lösen, um nach einem neuen Halt zu suchen.

»Alles in Ordnung, Sir?« Es war ihm nicht aufgegangen, daß Padstow so dicht hinter ihm kletterte. Als er zurückblickte, sah er ein Dutzend Männer gleich ihm in der Wand hängen, den Rücken im freien Raum. Der Anblick spornte ihn noch einmal zu äußerster Anstrengung an.

»Alles in Ordnung«, sagte er. »Es kann nicht mehr weit sein.«

»Wollen Sie denn noch weiter, Sir?« fragte Padstow. »Da ist doch ein wunderschönes Fenster, genau über Ihrem Kopf.«

Kelso blickte nach oben und fühlte eine solche Woge der Erleichterung, daß er sich unwillkürlich entspannte und heftig mit den Beinen nach einem neuen Halt suchen mußte, weil sein einer Fuß abgerutscht war. Glücklicherweise fand er einen halbwegs sicheren Stand und begann nun mit unendlicher Vorsicht und ungeheurer Willenskraft, aufwärtszuklettern.

Als er endlich das Fenster erreichte, war er so erschöpft, daß er nur noch hindurchkriechen konnte. Zitternd vor Schwäche ließ er sich in dem Gang dahinter zu Boden sinken. Der kümmerlichste Inder hätte ihn in diesem Augenblick ohne sonderliche Mühe erledigen können, aber wie gehofft war kein einziger Verteidiger zu sehen.

Nach ein paar Minuten hatte er sich genügend erholt, um Padstow und den anderen durch die kleine Öffnung zu helfen. Unmittelbar danach stiegen sie alle unter seiner Führung leise eine Steintreppe hinauf zu der mondbeschienenen Brustwehr.

Vorsichtig blickte er sich um. Auf der Südseite, verborgen durch einen Teil der Brustwehr, feuerten die Verteidiger noch immer verbissen weiter. Hin und wider prallte eine Kugel von Lillywhites Leuten an der Steinmauer ab und pfiff über ihre Köpfe. Hier, auf der Ostseite, war kein Mensch.

Die Kanonen – vier im ganzen – standen in gleichen Abständen an der östlichen Brustwehr. Es schien sich um alte Feldgeschütze zu handeln, die aber durchaus imstande waren, Kanonenkugeln oder eine Ladung schweren Schrotts über geringe Entfernungen zu feuern. Die kurzen Rohre deuteten auf keine allzu große Zielgenauigkeit hin, was bei dem dichten Passieren der feindlichen Schiffe hier auch nicht nötig war. Es genügte, die Ladung in gestreckter Flugbahn nach unten zu schießen. Auf diese geringe Entfernung konnten sie nichts verfehlen, und es war nicht zu verwundern, daß Watson die Flußenge als unpassierbar bezeichnet hatte.

»Was wollen wir mit ihnen machen, Sir? Vernageln?« fragte Carter.

Kelso untersuchte die nächststehende Kanone, die mit ihrer Mündung durch die Schießscharte nach unten auf den Fluß gerichtet war. Sie stand auf Rädern, durch Felsblöcke gegen den Rückstoß gesichert. Nach jedem Schuß mußte sie mit Menschenkraft wieder in Position gebracht werden. Kelsos Problem war es jetzt, die Geschütze nicht nur unschädlich zu machen, sondern dies auch möglichst geräuschlos zu tun. Sobald er und seine Leute einmal entdeckt worden waren, konnten sie kaum noch auf ein Entkommen hoffen. Wenn sie alle gefangen oder getötet wurden, dann war das ganze Unternehmen umsonst gewesen.

Also antwortete er: »Ja, machen Sie die Geschütze klar zum Vernageln. Inzwischen will ich mit einigen von Ihnen versuchen, ob wir sie bewegen können.«

»Denke, wir können das, Sir«, entgegnete ein bärenstarker Seemann. »Wo sollen wir sie hinbringen?«

»Über die Kante kippen.«

Als sie seinen Plan verstanden hatten, gingen sie mit Eifer ans Werk. Es war ihnen allen klar, daß ihr Glück, unentdeckt zu bleiben, nicht mehr allzu lange anhalten konnte.

Sie rollten das erste Geschütz zur Brustwehr, aber als sie versuchten, es über den niedrigen Wall zu kanten, erwies es sich als zu schwer. Kelso schnitt die Taue durch, mit denen die Felsbrokken angebunden waren, aber trotzdem ließen sich die Räder nicht mehr als ein bis zwei Zoll anheben.

Er blickte sich suchend nach weiteren Felsbrocken um, aus denen man eine Rampe errichten konnte, aber außer einigen kleineren Steinen war nichts Verwendbares da. Als er weitersuchte, fiel ihm auf, daß das Feuer auf der Südseite erheblich abgenommen hatte. Nur noch gelegentlich fiel ein Schuß. Zweifellos war Lillywhite die Munition ausgegangen, und den Indern wurde wohl langsam klar, daß sie mit einem bevorstehenden Angriff nicht zu rechnen brauchten. Die Zeit drängte.

»Diese Gewichte«, rief er, »schiebt sie gegen die Mauer!«

Rasch gehorchten die Leute, und die Kanone wurde wieder nach vorn gerollt, bis die Räder gegen die Felsbrocken stießen.

»Jetzt alle zusammen! Hau ruck! Jetzt muß sie hinüber.«

»Hau ruck!« rief Carter. »Hau ruck!«

Zuerst bewegte sich die Kanone um keinen Zoll. Mit bis zum Bersten gespannten Muskeln und schweißnassen, im Mondlicht glänzenden Gesichtern zogen und schoben die Seeleute, aber alle Anstrengungen waren vergebens.

Plötzlich bewegte sich das rechte Rad und rollte auf den Felsblock, kantete aber nun das ganze Geschütz gefährlich zur Seite. Dann – unerwartet – kam auch das linke Rad nach. Die Kanone lehnte jetzt gegen die Brustwehr, das Rohr zeigte hinaus in die Nacht.

»Hieot!«riefKelsomitzusammengebissenenZähnen.»Hieot!«

Langsam, ganz langsam rollten die Räder aufwärts bis fast auf die Brustwehr.

»Padstow! Trethowan! Kriecht drunter und stemmt sie hoch.«

Eine endlose Minute lang stand sie auf der Brustwehr und drohte zurückzurollen, wenn die Männer auch nur einen Augenblick in ihrer Anstrengung nachließen.

»Jetzt alle zugleich! Hieot!« zischte Kelso.

Langsam bewegten sich die Räder, das Rohr kippte nach unten, und bevor sie es richtig begriffen, war das Geschütz verschwunden und sauste fast lautlos hinunter in den Fluß.

Die Seeleute streckten sich, grinsten stolz und dankerfüllt, dann folgten sie ihrem Kommandanten zur nächsten Kanone.

Eine halbe Stunde später war auch das vierte Geschütz über die Brustwehr gekippt und in der Tiefe verschwunden. Es schien anglaublich, daß die Inder noch immer keine Ahnung davon hatten, was sich hinter ihrem Rücken abspielte. Sie standen weiterhin dichtgedrängt am südlichen Wall, aber das Schießen hatte aufgehört.

Kelso führte seine Leute die Stufen hinunter zu dem unteren Gang, dann weiter hinab auf einen im Mondschatten liegenden Hof. Ein paar Inder hockten dort, und auf der anderen Seite lehnten zwei bewaffnete Posten am Tor.

»Fertig?« flüsterte Kelso. Er sah Padstow erwartungsvoll grinsen. Alle hatten ihre langen Entermesser gezogen. *»Los, Jungs!«*

Mit teuflischem Gebrüll rasten sie aus dem Dunkel hervor über den Hof und zum Tor. Die beiden unglückseligen Posten wurden niedergemacht, bevor sie Zeit hatten, ihre Musketen zu heben. Nach ein paar weiteren heftigen, aber kurzen Kämpfen flüchteten die restlichen Inder.

»Macht das Tor auf!« brüllte Kelso.

Carter arbeitete fieberhaft und suchte in der Dunkelheit den Verschlußbalken. Oben auf den Brustwehren schrien die Soldaten überrascht und ungläubig.

»Geh auf, verdammt!« fluchte Carter.

Plötzlich fand er den Balken, hob ihn hoch, und majestätisch schwangen die gewaltigen Torflügel nach außen in die Nacht.

»All right!« rief Kelso. »Raus mit euch, aber bleibt um Himmels willen nicht alle auf einem Haufen!«

Kelso hatte immer Glück im Gefecht, aber selten war er so vom Glück begünstigt gewesen wie in diesem Augenblick. Als sie aus dem Tor stürmten und bevor die Verteidiger auf den Mauern ihre Musketen in Anschlag bringen konnten, wurde der Mond jählings von einer Wolke verdunkelt. Ein paar wahllos und ziellos abgefeuerte Schüsse waren zu hören, lautes Geschrei und Geschnatter, aber es war zu dunkel zum Zielen. Sie rannten über das Plateau und sprangen über die Kante, wo ein jetzt sehr erleichterter Lilywhite sie erwartete.

18

In der Morgendämmerung segelte die *Paragon* mit günstigem Wind unbehindert durch die Enge. Lediglich ein paar Gewehrschüsse waren zu hören, die aber nicht trafen. Weiter fuhr sie ungestört flußaufwärts auf der Suche nach den Truppen des Nabob.

Mit leichter Backstagsbrise machte sie genügend Fahrt, um die Strömung zu überwinden. Nach einem glühend heißen Tag beschloß Kelso, für die Nacht in einer breiten Flußbiegung zu ankern. Er schickte zwei Landungstrupps an die Küste, einen unter Lillywhites Führung, den anderen unter dem Kommando des jungen Adams. Beide meldeten übereinstimmend bei ihrer Rückkehr, daß die Dörfer, die sie gesehen hatten, von den Einwohnern verlassen waren, bis auf ein paar alte Leute, die ihnen mitteilten, daß ein ungeheures Heer von Murshidabad aus anrücke. Die wehrfähigen Männer und alle Frauen hätten sich mit dem Vieh in die Sümpfe geflüchtet.

Bei Hellwerden meldete der Ausguck aus dem Großtopp eine ferne Staubwolke, eine Meile breit, die sich bis zum Horizont erstrecke. Nach einer Stunde waren die ersten Kavallerietrupps zu sehen und dahinter die endlosen Linien der Infanterie.

Kelso enterte auf und konnte ein Gefühl der Bewunderung nicht unterdrücken, als er die weite Ebene vollkommen von marschierenden Soldaten bedeckt sah, in welche Richtung er auch blicken mochte.

Ohne Hast enterte er nieder, denn die *Paragon* hatte jetzt sowohl mitlaufenden Strom als auch halben Wind. Sobald die ersten Linien der Kavallerie ins Dorf einrückten, ließ er Segel setzen und Anker lichten.

Trotz des günstigen Windes erreichte er aber Clives Lager eine Meile außerhalb Kalkuttas erst am späten Nachmittag. Als er an Land kam, fand er Watson und Clive beim Abendessen.

Watsons Erwiderung seines Grußes war zurückhaltend und unverbindlich, ein leichtes Nicken mit halbgeschlossenen Augen, aber Clive sprang sofort auf, wie immer begierig auf Neuigkeiten.

»Was hast du herausgefunden, Roger? Gab es irgendwelche Anzeichen von Truppen?«

»Mehr als Anzeichen«, erwiderte Kelso. »Bei Tagesanbruch waren die Leute des Nabob beim Taimpur, weniger als hundert Meilen entfernt.«

»Du hast sie tatsächlich gesehen?«

»Ja.«

Watson fragte mit einem Anflug von Bewunderung in der Stimme: »So sind Sie also durchgekommen?«

»Ja, Sir.«

»Darf ich fragen, was sich in Baranpur ereignet hat?«

»Ich ging mit einem Stoßtrupp an Land.«

»Und erstürmten das Fort?«
»Nein, Sir. Ich hatte nur vierzig Mann.«
»Aber Sie haben die Kanonen unschädlich gemacht?«
»Wir haben sie in den Fluß gekippt.«
Der Admiral schüttelte den Kopf und schnalzte anerkennend mit der Zunge, machte aber keine weitere Bemerkung.
Clive schnallte jetzt seinen Degen um. »Wie groß ist das Heer?« fragte er.
»Größer, als ich jemals eines gesehen habe.«
»Wieviel Mann?«
»Fünfzig-, sechzigtausend, vielleicht auch mehr.«
Beeindruckt blieb Clive stehen. »So ist es also wahr, was wir gehört haben?«
»Ja. Er hat unzählige Kolonnen Infanterie, ferner Kavallerie – mehr Linien, als ich zählen konnte – und Elefanten.«
»Also, je eher ich ihnen entgegenziehe, desto besser«, sagte Clive lebhaft.
»Je eher – was?« Watson beugte sich so heftig vor, daß er sein Weinglas umstieß. »Sie meinen –«
»Ich gebe Befehl zum Abrücken«, entgegnete Clive. »Die mögen uns an Zahl überlegen sein, aber nicht in der Führung.«
»Das werden sie aber zweifellos sein, wenn Sie Ihre vorbereitete Auffangstellung verlassen«, warf Watson ärgerlich ein.
»Ich soll zwei Tage oder noch länger hier sitzen und nichts tun?«
»Ja. Ich befehle Ihnen, an dem einzigen Ort zu kämpfen, wo Sie eine Chance haben.«
Clive ging sofort hoch. »Nun ist es aber genug, Watson!« schrie er wütend. »Wollen Sie verdammter Seemann in meine Erdkämpfe eingreifen? Was wissen Sie von einer Landschlacht?«
»Unglaublich! Sie unverschämter –«
»Wo stehen deine Truppen jetzt?« fragte Kelso scharf.
Clive blickte ihn einen Augenblick störrisch an und antwortete dann zögernd. »Sie sind auf der Ostseite des Mahrattengrabens verschanzt.«
»Wieviel Mann?«
»Fünfzehnhundert, dazu sechshundert Seeleute.«
»Artillerie?«
»Sechs Feldgeschütze.«
»Ich denke, du solltest bleiben, wo du bist, bis du die Größe seines Heeres gesehen hast.«

»Oh, verdammt! Du auch, Kelso!«

»In der befestigten Stellung hinter dem Graben bist du vor seiner Kavallerie sicher.«

»Natürlich«, schrie Watson. »Es ist Ihre einzige Chance!«

Clive wandte sich um, schnallte den Degen wieder ab und sagte bockig: »Gut, wenn ihr beide gegen mich seid – obwohl ich sagen muß, Watson, daß es nach den Depeschen aus Madras auf jeden Tag ankommt.«

»Sind Nachrichten aus Madras eingetroffen?« fragte Kelso rasch.

»Ja. Die Korvette *Falcon* lief heute morgen ein«, sagte Watson. »Pigot und sein verdammter Rat wollen, daß wir sofort zurückkehren.«

Kelso blickte Clive an. »Hast du von Margaret gehört, Robert?«

Diese Frage durchdrang selbst Clives Grollen. Er sah auf. »Was? O ja, ich habe von ihr gehört. Zehn Briefe. Also noch jemand, der uns so schnell wie möglich zurückhaben will.«

Das Heer des Nabobs erschien nach zwei Tagen, und selbst das stärkste englische Herz bebte beim Anblick dieser ungeheuren Menge Truppen. Gegen die zweitausend Engländer mit ihren sechs Kanonen führte Mir Jaffir ins Feld: achtzehntausend Mann Kavallerie, sechzigtausend Infanteristen, vierzig Geschütze und – um den fremden Eindringlingen Furcht einzuflößen – mehr als fünfzig Elefanten.

Der Heerhaufen wälzte sich langsam heran, in eine ungeheure Staubwolke gehüllt, aber als die vordersten Linien nur noch höchstens eine Meile entfernt waren, hielten sie an und begannen, in Sichtweite des Mahrattengrabens ein Lager aufzuschlagen.

Wieder wollte Clive sofort angreifen, aber Watson widersetzte sich dieser Absicht so heftig, daß man übereinkam, vor dem nächsten Tag nichts zu unternehmen.

Überraschenderweise waren es dann die Inder, die den ersten Schritt taten. Ein Parlamentär mit weißer Flagge erschien und meldete, Surajah Dowlah sei zu Verhandlungen bereit. Daraufhin wurden Unterhändler ins feindliche Lager geschickt, aber sie kehrten später ohne definitive Antwort zurück, lediglich mit dem Bescheid, man möge warten, bis es dem Nabob beliebe.

Wieder gab es heftigen Streit bei den Engländern. Clive war entschlossen, unverzüglich anzugreifen, Watson dagegen bestand auf Warten. Schließlich war es Kelso, der die Entscheidung herbeiführte.

Er hatte von Lillywhite Meldung erhalten, daß eine kleine Gruppe Inder über den Graben geschwommen und in die englischen Linien eingesickert sei. Es konnte sich um einen Aufklärungstrupp handeln, vielleicht waren es aber auch nur ein paar Eingeborene aus Kalkutta, die desertierten und nach Hause wollten. Kelso dramatisierte den Vorfall in seiner ruhigen, trockenen und nüchternen Art so erfolgreich, daß auch Watson jetzt zum Zuschlagen bereit war. Man kam überein, daß Clive und Kelso in der kommenden Nacht angreifen sollten.

Sie überquerten den Graben eine Stunde vor Hellwerden, und zunächst sah es so aus, als hätten sie den Gegner völlig überrumpelt. Die Posten, die sie trafen, schliefen entweder oder waren so überrascht beim Auftauchen der Engländer, daß es nahezu eine Stunde dauerte, bis allgemeiner Alarm gegeben wurde. Darauf brach im feindlichen Lager Verwirrung aus, die durch den herrschenden Morgennebel noch vergrößert wurde und zur Panik zu führen drohte. Aber jetzt zeigte sich, daß Mir Jaffir ein erfahrenerer und besserer Heerführer war als Manakchand. Seine Truppen entsannen sich ihrer zahlenmäßigen Überlegenheit. Die dreizinkige Gabel, bestehend aus drei Zügen, die von Clive, Kelso und Eyre Coote geführt wurden, stieß zwar tief in den weichen Bauch des Feindes vor, vermochte ihm aber keine tödliche Wunde beizubringen. Wenn ein Dutzend der Verteidiger floh oder getötet wurde, kamen Hunderte, um die Linien wieder aufzufüllen. Die englischen Stoßtrupps konnten zwar tief in die indischen Reihen eindringen, aber es war keineswegs sicher, daß sie auch wieder herauskommen würden.

Glücklicherweise erwies sich der Nebel, der zuerst so störend erschien, jetzt als ihr Verbündeter und verhinderte einen großflächigen Gegenangriff der Inder. Bei vollem Tageslicht und klarer Sicht wäre Clives winzige Streitmacht wahrscheinlich erdrückt worden, so aber schien Mir Jaffir nicht genügend informiert über ihre Position und Stärke.

Trotzdem war der englische Vormarsch in steigendem Maß gefährdet. Derselbe Nebel, der sie Mir Jaffirs Unterführern verbarg, reduzierte ihre eigene Feuerkraft auf einige aufs Geratewohl geschossene Salven. Kelso, der die Schwäche der bengalischen Soldaten fast besser kannte als Clive, setzte jedoch durch, daß die Engländer und Sepoys wahllos in den umgebenden Feind hineinfeuerten und dabei so viel Kampflärm wie möglich machten.

Sein Rat erwies sich als wirkungsvoll. Als die Engländer laut brüllend weiter vordrangen und dabei ihre Musketen abfeuerten, flutete der Feind in Verwirrung zurück. Auch war das Feuer nicht ganz umsonst. Tote und schwer verwundete Inder bedeckten den Boden, über den sie vorrückten. Als sie einmal kurz stehenblieben und einige disziplinierte Salven abfeuerten, verbreitete sich die Angst vor dem nahenden Unheil noch schneller. Trotz des Lärms, den sie selbst verursachten, hörten die Briten die Schreie der Verwundeten, das Wiehern der verängstigten Pferde. Bei ihrem weiteren Vormarsch fanden sie die Ebene übersät mit zurückgelassener Ausrüstung der Kavallerie.

Aber auch die Briten blieben nicht von Verlusten verschont. Eine Salve feindlicher Brandgeschosse, aus unmittelbarer Nähe abgefeuert, traf die Patronentaschen einiger Sepoys, und die Explosion, die sich von Mann zu Mann fortpflanzte, riß einen ganzen Zug in Fetzen. Kelso, der diesen Truppenteil führte, erkannte sofort die Gefahr. Die anderen Sepoys, die das Gros von Clives Truppen bildeten, blieben unentschlossen stehen. Ein einziger verängstigter Mann konnte jetzt Panik hervorrufen. Kelso rannte schnell an ihre Spitze, schwang den Degen hoch über seinem Kopf und schrie: »Vorwärts!«

Einen Augenblick schwankten die Sepoys zwischen Panik und Disziplin.

»Vorwärts!« donnerte Lillywhite, der neben Kelso gestürmt war.

»Vorwärts!« piepste Leutnant Adams von der anderen Seite.

»Vorwärts, ihr verdammten Heiden!« schrie Padstow von vorn.

Die Sepoys sahen den britischen Kommandeur vor sich im Nebel verschwinden, sahen die rotröckigen Marineinfanteristen in wohlgeordneten Linien diszipliniert wie immer vorrücken und die Seeleute schon weit vorn. Ein paar Sepoys begannen den anderen zu folgen, weitere Gruppen schlossen sich an, und nach einigen Minuten war die Gefahr eines Rückzugs gebannt.

Kelso, zu dieser Zeit gegenüber den anderen beiden Kampfgruppen ein wenig voraus, fand sich plötzlich auf einem Damm, der als erstes Angriffsziel vorgesehen war. Unentschlossen hielt er an. Zwar war bei dem noch immer herrschenden Nebel im Augenblick kein einziger Feind in Sicht, genausowenig sah er aber auch Clive und Eyre Coote mit ihren Truppen. Schließlich entschloß er sich zu warten.

Als er auf dem Damm stand und nach dem günstigsten Platz für eine Verteidigung Ausschau hielt, wurde ihm die Entscheidung abgenommen, denn völlig unerwartet donnerte ein Kanonenschuß.

Im ersten Augenblick glaubte er, durch irgendein Wunder hätten die Kanoniere des Nabob herausgefunden, wo die englischen Truppen standen. Das Heulen über ihren Köpfen und der dumpfe Aufschlag wurden begleitet von den entsetzlichen Schreien eines Verwundeten. Die Sepoys blickten sich ängstlich um, bereit zu sofortiger Panik. Kelso wußte aus Erfahrung, daß die einzige Chance darin bestand, sie in Bewegung zu halten.

»Dorthin!« rief er. »Über den Damm, dann seid ihr in Sicherheit.«

Freudig folgten die Soldaten seiner Anweisung. Eifrig kletterten sie, einander beiseite stoßend, über die Dammkrone und in die Vertiefung dahinter. Jetzt erst merkte Kelso, daß er die richtige Wahl getroffen hatte, denn an der Einschlagsrichtung stellte er fest, daß der Schuß aus Osten, also aus ihrem eigenen Lager, gekommen war. Die sechs Geschütze, die Clive jenseits des Mahrattengrabens zurückgelassen hatte, feuerten jetzt offensichtlich ohne genaues Ziel aufs Geratewohl in Richtung der feindlichen Stellungen. Unglücklicherweise trafen sie dabei in die eigenen Reihen.

Hinter dem hohen Wall waren die Sepoys in Sicherheit, während Kelso noch immer oben auf dem Damm stand und angestrengt nach seinen beiden Mitstreitern Ausschau hielt.

Hierbei hörte er mehr, als er sehen konnte. Einige Reiter galoppierten vorbei, ohne in Sicht zu kommen, und zu seiner Rechten war noch immer Gewehrfeuer zu vernehmen. Indische Soldaten tauchten plötzlich aus dem Nebel auf, aber aus irgendeinem unerfindlichen Grund machten sie kehrt und verschwanden genauso schnell, wie sie gekommen waren, ohne einen einzigen Schuß abgegeben zu haben.

»Roger! Was, zum Teufel, machst du hier?«

Kelso wandte sich beim Klang von Clives dröhnender Stimme erleichtert um.

»Wir wurden von der Kavallerie angegriffen«, erklärte Clive. »Haben den Damm weiter unten überquert. Dachte bereits, wir hätten dich endgültig verloren.«

Beim Höhersteigen der Sonne klarte der Nebel langsam auf, und die englischen Soldaten mußten sich beeilen, wenn sie vor dem vollen Tageslicht wieder in ihren Stellungen sein wollten. Wieder einmal war Clive das Glück treugeblieben. Sie hatten den Damm zufällig erreicht, aber er erwies sich jetzt als besonders günstig, denn nur er ermöglichte ihnen ein rasches Vorwärtskommen und bot zugleich Schutz vor dem feindlichen Artilleriebeschuß. Sie folgten ihm zum Fluß, bis sie auf die ihnen wohlbekannte, nach Fort William führende Straße kamen.

Jetzt mußten sie zwar die Deckung verlassen, aber es dauerte einige Zeit, bis die Meldung von ihrem Auftauchen zu Mir Jaffir vordrang, und dann noch einmal ebenso lange, bis ein halbherziger Gegenangriff der ohnehin schwer erschütterten Kavallerie anlief. Die britischen Truppen, ermutigt durch die Nähe des vertrauten Forts und des Mahrattengrabens, schlugen kräftig zurück. Während die letzten Nebelschwaden sich allmählich verflüchtigten, kehrten sie triumphierend in ihre befestigten Stellungen zurück.

Die Engländer hatten etwas über zweihundert Mann und zwei Geschütze verloren, die gegnerischen Verluste beliefen sich auf das Zehnfache.

Am nächsten Tag bat der Nabob um Frieden.

19

Nach der formellen Unterzeichnung des Friedensvertrages durch Surajah Dowlah wandten die britischen Befehlshaber ihre Aufmerksamkeit wieder den Franzosen zu. Der Nabob hatte volle Entschädigung für den in Kalkutta angerichteten Schaden und Wiederherstellung der Handelsrechte der Ostindischen Kompanie zugesagt. Die Franzosen jedoch saßen noch immer wohlverschanzt in ihrer Festung Chandernagore und durften ohne Einwilligung des Nabobs nicht angegriffen werden.

Diese verweigerte er hartnäckig. Es drangen sogar Nachrichten vom Hof aus Murshidabad durch, daß er die Beziehungen zu den französischen Besitzungen besonders pflege – als Gegengewicht zur Übermacht der Briten. Ein Hofschreiber, der vom dortigen Vertreter der Kompanie, Watts, regelmäßig bestochen wurde, berichtete von eiligen Briefen an Bussy, den französischen Befehlshaber in Dekhan. Surajah Dowlah bot ihm ungeheure Summen und Handelsrechte an, wenn die Franzosen ihre Truppen nach Norden vorrücken ließen, um den Engländern Einhalt zu gebieten. Law, der französische Vertreter am Hof des Nabob, genoß dessen besonderen Schutz.

Clive, der von diesen Intrigen erfuhr, wurde zur Vorsicht gemahnt. Da aber beinahe jede Woche Botschaften von Gouverneur Pigot eintrafen und die sofortige Rückkehr der britischen Streitkräfte forderten, hatte er es eilig, den Feldzug zu beenden. Gleichzeitig war er sich jedoch der prekären Situation der Engländer bewußt, denn ihr Triumph über Surajah Dowlah war keineswegs entscheidend gewesen, und mit ihren dürftigen Streitkräften konnten sie es sich nicht leisten, Surajah Dowlah herauszufordern.

Sie saßen im Gouverneurszimmer von Fort William und diskutierten die offenbar unmögliche Aufgabe, des Nabobs Zustimmung zum Vorgehen gegen die Franzosen zu erhalten. Gouverneur Drake, jetzt ein ruhiger und seltsam vorsichtiger Drake, saß im Stuhl, Watson und Admiral Pocock zu seiner Rechten, Eyre Coote und Clive zur Linken. Kelso saß am unteren Ende der Tafel und sagte wenig, behielt aber den unglückseligen Drake scharf im Auge, was dieser deutlich spürte.

»Meiner Meinung nach sollten wir unverzüglich angreifen«, rief Clive.

»Und eine offene Schlacht mit dem Nabob riskieren«, schnaubte Watson verächtlich.

»Immer noch besser, als hier herumzusitzen, während Pigot in Madras täglich um unsere Rückkehr bittet.«

»Wenn wir uns mit dem Nabob anlegen, wird möglicherweise kein einziger von uns zurückkehren«, sagte Pocock. »Sie können nicht immer mit dem Glück rechnen, das Ihnen im Gefecht wieder einmal zur Seite gestanden hat.«

»Vielleicht hatten wir Glück«, sagte Clive. »Aber trotzdem haben wir einen beträchtlichen moralischen Sieg errungen. Ist es nicht so, Kelso?«

Kelso beugte sich vor und sagte eindringlich: »Ob wir sie jetzt angreifen oder später, eines ist klar: Die ganze Expedition war vergeblich, wenn wir nicht die Armee des Nabob vernichtend schlagen.«

»Verdammt, Kelso, wir haben sie doch schon geschlagen – und hatten Glück, daß wir mit verhältnismäßig geringen Verlusten davonkamen. Wollen Sie wirklich ernsthaft nochmals alles aufs Spiel setzen?«

»Wir werden hier erst sicher sein, wenn Surajah Dowlah vernichtend geschlagen ist«, sagte Kelso.

»Und die Franzosen aus Chandernagore vertrieben«, fügte Clive hinzu.

»Dem pflichte ich bei«, sagte Kelso. »Früher oder später werden wir des Nabobs Armee schlagen, doch zuerst müssen wir uns die Franzosen vorknöpfen.«

»Aber wie?« fragte Watson.

Eine Zeitlang saßen sie alle schweigend da, beobachteten einander vorsichtig und warteten darauf, daß einer von ihnen einen Vorschlag riskierte.

»Es gibt eine Möglichkeit«, sagte Kelso schließlich. »Wenn Sie entschlossen sind, des Nabobs Zustimmung zu erhalten.«

Es war ein Zeichen seiner allgemeinen Wertschätzung, daß niemand eine spöttische Bemerkung machte. Sie warteten zunächst ab, bis Drake endlich sagte: »Wenn Sie uns bitte Ihren Plan erklären wollen, Kelso ...«

»Im Nordwesten herrscht Unruhe, wie wir alle wissen«, sagte dieser. »Die Afghanen sind nach Süden vorgedrungen, bis dicht vor Delhi, und das gesamte Land wird gebrandschatzt.«

»Das ist allgemein bekannt«, sagte Watson. »Aber was nützt uns das hier in Bengalen? Die Afghanen sind gut achthundert Meilen entfernt, wie wir wissen.«

»Wie wir wissen«, wiederholte Kelso betont.

Watson blickte ihn verständnislos an und schüttelte den Kopf. »Ich mag wohl etwas schwer von Begriff sein, Kelso, aber ich will verdammt sein, wenn einer von uns hier weiß, worauf Sie hinauswollen.«

»Watts hat seine Spione und Agenten am Hof von Murshidabad«, erklärte Kelso. »Angenommen, es würde ein Gerücht in Umlauf gesetzt, daß die Afghanen weiter nach Süden vorrücken, daß ihr wirkliches Ziel nicht Delhi, sondern Murshidabad sei?«

Sie hörten gespannt zu, noch immer nicht begreifend, nur Clive rief begeistert: »Natürlich! Watts kann das schaffen.«

»Aber zu welchem Zweck?« fragte Admiral Pocock. »Ich sehe noch immer keinen Zusammenhang. Was hat eine Desinformation über einen Angriff der Afghanen mit uns hier zu tun?«

»Wenn Surajah Dowlah den Gerüchten Glauben schenkt«, antwortete Kelso, »und ich gehe jede Wette ein, daß er es tut, dann wird er seine augenblicklichen Befürchtungen und Intrigen vergessen und verzweifelt versuchen zu überleben.«

»Und?«

»Er weiß, daß sein Heer den Afghanen nicht annähernd gewachsen ist; also wird er nach Hilfe Ausschau halten, und zwar nach der stärksten verfügbaren Macht, und das sind wir.«

»Stimmt!« rief Clive aufgeregt. »Kelso hat recht.«

Watson zuckte leicht mit den Schultern. »Somit wird Surajah Dowlah sich an uns wenden. Und was tun wir? Sollen wir uns auch noch ein Afghanenproblem aufhalsen?«

»Es werden keine Afghanen da sein«, erklärte Kelso geduldig, »wenigstens nicht näher als vor Dehli. Aber wenn Surajah Dowlah glaubt, daß sie kommen, wird er uns um Hilfe bitten.«

»Ich wiederhole noch einmal: Was dann?«

»Wir werden einwilligen, nachdem wir darauf hingewiesen haben, daß man vernünftigerweise nicht von uns erwarten kann, nördlich von Murshidabad zu kämpfen, wenn eine feindliche französische Armee in Chandernagore in unserem Rücken steht.«

Ihre steife Haltung lockerte sich, als ihnen die Einzelheiten des Plans klarwurden. Admiral Pocock begann zu lächeln, und Gouverneur Drake sagte, es sei eine glänzende Idee. »Das wird klappen!« rief Clive begeistert. »Das wird klappen!«

»Zumindest«, meinte Watson, »ist es den Versuch wert.«

In den folgenden Wochen wurde die Intrige sorgfältig vorbereitet. Auf rätselhafte Weise entstanden Gerüchte in den Basaren von Murshidabad und verbreiteten sich genauso rätselhaft, bis sie zum Hof des Nabob vordrangen. Surajah Dowlah geriet in Panik und wandte sich an Watts mit der Bitte, die britischen Streitkräfte auf seine Seite zu ziehen. Watts, der durch lebenslangen Dienst an indischen Fürstenhöfen genauso verschlagen geworden war wie ein echter Orientale, ließ einen deutlichen Mangel an Begeisterung spüren. Zur gleichen Zeit traf am Hof ein Brief von Admiral Watson ein, der mit Nachdruck die Vertreibung der französischen Garnison aus Chandernagore forderte.

Surajah Dowlah steckte in einem Dilemma. So sehr er die Hilfe der Engländer herbeisehnte, so sehr klammerte er sich auch eigensinnig an die einzige Macht, die ihnen Widerstand bieten konnte, sobald die afghanische Gefahr gebannt war. Ängstlich eine klare Entscheidung vermeidend, beantwortete er Watsons Brief mit leeren Phrasen, aber ohne einen einzigen Satz, der als Einwilligung zum Angriff auf die Franzosen gedeutet werden konnte.

Jetzt zeigte sich Watts' orientalische Schlauheit. Er überredete den von ihm bestochenen Schreiber, einen Antwortbrief in den verschwommensten Formulierungen aufzusetzen, der gerade noch vom Nabob akzeptiert, aber gleichzeitig vom englischen Befehlshaber als Einwilligung interpretiert werden konnte.

Der Brief traf am Morgen des ersten März ein, aber ihm folgte wenige Stunden später ein anderes Schreiben, in dem jede Erlaubnis zum Angriff auf die Franzosen strikt verweigert wurde.

Clive und Watson waren endlich einmal sofort einig. Sie beschlossen, sich nach dem ersten Brief zu richten und den zweiten zu ignorieren.

Der Angriff auf Chandernagore wurde von Eyre Coote mit seinen Neununddreißigern von der Landseite, von Watsons Geschwader sowie von der Kompaniefregatte *Paragon* vom Fluß aus geführt. Nach mehrtägiger Belagerung und schwerem Artilleriebeschuß durch die Schiffe wurde die weiße Flagge gehißt. Die französische Macht in Bengalen war für alle Zeiten gebrochen.

20

Während der folgenden Wochen schien Kelso seinem Freund Clive so hartnäckig zu folgen wie ein Schatten. Jetzt, da sie die Franzosen besiegt und mit Surajah Dowlah Frieden geschlossen hatten, konnten die Befehlshaber die Expedition als erfolgreich abgeschlossen ansehen. Watson, dessen Gesundheit in dem feuchten Klima Bengalens erheblich gelitten hatte, war nur zu geneigt, sich mit dem Erreichten zufriedenzugeben. Jedes aus Madras kommende Schiff brachte neue Botschaften von Pigot, in denen er dringend die sofortige Rückkehr des Geschwaders und der Streitkräfte forderte. Jede Woche kamen auch Briefe für Clive, die Margarets Handschrift trugen. Nur Kelso blieb unerschütterlich bei seinem Entschluß. Dadurch, daß er nicht von Clives Seite wich, konnte er seinen Freund immer wieder von der Notwendigkeit ihres Vorhabens überzeugen, bald ihm gut zuredend, bald ihm deutlich vor Augen führend, was aus dem mühsam Erreichten in kürzester Zeit werden mußte, sobald sie Bengalen erst den Rücken gekehrt hatten.

Der zwischen Surajah Dowlah und den Briten geschlossene Friede, auf den Watson baute, war in Wirklichkeit viel zu zerbrechlich, um zu halten. Als die afghanische Bedrohung langsam aufhörte, erwies sich der Nabob als ein unzuverlässiger und launenhafter Bundesgenosse. Wütend über den Trick, mit dem die

Briten ihn hereingelegt und die Eroberung von Chandernagore ermöglicht hatten, begann er, Watts persönlich und Clive brieflich zu beschimpfen und ihnen die gräßlichsten Strafen anzudrohen. Der Tod für jeden Engländer, das Pfählen ihrer Befehlshaber waren noch die geringsten der in Aussicht gestellten Greuel.

Angespornt durch Kelsos Beharrlichkeit wie durch die widerlichen Drohungen Surajah Dowlahs, beschloß Clive zu handeln. Er gab zu, was Kelso von Anfang an gefordert hatte: daß nur eine Entscheidungsschlacht ihre Position in Bengalen sichern konnte.

Jetzt, da sein Entschluß feststand, wurde wieder einmal Clives enorme Energie mobilisiert. Seine Unterführer hatten nichts zu lachen. Er vergaß aber auch nicht die große Linie. Noch gar zu deutlich standen die Heerscharen des Nabob, die neben dem Mahrattengraben ihr Lager aufgeschlagen hatten, vor seinen Augen; was er von der neuen Armee hörte, die bei Murshidabad aufgestellt wurde, klang noch gewaltiger. Ihm wurde langsam klar, daß seine kleine Streitmacht trotz ihrer kämpferischen Qualitäten von schierer Übermacht erdrückt werden mußte. Also begann er, sich nach Verbündeten umzusehen.

Der britische Geheimdienst war genau informiert über die Unbeliebtheit, die Surajah Dowlah bei seinem eigenen Volk genoß. In der gesamten Geschichte Indiens hatte es kaum einen Herrscher gegeben, der so verhaßt und verachtet gewesen war. Schwach und verschlagen, war er denjenigen gegenüber, die sich in seiner Gewalt befanden, von unvorstellbarer Grausamkeit; jedoch vor denen, die er für mächtiger hielt, zeigte er sich unterwürfig und schmeichlerisch. Durch vorsichtiges Fragen hatte man herausgefunden, daß einige seiner Unterführer, die besonders unter ihm gelitten hatten, durchaus geneigt waren, eine Revolte zu unterstützen. Am deutlichsten ließ Mir Jaffir, sein eigener Oberbefehlshaber, diese Absicht durchblicken. Mehrere Wochen lang führte Watts in Murschidabad mit ihm streng geheime und äußerst gefährliche Verhandlungen. Schließlich wurde vereinbart, daß Clive mit dem Gros seiner Streitkräfte vorrücken und Mir Jaffir im letzten Moment seine Divisionen auf die britische Seite bringen sollte. Dafür wollte er dann zum neuen Nabob ernannt werden, den Briten dagegen wurden wertvolle Geschenke und umfangreiche Handelsrechte in Aussicht gestellt.

Clives Begeisterung über dieses Abkommen wurde jedoch etwas gedämpft durch Kelsos Skepsis. Wohl zum ersten Male seit Bestehen ihrer Freundschaft ließ sich Clive zu Heftigkeit hinreißen. »Was erwartest du?« fuhr er Kelso an. »Ein von Mir Jaffir unterzeichnetes Dokument, das seinen Verrat festlegt? Was gefällt dir nicht an der Abmachung?«

»Nichts Besonderes«, hatte Kelso trocken geantwortet. »Die Abmachung ist gut, vorausgesetzt, daß der Nabob nicht vorher merkt, was beabsichtigt ist – und daß Mir Jaffir nicht das Herz in die Hose fällt.« Nach diesen Worten fuhr er zu seinem Schiff hinüber und traf Vorbereitungen zum Auslaufen.

An dieser Schlacht, die mit Sicherheit das Schicksal nicht nur der Ostindischen Kompanie, sondern das jedes einzelnen Engländers in Bengalen entscheiden würde, sollten die Schiffe der *Royal Navy* nicht teilnehmen. Allein die *Paragon* würde stromaufwärts segeln, einmal als Transporter für die Feldgeschütze und die schwerere Ausrüstung, zum anderen als Fluchtschiff, falls Mir Jaffir sein Versprechen nicht hielt.

Trotz Clives Optimismus war diese entscheidende Frage noch völlig offen. Watts, dessen Position bei Hofe immer gefährlicher wurde, ließ die unangenehme Nachricht übermitteln, der Nabob beginne langsam, das Komplott zu durchschauen. Es war aber typisch für Surajah Dowlahs feigen Charakter, daß er Mir Jaffir nicht sofort hinrichten ließ, sondern in Tränen aufgelöst zu ihm eilte und sich seiner Loyalität durch Bestechungsgeschenke zu versichern suchte. Auf diese Nachricht hin wollte Watson das Unternehmen abblasen, aber Clive, der sich gerade auf diesen Kampf freute, bei dem er endlich einmal unbestrittener Alleinbefehlshaber sein würde, bestand darauf, daß er stattfand. Am nächsten Morgen erschien Watts selbst im Lager mit der Nachricht, daß Mir Jaffir, obwohl er den Nabob öffentlich seiner Treue versichert und ihm seine Unterstützung zugesagt hatte, insgeheim noch immer bereit sei, zu den Briten überzulaufen. Den Ausschlag gab hierbei, daß der Nabob nicht ihn, sondern Mir Mirdan, einen Minister seines Vertrauens, zum obersten Befehlshaber der Gesamtstreitkräfte ernannt hatte.

Selten wurde eine Entscheidungsschlacht unter so ungünstigen Aspekten und mit so vielen Unsicherheitsfaktoren vorbereitet.

Die Truppen unter Clives Kommando beliefen sich auf dreitausend Mann, darunter weniger als tausend Europäer. Ferner verfügte er über acht mittelschwere Feldgeschütze und zwei kleine Haubitzen. Surajah Dowlah, so hieß es, führe ein Heer von sechzigtausend Mann ins Feld, davon allein gut zwanzigtausend beritten. Seine Artillerie bestand aus mehr als fünfzig schweren Geschützen, die zum größten Teil von französischen Söldnern bedient wurden. Es hing also alles von Mir Jaffirs Verhalten ab.

Beim Morgengrauen kam Clive mit Watts und Eyre Coote an Bord von Kelsos Fregatte. Noch während dichter Frühnebel über dem Fluß lag, ging die *Paragon* ankerauf und setzte Segel.

Während der Fahrt stromaufwärts stand Kelso auf dem Achterdeck und wog die Vorteile ihres Unternehmens gegen die Unsicherheitsfaktoren ab. Admiral Watson hatte endlich dem Drängen des Arztes nachgegeben und das Krankenlager aufgesucht, konnte somit die anderen nicht mehr mit seinem ewigen Starrsinn zur Verzweiflung bringen. Eyre Coote erkannte, wenn auch nicht gerade mit Begeisterung, Clives Zuständigkeit als Oberbefehlshaber an, was ihm jetzt leichter fiel, da Clive ihn kürzlich zum Major befördert hatte. Schwer wog auch nach Kelsos Meinung die überlegene Moral der britischen Truppen. Aber trotz allem: ohne die aktive Unterstützung oder zumindest Neutralität von Mir Jaffirs Divisionen war ein Sieg der Briten so gut wie ausgeschlossen.

Sie erreichten die eroberte Stadt Chandernagore, wo das Gros von Clives Leuten wartete. Während Eyre Coote sofort mit einem kleinen Truppenkontingent abrückte, um Fort Kutwa anzugreifen, traf Clive mit seinem üblichen Ungestüm die letzten Vorbereitungen für den Abmarsch. Von Mir Jaffir lagen noch immer keine definitiven Nachrichten vor.

Aber die Tage vergingen, ohne daß die erwartete Mitteilung eintraf, und Clive war abwechselnd wütend oder verzagt. Kelso – nicht gewohnt, vor unschönen Tatsachen die Augen zu verschließen – ließ durchblicken, daß er es für möglich hielt, daß Mir Jaffir vielleicht gar nicht mehr am Leben sei, denn wenn es Surajah Dowlah wirklich gelang, das Komplott aufzudecken, war Mir Jaffirs Leben keinen Pfifferling mehr wert. Watts dagegen, der beide Männer genau kannte, war der Auffassung, der Nabob werde seinen hervorragenden Feldherrn nicht vor der Schlacht umbringen lassen, wenn auch nur die geringste Aussicht bestand, dessen Unterstützung zu gewinnen.

Schließlich entschloß sich Clive, die Angelegenheit zu forcieren. Als die britischen Truppen aus Chandernagore ausrückten, sandte er eine Botschaft an Mir Jaffir, in der er ihn kategorisch aufforderte, mit seinen zehntausend Mann bei Kutwa zu den Briten zu stoßen.

»Wenigstens wissen wir dann, woran wir sind«, sagte er, während sie auf der Straße marschierten, die sich am Flußufer entlangzog.

Trotz der Nähe des Wassers und der überhängenden Palmen die ein wenig Schatten spendeten, war es drückend heiß. Die Soldaten, die am frühen Morgen frohgemut aufgebrochen waren, hatten längst aufgehört zu scherzen oder ihre meist lockeren Lieder zu singen. Nur mühsam ging es weiter, schleppend setzten sie einen Fuß vor den anderen. Die Hitze machte ihnen allen sehr zu schaffen. Am schlimmsten waren die Soldaten der 39. Infanteriedivision dran, die in einer für das indische Klima völlig ungeeigneten Uniform marschieren mußten. Nur ihre eiserne Disziplin hielt sie noch aufrecht, jedoch brach bereits der eine oder andere zusammen. Selbst die Sepoys, die Hitze von klein auf gewöhnt, blieben langsam zurück.

Kelso wischte sich den Schweiß von der Stirn und sagte: »Eins haben wir immerhin erreicht.«

»Was?«

»Wir wissen, woran wir sind.«

Clive blickte ihn böse an. »Ich muß schon sagen, Kelso, deine Worte sind nicht gerade tröstlich«, knurrte er.

»Es soll auch kein Trost sein. Das sind Tatsachen.«

»Was für Tatsachen?«

»Wir sind auf uns allein gestellt, und es ist sinnlos, sich etwas vorzumachen. Mit jedem Schritt, den wir marschieren, kommen wir der Entscheidung näher. Bevor diese Woche zu Ende ist, werden wir um unser Leben kämpfen. Es wäre gut, sich darüber klarzuwerden, daß wir allein kämpfen müssen.«

Sie marschierten drei volle Tage – drei Tage unter glühender Sonne. Am Abend des dritten Tages sahen sie vor sich Stadt und Fort Kutwa auftauchen, über dem die englische Flagge wehte. Als sie näherkamen, trafen sie auf Eyre Cootes kleine Truppe, die ihnen entgegengekommen war, um sie zu begrüßen.

Von Mir Jaffir war nichts zu sehen.

21

Am nächsten Morgen hörten sie fernes Donnergrollen, und schwere Monsunwolken zogen auf. Während der Nacht hatte es bereits geregnet, und es hieß, der Baggirattee River sei stark angeschwollen, trete bereits über seine Ufer und steige weiter rasch an. Kelso wartete gespannt darauf, was Clive unternehmen würde.

Nach Eyre Cootes nüchternem Bericht beim Kriegsrat, den sie am Morgen abgehalten hatten, gab es für sie drei Möglichkeiten: Sie konnten den jetzt hochgehenden Fluß überqueren und die offene Feldschlacht suchen in der Hoffnung, daß Mir Jaffir im letzten Augenblick zu ihnen stoßen würde. Oder sie konnten sich in Kutwa verschanzen in der Annahme, der Nabob werde sie dort nicht angreifen. Als dritte Möglichkeit konnten sie nach Kalkutta zurückkehren. Kelso hoffte zuversichtlich, daß sie jetzt, einmal so weit gekommen, alles auf eine Karte setzen, den Fluß überqueren und kämpfen würden.

»Eine vertrackte Situation, Roger«, sagte Clive, als sie zusammen durchs Lager gingen. »Jetzt sind wir schon so weit, haben so viel erreicht und sollen vor dem letzten Schritt zurückschrecken.«

»Das ist doch nicht dein Ernst?«

Clive schüttelte resignierend den Kopf. »Du meinst noch immer, wir sollten alles aufs Spiel setzen?«

»Wir müssen mit hohem Einsatz spielen. Durch Rückzug können wir kein Empire gewinnen.«

»Ich weiß. Wenn sie nur heute morgen alle so gesprochen hätten.« Beim Kriegsrat hatten sich zwölf Offiziere für Vorsicht und nur sieben für den Angriff ausgesprochen.

»Du hast abstimmen lassen«, sagte Kelso, »dadurch erfährt man die Durchschnittsmeinung. Aber weder Schlachten noch Reiche werden mit Durchschnittsmeinungen gewonnen.«

»Das brauchst du mir nicht zu sagen«, wies ihn Clive zurecht. »Aber die Gegenargumente waren zweifellos stichhaltig. Wenn wir den Fluß überqueren wollen, müssen wir es jetzt sofort tun, bevor er noch weiter steigt. Sind wir erst einmal drüben, können wir nicht mehr zurück.«

»Desto besser! Dann brauchen wir uns wegen eines Rückzugs keine Gedanken zu machen.«

»Da hast du recht. Sobald wir den Baggirattee überquert haben, heißt es kämpfen oder untergehen!«

Eine heftige Regenbö trieb sie unter die Bäume, aber so plötzlich, wie sie gekommen, war sie auch wieder vorüber. Der Himmel war jedoch noch immer düster und wolkenverhangen.

»Wenn wir nicht bald vorgehen, ist die Entscheidung nicht mehr unsere«, sagte Kelso.

»Das ist mir klar. Ich muß sie jetzt treffen. Ich muß aber auch die richtige treffen.«

»Du hast doch selbst gesagt«, erinnerte ihn Kelso, »daß wir so weit gekommen sind und so viel erreicht haben. All unsere Gedanken während der letzten zwölf Monate waren doch auf nichts anderes gerichtet als darauf, die Verbrechen von Kalkutta zu rächen, Surajah Dowlah zu besiegen und schließlich unsere Position in Bengalen wiederherzustellen und zu festigen. Jetzt sind wir endlich am Ziel unserer Anstrengungen. Morgen oder übermorgen können wir all das erreichen, was wir uns vorgenommen haben. Wie kannst du da an Rückzug denken?«

Clive blickte hinüber zum Lager, sah die Offiziere unter den Bäumen eifrig miteinander reden, sah die Soldaten beim Gewehrreinigen. Die Sepoys hockten mit so unbeweglichen Gesichtern auf ihren Fersen, als könne ihr orientalisches Gemüt das eifrige Treiben der Europäer nicht fassen. Schließlich antwortete Clive: »Ich weiß nicht recht, Roger. Ich wollte, ich sähe es so einfach wie du. Mir scheint, du vergißt zu viele wichtige Dinge vor lauter Kampfeseifer. Hast du dir überlegt, was geschehen wird, wenn wir den Fluß überschritten haben und dann feststellen, daß Mir Jaffir doch nicht zu uns stößt?«

»Klar. Dann steht uns ein harter Kampf bevor, und möglicherweise werden wir geschlagen.«

»Denkst du auch daran, was mit uns beiden geschehen wird, wenn wir besiegt werden und das Unglück haben, dabei nicht zu fallen?«

»Nein, das habe ich nicht in Betracht gezogen«, entgegnete Kelso, »und du genausowenig. Das ist es auch nicht, was dich zögern läßt.«

Clive lächelte reumütig und hob entschuldigend die Hand. »Du hast natürlich recht. Wir wären keine Kämpfernaturen, wenn wir daran dächten, was bei einer Niederlage mit uns geschieht.«

»Aber du machst dir Sorgen um Kalkutta?«

»Ja. Ich kann mir nicht helfen, ich muß immer daran denken, was mit all den armen Menschen geschieht, die schon einmal ein Blutbad überlebt haben und sich jetzt erneut einem solchen Massaker gegenübersähen. Können wir es riskieren, das Leben dieser Leute, dazu den gesamten Kompaniebesitz in Bengalen in einer Schlacht aufs Spiel zu setzen, die wir kaum gewinnen können?«

»Und du glaubst, wir setzen all das nicht aufs Spiel, wenn wir den Rückzug nach Kalkutta antreten?«

Clive blieb mit auf dem Rücken verschränkten Händen stehen. »Nein, das glaube ich nicht. Vielleicht hast du recht. Wenn nur – wenn wir nur eine Nachricht von Mir Jaffir hätten!«

Er hatte seinen Satz kaum beendet, als ein Anruf der Torwache erscholl. Ein eingeborener Kurier erschien, völlig erschöpft und schlammbespritzt. Als er Clive vorgeführt wurde, grüßte er, verneigte sich mit vor der Brust gekreuzten Armen und zog dann einen versiegelten Brief aus seinen Gewändern. Clive las laut:

»Eure Exzellenz, Surajah Dowlah verschanzt sich bei Moncurra. Ich rate Ihnen daher, sofort aufzubrechen. Ich werde bei Plassey zu Ihnen stoßen. Teilen Sie mir mit, wann Sie zu kämpfen beabsichtigen, ich lasse Ihnen, sobald ich kann, weitere Nachricht zukommen.«

Der Brief war nicht unterzeichnet, aber der Kurier sagte, er käme vom *Befehlshaber.*

Clive reagierte wie ein Mann, dem unerwartet eine schwere Bürde abgenommen wurde. Aufgeregt rannte er zu seinen Offizieren, schwenkte den Zettel in der Luft und rief: »Gentlemen! Ich habe gute Nachrichten. Wir brechen das Lager sofort ab und marschieren zum Fluß.

Jetzt, da die Entscheidung gefallen war, erkannte man Clive kaum wieder. Alles Zögern war wie weggeblasen, er war ungestüm und voller Energie. Vorräte wurden verpackt, Munition verteilt und jeder Mann voll ausgerüstet. Nach kürzerer Zeit als ein normales Regiment allein für die Besprechung benötigt hätte, waren Clives Marschkolonnen bereits aufgebrochen.

Es fing ernsthaft an zu regnen, als sie gerade das Lager verließen, und es goß in Strömen, als sie zum Fluß kamen. Die Dunkelheit brach herein, und die Soldaten quälten sich durch knöcheltiefen Schlamm. Der Pfad, der bei Tageslicht so klar vorgezeichnet schien, verlor sich eine Meile vor dem Flußufer im Morast. Eine volle Stunde lang arbeiteten sie sich durch Unterholz und Dornengestrüpp. Bei dem andauernden heftigen Regen wurde der Boden mehr und mehr aufgeweicht. Je näher sie dem Fluß kamen, desto tiefer wurden die Gräben. Harmlose Rinnsale wurden zu reißenden Bächen.

Mit vorgebeugtem Kopf und gegen den Regen hochgezogenen Schultern kämpfte sich Kelso verbissen vorwärts. Er spürte die freudige Erregung, die ihn überkam, wenn es in die Schlacht ging. Seine einzige Befürchtung war die, daß der Fluß zu rasch gestiegen war, um ihn noch zu überqueren. Irgendwo vor ihnen sondierte ein Spähtrupp den unfreundlichen Dschungel, und am Schluß des Zuges wurden die Kanonen von zweihundert stämmigen und besonders kräftigen Männern gezogen.

Plötzlich ertönte von vorn ein lauter Ruf: »Der Fluß! Hier, Sir – hundert Yards vor uns.«

Kelso beschleunigte den Schritt zwar nicht, spürte aber sein Herz rascher schlagen, als er das dunkle Wasser zwischen den Bäumen glitzern sah. Der Baggirattee! Er wirkte in der Finsternis sehr breit, die Strömung schien äußerst heftig zu sein. Die Spähtruppleute standen mit bedenklichen Mienen am Ufer und starrten auf das unheimliche Wasser.

»Meinen Sie, daß wir ohne zu schwimmen hinüberkommen, Sir?« fragte Padstow.

»Das weiß ich nicht«, antwortete Kelso, »aber wir werden es gleich herausfinden.«

Er stieg in das dunkle, verhältnismäßig kühle Wasser und spürte, wie seine Füße sofort bis zu den Knöcheln im Schlamm einsanken. Beim nächsten Schritt hätte er beinahe das Gleichgewicht verloren, als die starke Strömung ihn erfaßte. Er ging weiter, das Wasser stieg ihm bis zu den Knien, wirbelte um seine Hüften. Die größte Schwierigkeit bereitete ihm das Herausziehen der Füße aus dem morastigen Untergrund.

Hinter sich hörte er Padstows besorgte Stimme: »Alles in Ordnung, Sir?«

Das Wasser reichte ihm jetzt bis zur Taille, aber als er einmal strauchelte und sich dann wieder aufrichtete, fiel sein Blick nach vorn, und er stellte zu seiner Freude fest, daß das andere Ufer höchstens noch zwanzig Yards entfernt war. Wenn nicht noch durch die Strömung eine Rinne am Rand des Flusses ausgewaschen war, mußte er jetzt eigentlich den tiefsten Punkt überwunden haben.

Er ging weiter, langsam und vorsichtig zuerst, aber dann rascher, als er merkte, daß der Boden höher anstieg. Endlich erreichte er naß, aber wohlbehalten das andere Ufer, wo er sich umwandte und mit Genugtuung zusah, wie das britische Expeditionskorps sich drüben sammelte und dann anschickte, seinen Rubicon zu überschreiten.

22

Der Regen hielt die ganze Nacht hindurch an, und es regnete besonders heftig, als sie eine Stunde nach Mitternacht die Jagdhütte des Nabob bei Plassey erreichten. Von Mir Jaffir war nichts zu sehen. Die Männer waren durch und durch naß, müde und deprimiert, und Clive ließ sie rasten, wobei sie in einem Mangogehölz notdürftigen Schutz fanden. Doppelposten wurden aufgestellt, alle anderen legten sich zu einem unruhigen Schlaf nieder.

Clive, der kaum seine Nervosität verbergen konnte, schien froh über die beruhigende Anwesenheit Kelsos, der gleichmütig war wie immer. Die beiden Freunde saßen auf der erhöhten Veranda des Jagdhauses, lauschten dem monotonen Geräusch des Regens, der von ihrem Strohdach tropfte, und dem Rauschen des Flusses unter ihnen. Nacht umgab sie, irgendwo in der Dunkelheit heulte ein Schakal.

Eine Zeitlang versuchte Clive zu schlafen, aber bald sprang er wieder auf und schritt nervös auf der Veranda hin und her. »Wo ist Mir Jaffir?« rief er. »Wo steckt er?«

Als Kelso nicht antwortete, fuhr er fort zu lamentieren: »Er hat doch versprochen, hier zu sein. Ohne seinen Brief hätte ich niemals den Fluß überschritten. Das Ganze kann doch eine Falle sein!«

Kelso hob im Dunkel die Schultern. »Und wenn es eine ist, dann kannst du heute nacht nichts daran ändern.«

»Wir könnten weitergehen, weg vom Fluß.«

»Wenn es eine Falle ist«, bemerkte Kelso trocken, »dann kannst du sicher sein, daß sie sorgfältig gestellt ist. Das erste, was Mir Jaffir getan haben wird, ist doch, daß er seine Armee rund um Plassey aufgestellt hat.«

»Und jetzt, da wir hier sind, schließt er die Falle!«

»Wenn es überhaupt eine ist.«

Clive wandte sich ihm ärgerlich zu: »Dann denkst du also nicht –

»Ich denke gar nichts«, fiel ihm Kelso ins Wort. »Außer, daß wir schlafen sollten, bis wir uns selbst überzeugen können.«

Clive setzte sich widerwillig auf den wackeligen Lehnstuhl. »Für dich ist das alles großartig«, brummte er. »Du trägst ja nicht die Verantwortung!«

Kelso grinste. »Morgen früh sieht alles anders aus.«

Sie lagen nun still, lauschten dem ständigen Trommeln des Regens auf dem Dach, dem Schritt der Posten im Dunkeln und ihren gelegentlichen leisen Anrufen. Außer ihren eigenen Truppen, die sich notdürftig unter den Mangobäumen zusammendrängten, konnte dort draußen möglicherweise eine ganze feindliche Armee warten, keinen Steinwurf weit entfernt. Ein eingeborener Meuchelmörder konnte leise bis zur Veranda kriechen. Ein Stuhl quietschte, und Clive war sofort auf den Füßen. Ein Posten stieß gegen die Stufen und fluchte leise. Gelegentlich hörte der Regen auf, dann klang das Tropfen vom Dach oder von der Traufe genauso unheimlich wie Schritte eines Marodeurs.

»Wie lange noch?« fragte Clive und spähte vergebens nach den ersten Spuren der Morgendämmerung im Osten aus. »Wie lange müssen wir noch warten?«

Er brach plötzlich ab und lauschte, und auch Kelso setzte sich auf. »Hast du das gehört?« fragte Clive aufgeregt.

Kelso bedeutete ihm zu schweigen. Beide lauschten jetzt angespannt.

Aus der Dunkelheit, den prasselnden Regen und das Rauschen des Flusses übertönend, drang das Geräusch von Trommelwirbeln.

Es war nicht sehr laut, denn die Trommler schienen weit entfernt, aber so monoton und ausdauernd, daß an ein Entspannen nicht mehr zu denken war. Das Geräusch war überall, unaufhörlich.

»Du weißt, was das bedeutet?« fragte Clive.

»Das bedeutet, daß die indische Armee ganz in der Nähe ist.«

»Es ist also wahr! Mir Jaffir hat uns betrogen!«

»Es beweist noch gar nichts«, entgegnete Kelso ungeduldig. »Vermutungen helfen uns nicht weiter.«

Die Zurechtweisung verfehlte ihre Wirkung nicht. Clive hörte auf herumzulaufen und setzte sich. Er schien dem Trommelklang zu lauschen, deshalb war Kelso überrascht, als er plötzlich sagte: »Es bleibt uns nicht mehr viel Zeit. Ich habe etwas auf dem Herzen, was ich dich schon immer fragen wollte, Roger.«

»Ja?«

»Wegen Margaret.«

Kelso erstarrte und hielt die Seitenlehne seines Sessels umklammert.

»Ich habe oft gedacht«, fuhr Clive ein wenig unsicher fort, »wenn ich sie nicht geheiratet hätte, dann – nun – ich weiß nicht, was dann aus ihr geworden wäre: Vielleicht hieße sie heute Margaret Pigot – oder auch Mrs. Kelso.«

»Aber du hast sie geheiratet«, sagte Kelso heiser. »Hast du sie nicht von England nachkommen lassen?«

»Äh – ja, du kennst die Geschichte. Ich hatte sie noch nie gesehen – nur ihr Porträt. Sie war so schön, und Edward, ihr Bruder, war mein Freund.«

»Sie kam hierher, um den tapferen Verteidiger von Arcot kennenzulernen.«

»Und wenn sie das tat«, erwiderte Clive in warmem Ton, »so bestand für sie keine Verpflichtung, mich zu heiraten.«

»Ich weiß«, sagte Kelso, »das brauchst du mir nicht zu sagen.« Mit einem Lächeln wandte er sich Clive zu. »Und du hättest keine andere Frau finden können, die dir so ergeben ist wie sie.«

»Das stimmt. Deshalb möchte ich von dir wissen –«

Irgend etwas warnte Kelso, aber er wischte es ungeduldig beiseite und fragte: »Was möchtest du wissen?«

»Ob du sie auch liebst.«

Kelso antwortete nicht gleich. Zusammengesunken saß er in einem Lehnstuhl und starrte auf der offenen Seite der Veranda ins Freie. Es hatte endlich aufgehört zu regnen, und die Tropfen am Rande des Daches glitzerten wie Diamanten. Langsam klarte es auf, vielleicht war es auch schon der erste, blasse Schein der kommenden Morgendämmerung, denn die Umrisse der Baumgruppe hoben sich bereits schwach vom helleren Hintergrund ab. Das Trommeln ging gleichmäßig weiter.

Schließlich antwortete er zurückhaltend: »Das ist eine seltsame Frage – ob ich deine Frau liebe!«

»Aber du wirst mir darauf eine ehrliche Antwort geben?«

Kelso erwiderte ein wenig zögernd: »Ich weiß nicht recht. Es ist keine leichte Frage. Margaret ist eine sehr schöne Frau, klug und gütig. Ich bewundere sie rückhaltlos. Wie soll ich dir diese Frage beantworten?«

»Du mußt, Roger.«

Die Posten waren jetzt deutlich zu erkennen, und unter den Bäumen sah man die dunklen Menschenknäuel liegen.

»Ich muß es wissen, Roger.«

Kelso blickte ihm nicht ins Gesicht. »Gut«, sagte er schließlich, »wenn es für dich eine Genugtuung bedeutet: Ich liebe Margaret, habe sie immer geliebt.«

Wenn er jetzt einen Ausbruch des Unwillens erwartet hatte, so sah er sich getäuscht, denn Clive sagte mit unerwartetem Mitgefühl: »Es tut mir leid, Roger – tut mir aufrichtig leid.«

Kelso hob die Schultern. »Ich wüßte nicht, weshalb es dir leid tun sollte. Sie liebt dich – liebt dich hingebungsvoll. Das ist alles.«

Clive bewegte sich in seinem Stuhl. »Nicht alles, Roger.«

»Was meinst du?«

»In ein paar Stunden – sobald es hell ist – werden wir um unser Leben kämpfen. Niemand kann sagen, was passieren wird, sowohl unserer Armee als auch uns beiden.«

Kelso fragte: »Du meinst, wir könnten fallen?«

»Ja.«

»Ist diese Schlacht denn so verschieden von allen bisherigen?«

»Für mich ja, Roger. Ich habe die Vorsehung noch niemals derartig versucht wie heute. Großer Gott, wir sind zahlenmäßig so ungeheuer unterlegen, daß es geradezu vermessen ist, an einen Sieg zu denken.«

»Du warst doch schon öfter der Unterlegene und hast trotzdem gewonnen.«

»Ich weiß. Vielleicht werde ich alt. Ich habe aber noch niemals unter so ungünstigen Bedingungen gekämpft wie diesmal.«

»Die Bedingungen hängen davon ab, was wir selbst daraus machen«, sagte Kelso, »wenn du mit Mut und Entschlossenheit kämpfst.«

»Mut! Du wirst mir nicht unterstellen, daß es mir an Mut fehlt.« Der kleine Anflug von Ärger in seiner Stimme verschwand so rasch, wie er gekommen war. »Wenn ich Befürchtungen habe, so bestimmt nicht meinetwegen.«

»Sondern Margarets wegen?« fragte Kelso.

»Ja.« Clive blickte in die heller werdende Dämmerung hinaus, wo die britischen Soldaten erwachten und sich zögernd erhoben. Geschütze und Munitionsstapel waren noch mit Persennings abgedeckt, aber der Regen hatte nun ganz aufgehört. Die Geschützführer musterten bereits ihre Bedienungsmannschaften. Die Trommeln des Feindes ertönten jetzt lauter, wie das Crescendo einer Ouvertüre: Bald würde sich der Vorhang der Nacht vor dem Beginn der Schlacht heben. Impulsiv wandte Clive sich Kelso zu und stieß hervor: »Roger, wenn mir etwas zustoßen sollte –«

»Unsinn! Nichts wird dir zustoßen, Robert. Wozu überhaupt von solchen Dingen reden?«

»Weil es mich dazu drängt, Roger. Du mußt mir versprechen, daß *du* es Margaret mitteilen wirst, wenn mir etwas zustoßen sollte.«

Kelso machte eine abweisende Bewegung.

»Versprichst du es mir?«

»Na gut.«

»Und, Roger – du wirst dich um sie kümmern? Ich meine – dich achtet sie, schätzt sie. Und du, so wie du ihr gegenüber empfindest –«

Kelso stieß seinen Stuhl zurück, stand abrupt auf und sagte schroff: »Ich glaube, es wird Zeit, uns für den Kampf fertigzumachen.«

23

Als die Dämmerung endlich die Sicht freigab, erblickten sie ein im Sonnenschein glitzerndes Land. Über dem Fluß lag der übliche Morgennebel, aber hier oben rund um die Jagdhütte herum war es klar.

Der Anblick, der sich den britischen Truppen bot, war nicht gerade ermutigend. Hinter der Hütte, knapp zweihundert Yards entfernt, erhob sich ein Wasserreservoir. Dahinter wartete in eindrucksvoller Aufmachung die ungeheure Streitmacht Surajah Dowlahs.

»Es wird also einen Kampf bis zur Entscheidung geben«, bemerkte Clive leise. Jetzt, da das Feld abgesteckt war und er keine andere Aufgabe mehr hatte als das Gefecht, war alle Nervosität von ihm abgefallen. Kelso spürte eine Welle der Zuneigung für seinen Freund. War es doch eine Bestätigung seiner Beurteilung, eine Rechtfertigung für sein hartnäckiges Festhalten an der These, daß Clive – und nur er – Bengalen retten könne.

Er war in der Tat ein Feldherr, der Zuversicht ausstrahlte und offensichtlich keinerlei Bestürzung angesichts der gewaltigen feindlichen Streitmacht empfand.

In vorderster Reihe standen hundert Elefanten, prächtig anzuschauen in ihrem scharlachroten Paradegeschirr. Auf jedem saßen außer dem Mahout ein paar ausgewählte Scharfschützen. Links davon formierten sich immer wieder neu die Linien der Kavallerie, da die nervösen Pferde ständig tänzelten, an ihrem Zaumzeug zerrten und dadurch Unruhe in die Formation brachten. Zehntausend Säbel und Lanzen funkelten in der Sonne.

Des Nabobs Armee stand in Schlachtordnung drei Regimenter tief gestaffelt hinter dem Deckung bietenden Wasserreservoir. Das Gros einschließlich der Divisionen Mir Jaffirs war im weiten Bogen um die rechte Flanke der Briten herum aufmarschiert.

Clive war nicht im geringsten beeindruckt von diesem Anblick. Seine linke Flanke war durch den Fluß hinreichend gedeckt; also ließ er seine dürftigen Streitkräfte in eine Position vor dem Mangogehölz vorrücken, wo sie den nächstgelegenen Abschnitt der feindlichen Front unter Feuer nehmen und sich notfalls in den etwas zweifelhaften Schutz der Bäume zurückziehen konnten.

Um acht Uhr morgens begann die Schlacht, die Indiens Zukunft entscheiden sollte.

Zuerst lag der Vorteil völlig beim Feind. Von einem Hügel neben der Jagdhütte sahen Clive und Kelso, wie die Kanonen des Gegners im Schutz des hohen Reservoirs in Stellung gebracht wurden. Es waren schwere Geschütze, bemannt mit französischen Söldnern, und die erste Salve riß bereits eine tiefe blutige Bresche in die britischen Reihen. Die eigenen Kanonen blieben die Antwort nicht schuldig, aber ihre Salve wirkte wie das Pochen auf ein Trommelfell, im Vergleich zu dem gewaltigen Donner der schweren feindlichen Batterien. Wieder brüllten die indischen Geschütze auf, und wieder rissen sie in die spärlichen Reihen der Briten tiefe Narben.

Jetzt kam Eyre Coote gerannt, das hagere Gesicht schweißtriefend. »Wir müssen uns zurückziehen, Sir! Noch ein paar solche Salven, und wir sind alle zerfetzt!«

»Zurückziehen?« schrie Clive wütend. »Wir werden uns nicht zurückziehen!«

»Es besteht keinerlei Grund zum Rückzug«, bemerkte Kelso ruhig. »Dort vor dem Gehölz ist ein Entwässerungsgraben und ein Wall. Lassen Sie Ihre Leute dahinter Deckung nehmen, dann kann kein Geschütz ihnen etwas anhaben.«

Eyre Coote blickte Clive fragend an, der zögerte einen Augenblick und nickte dann. »In Ordnung. Machen Sie es so, wie Kapitän Kelso vorschlägt.« Als Eyre Coote davonstürzte, sagte er zu Kelso: »Und dich, Roger, möchte ich bitten, mich diese Schlacht allein und auf meine Weise ausfechten zu lassen. Ich bin kein so verdammter Dummkopf, wie du annimmst.«

Kelso, der gerade mit dem Glas den ungeheuren Bogen der feindlichen Armee absuchte, berichtete gleichmütig: »Keinerlei Anzeichen dafür, daß dein Freund Mir Jaffir sein Versprechen hält.«

»Der Teufel soll ihn holen!« rief Clive wütend. Er entriß Kelso das Glas und blickte selbst hindurch. Von der tiefgestaffelten Formation unmittelbar vor ihnen zog sich der Bogen der feindlichen Streitkräfte in ununterbrochenem Halbkreis bis fast zum Dorf Plassey hinüber. Mir Jaffirs Division, die sie an dessen persönlicher Standarte erkannten, hatte noch nicht in den Kampf eingegriffen, zeigte aber auch keinerlei Bereitschaft, die Seite zu wechseln.

»Was ist mit deinen beiden anderen Hoffnungen?«

»Roy Dullub und Lutif Khan? Sie werden nichts unternehmen, bevor Mir Jaffir die Hand hebt.«

»Ich habe dich davor gewarnt, ihnen zu vertrauen«, sagte Kelso.

Clives Gesicht wurde rot vor Ärger. »So, du hast mich gewarnt! Und werden noch mehr von deinen brillanten Voraussagen eintreffen?«

»Ich hoffe es«, sagte Kelso. »Denn ich habe auch vorausgesagt, daß du diese Schlacht gewinnen wirst.«

Dann ging er hinüber zur Frontlinie, wo der feindliche Artilleriebeschuß noch immer unvermindert anhielt. Aus langen Jahren der Freundschaft mit Clive wußte er, daß man ihn leicht reizen konnte. Ein scharfes Wort, eine unfreundliche Bemerkung genügte, seine enorme latente Energie aufzustacheln. Das war auch jetzt Kelsos Absicht gewesen, und er hoffte nur, daß er den Bogen nicht überspannt hatte.

Als er an dem Graben entlangging, hinter dessen Aushub die britischen Truppen auf dem Bauch lagen und ein gleichmäßiges Gewehrfeuer aufrechterhielten, bemerkte er eine Bewegung bei der feindlichen Kavallerie, die bis jetzt noch nicht in den Kampf eingegriffen hatte. Auf tänzelndem Pferd erschien ihr Kommandeur vor der Front, sein Säbel blitzte in der Sonne. Man hörte ein lautes Kommando, ein vielstimmiges Hurra, tausendfaches Hufgetrappel; dann ergoß sich eine ungeheure Woge von angreifenden Reitern auf die britischen Linien.

Kelso spürte sein Herz schneller schlagen. Mit gezücktem Degen sprang er über die am Boden liegenden Infanteristen hinweg und rannte zu den hundert Seeleuten und Marineinfanteristen hin, welche die äußerste rechte Flanke deckten. Wie ein Mann erhoben sie sich, als sie ihn erkannten. »Pflanzt das Bayonett auf!« rief er.

Der Kavallerieangriff, der mit so viel Elan begonnen hatte, verlor einiges von seinem Schwung, als die Reiter die geschlossene Front der britischen Seeleute vor sich sahen, die mit aufgepflanztem Seitengewehr breitbeinig zu ihrem Empfang bereitstanden. Die glücklicheren Kavalleristen an den Flanken hatten noch Gelegenheit, ihre Pferde herumzureißen und auszubrechen, bevor es zum Zusammenstoß kam. Diejenigen in der Mitte jedoch konnten nur die Zügel gebrauchen, um ihre volle Karriere ein wenig abzubremsen. Rund hundert Reiter konnten auch das nicht mehr, sondern wurden, von allen Seiten eingekeilt, gegen die britischen Linien gedrängt.

Dort entspann sich ein wildes Handgemenge. Die englischen Seeleute, geübt im Kampf Mann gegen Mann, waren furchtbare Gegner. Die wenigen Inder, die nicht vom Pferd gerissen wurden, versuchten verzweifelt davonzugaloppieren, aber zwischen dem dichten Mangogehölz und den hundert zum Äußersten entschlossenen Briten wurden sie fast völlig aufgerieben. Kelso wurde im ersten Ansturm niedergeritten, sprang aber sofort wieder auf die Beine. Seine lange Gestalt bildete einen Markierungspunkt im hin- und herwogenden Kampfgetümmel. Noch einmal wurde er umgeworfen, als ein einzelner Reiter, tapferer als seine Kameraden, ihn entschlossen angriff. Einen Augenblick lag er flach auf dem Boden, starrte auf die wirbelnden Pferdehufe und auf den Säbel des Reiters über ihm. Er sprang auf, stieß aber gegen irgend etwas und strauchelte erneut. Jetzt sah er die blitzenden Zähne des Inders, sah den zum Todesstreich gezückten Säbel und glaubte sein letztes Stündlein gekommen. Doch in diesem Augenblick stieß der Inder plötzlich einen wilden Schrei aus und glitt über den Hals des Pferdes zu Boden.

»Gott sei Dank, Sir!« schrie Padstow und wischte seine blutige Klinge an der Hose ab. »Hatte Sie im Getümmel aus den Augen verloren! Sie haben mir einen schönen Schreck eingejagt, Sir!«

Nach ein paar Minuten war alles vorbei. Die wenigen überlebenden Reiter sprengten im gestreckten Galopp zurück zu ihren Ausgangsstellungen, die britischen Linien wurden wieder geschlossen. Beide Seiten gingen erneut zum gleichmäßigen Austausch von Gewehr- und Geschützfeuer über.

So blieb es bis Mittag, als die dunklen Regenwolken, die schon eine Weile drohend über ihnen gehangen hatten, sich plötzlich mit voller Wucht entluden. Schnell war das Schlachtfeld in einen See verwandelt. Offiziere verloren in der Sintflut ihre Leute aus den Augen, und die meisten konnten vom Feind nichts mehr erkennen. Die Geschütze feuerten noch, aber mit nachlassendem Eifer. Dann schwiegen sie ganz, der Kampf hatte aufgehört.

Als es nach über einer Stunde wieder heller wurde und der Wolkenbruch allmählich nachließ, war bald eine erhebliche Verschiebung der Schwerpunkte festzustellen. Die britische Artillerie, die den ganzen Vormittag ohne Unterbrechung gefeuert hatte, nahm die Beschießung sofort wieder auf. Die Segeltuchbezüge, die man hastig über Geschütze und Munition geworfen hatte, wurden rasch abgezogen, sie hatten alles einigermaßen trocken gehalten. Jetzt wurde offenbar, daß der Gegner diese Vorsichtsmaßnahme nicht getroffen hatte, denn seine Kanonen schwiegen beharrlich.

Die moralische Auswirkung dieser Tatsache auf die müden und durchnäßten Engländer war ungeheuer. Jede Salve wurde von Jubel begleitet, und Schmährufe ertönten, wenn die Antwort des Gegners ausblieb. Bald rückten sie mit ihren Geschützen weiter vor, brachten sie so günstig in Stellung, daß sie die indischen Kolonnen unter direkten Beschuß nehmen konnten. Die Deckung durch die Wälle des Wasserreservoirs nützte ihnen jetzt nichts mehr.

Clive, der in die Jagdhütte gegangen war, um sich seiner nassen Sachen zu entledigen, war optimistisch. »Wir machen so weiter bis zum Einbruch der Dunkelheit«, sagte er zu Kelso. »Sobald sich die Leute dann ein wenig verschnauft haben, gehen wir zum Angriff über.«

»Wenn es überhaupt noch so lange dauert«, entgegnete Kelso.

»Warum sollte es nicht? Wenn Mir Jaffir nicht wie versprochen überläuft, steht es immer noch zwanzig zu eins.«

Clive hatte seine nasse Reithose abgestreift und bearbeitete sich heftig mit einem Handtuch. »Wir werden sie schlagen, Roger«, sagte er. »Wir werden diese Schlacht gewinnen.«

»Daran habe ich nie gezweifelt«, erwiderte Kelso. Draußen konnte er die gegnerischen Linien deutlich erkennen, obwohl ein leichter Nebel, der dem Regen gefolgt war, die Sicht etwas einschränkte. Hinter dem Wasserreservoir herrschte jetzt erhebliche Aktivität. Er sah Soldaten geschäftig von einer Seite zur anderen laufen, hörte einen französischen Offizier laute Kommandos geben. Schließlich ging er zur äußersten Ecke des Fensters, um einen besseren Überblick zu bekommen.

»Irgend etwas geht dort vor«, sagte er.

»Beim Feind?«

»Ja. Sie planen etwas – vielleicht bringen sie ihre Geschütze erneut in Stellung.«

»Das wird ihnen viel nützen, mit nassem Pulver!« rief Clive und trat nun ebenfalls ans Fenster, während er sich noch immer heftig frottierte. »Ich werde unsere Artillerieoffiziere zur Beförderung vorschlagen, wenn das hier vorbei ist«, sagte er fröhlich. »Ich denke . . .« Er schwieg plötzlich und zeigte nach vorn. »Was, zum Teufel, macht Kilpatrick da?«

Er war gerade im richtigen Augenblick ans Fenster gekommen, um Major Kilpatrick mit einer Kompanie Soldaten in das offene Gelände vorrücken zu sehen. »Was denkt er sich? Wie kann er es wagen, ohne meine Erlaubnis Stellung zu wechseln?«

Clive war so wütend, daß er, nur in Unterhemd und Stiefeln, zur Tür rannte. Gerade noch zur rechten Zeit merkte er es jedoch und zwängte sich in eine trockene Hose. Dann rannte er hinter den vorrückenden Briten her, wobei er keineswegs das Bild eines Oberbefehlshabers abgab.

Kelso folgte ihm, und als er Clive endlich eingeholt hatte, war dieser in einen heftigen Wortwechsel mit Major Kilpatrick verwickelt.

»Aber, Sir«, rief Kilpatrick, »der Feind zieht sich doch zurück Ich habe es mit meinen eigenen Augen gesehen!«

»Unsinn!« erwiderte Clive. »Meinen Sie, ich sehe nicht selbst, was vorgeht?«

»Ich kann Ihnen nur versichern, daß sie sich zurückziehen, Sir.«

»Unsinn!«

»Der Major hat natürlich recht«, sagte Kelso, der in diesem Augenblick dazukam. »Das war die Bewegung, die wir von oben gesehen haben.«

»Was?« Ohne des Gewehrfeuers zu achten, lief Clive nach vorn, bis er das Gelände hinter dem Reservoir einsehen konnte. Er blieb stehen, und sein Gesicht verzog sich zu einem breiten Lächeln des Staunens.

Das gesamte Gebiet, auf dem die drei feindlichen Infanterieregimenter, Geschütze und Elefanten noch vor kurzem gestanden hatten, war jetzt leer. Die letzten Kanonen konnte man in der Ferne gerade noch hügelabwärts davonrollen sehen. Der Nabob hatte sich zum Rückzug entschlossen.

Clive wandte sich, Freudentränen in den Augen, Kilpatrick zu und ergriff ihn bei der Hand. »Major«, sagte er, »Sie hatten recht, ich bitte um Entschuldigung. Jetzt gehen Sie bitte zurück zu Eyre Coote und sagen ihm, er soll mit seinen Leuten zu mir kommen. Wir wollen diese Schlacht vor Sonnenuntergang beenden. Roger«, sagte er dann, »du kommst mit mir.«

Kelso ergriff ihn am Arm. »Mit deiner Erlaubnis, Robert, ich möchte lieber hierbleiben.«

»Und den Endsieg verpassen?«

»Ich habe eine Verpflichtung meinen Leuten gegenüber.«
Clive war zu aufgeregt, um sich auf einen Disput einzulassen. »Gut«, sagte er, »wie du willst.«

Als Kelso zu seinen Seeleuten und Marineinfanteristen zurückkam, die noch immer die rechte Flanke deckten, sah er tausend britische Soldaten, Engländer wie Sepoys, glücklich aus ihren Stellungen hinter dem Aushub des Entwässerungsgrabens aufspringen und – so schnell es ihre taub gewordenen Beine erlaubten – hinter den flüchtenden Indern herrennen. Überall war Siegesgewißheit zu spüren. Die gegnerische Kavallerie verharrte noch einen Augenblick unentschlossen, warf dann aber die Pferde herum und galoppierte vom Schlachtfeld. Die Divisionen von Mir Jaffir und Roy Dullub, die am Kampf nicht teilgenommen hatten, kamen jetzt langsam nach vorn, als hätten sie sich endlich entschlossen, zu den siegreichen Briten überzulaufen.

Das hatte Kelso erwartet. Als die vordersten Linien zuversichtlich heranrückten, blickte er sie grimmig und mit zusammengebissenen Zähnen an, dann befahl er seinen Leuten, eine Warnsalve abzufeuern.

Die Inder blieben verblüfft stehen und gingen dann vorsichtig noch ein paar Schritte weiter vor. Wieder feuerten die britischen Seeleute. Nun ließen die indischen Kommandeure ihre Soldaten kehrtmachen. Das letzte, was die Briten von ihren allzu zögernden Bundesgenossen sahen, war eine in Unordnung geratene Truppe, die enttäuscht und freudlos aus einer Schlacht abrückte, an der sie nicht teilgenommen und in der sie keinen einzigen Schuß abgefeuert hatte.

Kelso kehrte zur Jagdhütte zurück. Jetzt, da der Kampf, für den er sich so verbissen eingesetzt hatte, tatsächlich entschieden war, fühlte er sich müde und seltsam ausgehöhlt. Der Nabob war geschlagen, und wenn er in die Hand seines eigenen Volkes fiel, war das vermutlich sein unrühmliches Ende. Die Position der Ehrenwerten Ostindischen Kompanie in Bengalen war gefestigt, die Briten konnten sich als unbestrittene Herren Indiens fühlen.

So unendlich viel war an einem einzigen kurzen Tag erreicht worden.

In der Ferne sah Kelso noch immer Gruppen fliehender Inder. Ein toter Elefant lag hinter dem Reservoir mit seinem ungeheurem Körper grotesk auf dem Rücken, die Beine wie abgehackte Bäume in die Luft ragend. Der Boden ringsum war besät mit den Leichen der Gefallenen. Drüben bei den Mangobäumen standen

Kelsos eigene Leute beisammen, besprachen voller Stolz die Ereignisse und freuten sich des errungenen Sieges.

Eine Viertelstunde später sah er die vertraute Gestalt Clives allein über das offene Gelände kommen. Er ließ Kopf und Schultern hängen und schien sehr müde zu sein. Rings um ihn her lagen tote Soldaten, tote Pferde, herrenlose Waffen, das unverkennbare Zeugnis von Sieg und Niederlage. Ohne rechts und links zu sehen ging er weiter, als könne er immer noch nicht den ungeheuren Erfolg fassen. Vielleicht dachte er auch an Margaret, überlegte, wie sie wohl den Sieg aufnehmen würde.

Es dauerte ein paar Sekunden, bis Kelso erkannte, in welcher Gefahr Clive plötzlich schwebte.

Während er zu ihm hinüberblickte, nahm er weiter hinten eine Bewegung wahr. Ein offenbar schwer verwundeter Inder erhob sich mühsam vom Boden, zog den Dolch und schleppte sich hinter Clive her.

Dieser ahnte nichts von der Bedrohung. Noch immer ging er müde seines Wegs, zwischen Gefallenen und Trümmerstücken hindurch, während weniger als fünfzig Schritte hinter ihm der sterbende Inder haßerfüllt näherschlich.

Kelso stand bewegungslos auf der Veranda, zu weit entfernt für einen Warnruf oder einen Pistolenschuß. Wenn er jetzt gleich loslief, konnte er vielleicht noch rechtzeitig eintreffen. Der Inder kam nur langsam vorwärts, eine Hand auf die Brust gepreßt. Lediglich der gezückte Dolch ließ seine Absicht erkennen.

Es war Kelso klar, daß er sofort handeln mußte, denn jede Sekunde des Zögerns konnte seinen Freund das Leben kosten. Aber er blieb wie angewurzelt stehen, die Hand um das Geländer gekrampft, während Verlangen den aufkommenden Ruf des Gewissens zu ersticken trachtete. Bald würde es vorüber sein – kein Schmerz – zu spät jetzt ... Nichts konnte er mehr tun. Flüchtig tauchte der Gedanke an Margaret auf – kühl, ruhig und begehrenswert sah er sie warten.

Plötzlich blickte Clive auf, erkannte die Gestalt auf der Veranda und winkte.

Die Bewegung war eine Erlösung. Wie befreit von allen Teufeln der Hölle, sprang Kelso die Verandatreppe hinunter und rannte auf seinen Freund zu. Es gelang ihm, den Degen zu ziehen, und als Clive erstaunt stehenblieb, sah Kelso den Meuchelmörder mit einer letzten Anstrengung schneller werden. Kelso schrie so laut er konnte, aber Clive war noch zu weit entfernt, um die Worte zu verstehen. Der Inder war inzwischen bis auf zwanzig Schritte herangekommen.

Clive blieb stehen und starrte verwundert seinen Freund an, der auf ihn zulief, rufend und den Degen schwingend.

Der Inder schleppte sich weiter vor.

Erst als Kelso in Rufweite war, verstand Clive die Warnung und begriff, was vorging. Als er sich rasch umwandte, sah er den auf seine Brust gerichteten Dolch. Er sprang zurück und versuchte, seinen Degen zu ziehen. Dabei stieß er gegen den Leichnam eines französischen Kanoniers und fiel zu Boden. Im selben Augenblick kam Kelso herangestürmt und stach den Inder nieder.

Es dauerte nicht lange, bis Clive sich von seinem Schrecken erholt hatte. Zu oft war er mit knapper Not dem Tode entgangen, als daß ihn dieser Vorfall sonderlich aufgeregt hätte. Aber Kelso schien ungewöhnlich verstört. Seine Hände zitterten, sein Gesicht war aschfahl, als Clive sich jetzt bei ihm bedankte.

»Mein lieber Roger, du bist ja ganz außer dir! Ich muß schon sagen, so habe ich dich noch nie gesehen. Dachtest du wirklich, der Kerl würde mich umbringen?«

»Von der Veranda sah es so aus«, entgegnete Kelso. »Einen Augenblick hatte ich das Gefühl, als ließe ich dich im Stich.«